DÜSTERES WASSER

THRILLER

CATHERINE SHEPHERD

Veröffentlichung Taschenbuchausgabe durch
Kafel Verlag,
KFL Verlag GmbH, Bonner Straße 12, 51379 Leverkusen

Lektorat: Gisa Marehn
Korrektorat: SW Korrekturen e.U. /
Mirjam Samira Volgmann

Covergestaltung: Alex Saskalidis
Covermotiv: © Dmitry Laudin / shutterstock.com

Druck: GGP Media GmbH,
Karl-Marx-Straße 24, 07381 Pößneck

www.catherine-shepherd.com
kontakt@catherine-shepherd.com

ISBN: 978-3-944676-43-2

TITEL VON CATHERINE SHEPHERD

Zons-Thriller:

1. Der Puzzlemörder von Zons (Kafel Verlag April 2012)
2. Erntezeit (früher: Der Sichelmörder von Zons; Kafel Verlag März 2013)
3. Kalter Zwilling (Kafel Verlag Dezember 2013)
4. Auf den Flügeln der Angst (Kafel Verlag August 2014)
5. Tiefschwarze Melodie (Kafel Verlag Mai 2015)
6. Seelenblind (Kafel Verlag April 2016)
7. Tränentod (Kafel Verlag April 2017)
8. Knochenschrei (Kafel Verlag April 2018)
9. Sündenkammer (Kafel Verlag April 2019)
10. Todgeweiht (Kafel Verlag April 2020)
11. Stummes Opfer (Kafel Verlag April 2021)
12. Die Rezeptur (Kafel Verlag April 2022)

Laura Kern-Thriller:

1. Krähenmutter (Piper Verlag Oktober 2016)

2. Engelsschlaf (Kafel Verlag Juli 2017)
3. Der Flüstermann (Kafel Verlag Juli 2018)
4. Der Blütenjäger (Kafel Verlag Juli 2019)
5. Der Behüter (Kafel Verlag Juli 2020)
6. Der böse Mann (Kafel Verlag Juli 2021)
7. Der Bewunderer (Kafel Verlag Juli 2022)

Julia Schwarz-Thriller:

1. Mooresschwärze (Kafel Verlag Oktober 2016)
2. Nachtspiel (Kafel Verlag November 2017)
3. Winterkalt (Kafel Verlag November 2018)
4. Dunkle Botschaft (Kafel Verlag November 2019)
5. Artiges Mädchen (Kafel Verlag November 2020)
6. Verloschen (Kafel Verlag November 2021)
7. Düsteres Wasser (Kafel Verlag November 2022)

Übersetzungen:

1. Fatal Puzzle - Zons Crime (Titel der deutschen Originalausgabe: Der Puzzlemörder von Zons, AmazonCrossing Januar 2015)

2. The Reaper of Zons - Zons Crime (Titel der deutschen Originalausgabe: Erntezeit, AmazonCrossing Februar 2016)

Das Prinzip aller Dinge ist das ***Wasser****, denn* ***Wasser*** *ist alles und ins* ***Wasser*** *kehrt alles zurück.*

Thales von Milet

PROLOG

Die Musik dröhnt durch den Club. Ich spüre den Bass, der meine Füße vibrieren lässt. Der Alkohol rauscht durch meine Adern. Ich fühle mich so lebendig wie nie und schwinge die Hüften im Rhythmus des Songs. Der Barkeeper schenkt mir ein Lächeln. Ich proste ihm zu. Dann leere ich den Cocktail fast in einem Zug. Jemand zieht mich auf die Tanzfläche. Ein neuer Track beginnt. Mein derzeitiger Favorit. Ich verschmelze mit den Klängen, dem Licht und dem immer schneller werdenden Beat. Mein Körper bewegt sich automatisch. Alles schwingt im gleichen Takt. Ich schließe die Augen und genieße den Moment. Das Lied endet, doch ich höre nicht auf zu tanzen. Eine Freundin wirbelt um mich herum. Sie ist auch voller Energie. Während sie die Arme ausstreckt und ihr langes Haar durch die Luft fliegt, wird mir plötzlich flau im Magen. Die bunten Lichter des Clubs verschwimmen vor meinen Augen. Mir wird übel. Ich brauche Sauerstoff.

Mit zusammengekniffenen Lippen stolpere ich von der Tanzfläche und wühle mich durch die vibrierende Menschenmenge. Ein leuchtend grünes Schild markiert den Ausgang. Schwankend bahne ich mir den Weg nach draußen. Mir ist so elend, dass ich mich auf den Rand eines Blumenkübels setzen muss. Ich atme tief ein und wieder aus. Alles dreht sich. Mein Magen rumpelt schmerzhaft. Saures schießt mir durch die Speiseröhre herauf und landet im Kübel.

»Bist du okay?«, fragt ein Mann.

Die Konturen seines Gesichts lösen sich plötzlich auf wie die Lichter im Club. Ich blinzele, doch der Mann bleibt unscharf. Seine Lippen bewegen sich und auf einmal hat er zwei Münder und vier Augen. Sie beginnen sich zu drehen. Ich muss hier weg, bevor ich mich abermals übergebe.

»Alles in Ordnung«, erkläre ich und taumele an ihm vorbei in Richtung Park.

»Bist du sicher?«

Ich bringe ein Nicken zustande und beschleunige meine Schritte, so gut es geht. Es fehlte gerade noch, dass der Kerl mir beim Würgen zusieht. Ich habe ein Ziel, den Park und einen Baum, hinter dem ich mich unbeobachtet ausruhen kann. Obwohl mir ganz fürchterlich schwindlig ist, werfe ich einen vorsichtigen Blick über die Schulter. Der Mann mit den zwei Mündern ist stehen geblieben. Seine vier Augen mustern mich. Ich wende mich ab und fixiere einen dicken Baumstamm. Hätte ich bloß nicht so viel getrunken. Die Party ist toll. Ich will unbedingt zurück. Nur ein paar Minuten Pause, dann geht es mir bestimmt wieder gut. Ich stapfe tapfer weiter. Der Baum erhebt sich vor mir, endlich habe ich es geschafft. Mit einem Seufzer lasse ich mich gegen seinen Stamm sinken. Ich atme tief durch. Die Übelkeit hat sich in bleierne Schwere verwandelt. Ich schaffe es kaum, die Augen aufzuhalten. Auf den letzten Cocktail hätte ich besser verzichten sollen. Mein Energielevel hat den Nullpunkt erreicht. Irgendetwas stimmt nicht. Ich habe schon oft getrunken, aber heute fühlt es sich wie ein Albtraum an. Der Schwindel lässt einfach nicht nach, dazu diese erdrückende Müdigkeit. Frustriert raffe ich mich auf, denn mir wird klar, dass ich Ruhe brauche. Der Abend ist gelaufen. Ich will nur noch in mein Bett.

Ich mache ein paar Schritte zum Club. Vielleicht wartet dort ein Taxi. Doch plötzlich steht der Kerl mit den zwei Mündern wieder vor mir. Seine dunklen Augen funkeln böse. Ich gerate in Panik und beginne mit letzter Kraft zu laufen. Bloß fort, bevor er mich ins Gebüsch zerrt. Aber er versperrt mir den Weg. Ich winde mich an ihm vorbei und renne auf eine Laterne zu. Mein Fuß stößt gegen ein Hindernis. Ich falle. Es knirscht unter mir, während ich von einer Welle des Schmerzes überflutet werde. Grelle Blitze explodieren in meinem Kopf.

Aus der Ferne vernehme ich meinen Namen. Er hört sich an wie ein Fremdkörper. Ich kenne die Stimme, die ihn gerufen hat.

»Hilfe«, krächze ich und rapple mich auf. Ich blicke an mir hinunter und beginne zu zittern. Überall ist Blut, an den Knien und den Unterarmen. Dicke Glasscherben haben sich in mein Fleisch gebohrt.

»Hilfe«, stammele ich erneut. Zum Schreien fehlt mir die Kraft.

Ich taumele weiter. Das Licht der Straßenlaterne blendet mich. Ich habe die Orientierung verloren. Vor meinen Augen tanzen dunkle Flecken. Ich habe keine Erklärung dafür. Vielleicht hat mir irgendwer etwas in den Cocktail getan. Ich aktiviere die letzten Kraftreserven und stolpere vorwärts. Hinter mir atmet jemand schwer. Das muss der Mann sein. Ich weiß, dass er mich anstarrt. In einiger Entfernung taucht eine Brücke auf. Wie bin ich bloß hierhergekommen? Ich beginne erneut zu laufen. Zumindest versuche ich es. Mit bleischweren Füßen und den schmerzenden Knien kann ich kaum mehr als humpeln. Der Anblick eines elfenbeinfarbenen Autos verleiht mir neue Kräfte. Doch schon nach ein paar Schritten spüre ich plötzlich eine Hand auf der Schulter. Meine Füße lösen sich vom Boden. Ich schwebe und auf einmal stehe ich auf dem Brückengeländer. Unter mir schmatzen schwarze Wellen. Sie rufen mich. Und bevor ich noch irgendetwas denken kann, falle ich. Ich stürze in die Tiefe, hinab in den dunklen Fluss. Eiskaltes Wasser fängt mich auf und strömt mir durch Mund und Nase. Es betäubt die Schmerzen und zieht mich auf den Grund. Meine Lunge füllt sich mit Flüssigkeit, doch es tut nicht weh. Es dauert nicht lange und ich versinke in der Dunkelheit.

1

Julia Schwarz starrte in den Spiegel und tupfte sich die schweißnasse Stirn ab. Ihr Magen spielte heute Morgen verrückt. Sie überlegte, was sie am Abend zuvor gegessen hatte. Joghurt, ein paar Scheiben Brot und einen Apfel. Sie warf das Papierhandtuch in den Abfalleimer und betrachtete sich. Ihre blasse Gesichtshaut stand im Kontrast zu ihren dunklen Haaren. Die Ringe unter ihren Augen zeugten von einer unruhigen Nacht. Sie schob eine Strähne hinters rechte Ohr und rückte ihre Brille zurecht. Vielleicht war der Joghurt nicht mehr gut gewesen, oder lag es an dem Kaffee, den sie gleich nach dem Aufstehen hastig getrunken hatte? Julia atmete tief ein und ließ die Luft langsam aus ihrer Lunge strömen. Es ging schon besser. Vermutlich machte ihr einfach der Stress zu schaffen und der wenige Schlaf. Seit einer Woche kam sie jeden Tag eine Stunde früher zur Arbeit als üblich. Im rechtsmedizinischen Institut in Köln herrschte Hochbetrieb.

Das Jahresende näherte sich mit großen Schritten und mit ihm erhöhte sich der Zeitaufwand für die Verwaltung. Alles musste heutzutage etliche Male dokumentiert werden. Als ob dadurch auch nur ein Todesfall aufgeklärt würde. Es half jedoch nichts. Julia musste Statistiken erstellen und Kosten erklären. Sie konnte von Glück reden, dass Manfred Holsten ihr treu zur Seite stand. Ihr ehemaliger Chef hatte das Institut bis zu seiner Rente geführt und ihr dann die Leitung übergeben. Noch immer übernahm er für einige Stunden in der Woche den unangenehmen Bürokram. Julia konnte sich währenddessen den Toten widmen. Sie war die letzte Instanz, die ihnen eine Stimme geben konnte. Aber der Papierkram war nicht der einzige Grund für die Überlastung. Ein Kollege war krankheitsbedingt ausgefallen. Er fehlte seit zwei Wochen, und wie es aussah, würde das vorläufig auch so bleiben. Er musste sich einer Bandscheibenoperation unterziehen, und Julia war gezwungen, ihn in dieser Zeit irgendwie zu ersetzen. Das war nicht leicht. Dr. Abel arbeitete seit etlichen Jahren als Rechtsmediziner. Mit seiner Erfahrung konnten insbesondere die jungen Ärzte kaum mithalten. Seufzend warf sie einen letzten Blick in den Spiegel und verließ den Waschraum.

Als Julia am Schreibtisch saß, öffnete sie ihre E-Mails und überflog im Kalender die anstehenden Termine für den Tag. Über Nacht waren zwei Obduktionen hinzugekommen. Ein Opfer mit Schussverletzungen und ein möglicher Suizid. Sie studierte die Polizeiberichte zu den Vorfällen. Der Mann war in der

Nähe des Hauptbahnhofes in einen Streit verwickelt gewesen und durch einen Pistolenschuss in den Kopf getötet worden. Der mutmaßliche Täter, ein stadtbekannter Dealer, befand sich in Polizeigewahrsam. Das andere Opfer, eine bisher nicht identifizierte junge Frau, hatte die Feuerwehr aus dem Rhein gezogen. Der Leichnam hatte sich an einem Schiffsanleger verfangen und war von einem Spaziergänger gegen vier Uhr in der Nacht entdeckt worden. Die Polizei vermutete einen Suizid, da die Frau einen Abschiedsbrief in der Manteltasche bei sich trug.

Julia beschloss, mit der Frau anzufangen. Sie änderte den Eintrag in ihrem Kalender und verschob die für den Vormittag angesetzte Obduktion um ein paar Stunden nach hinten. Den Mann mit der tödlichen Schussverletzung teilte sie ihrem Kollegen Dr. Neumann zu. Gerade als sie einige Materialbestellungen unterzeichnen wollte, klopfte es zaghaft an der Bürotür.

Julia hielt inne und rief: »Ja, bitte?«

In der Tür erschien Ferdinand Meisner, ein junger Kollege, der vor ungefähr einem halben Jahr im rechtsmedizinischen Institut angefangen hatte. Obwohl Meisner einen sehr guten Abschluss von der Universität vorweisen konnte, schien er nicht besonders selbstbewusst zu sein. Er schaute Julia nicht an, sondern musterte eine Stelle auf dem Boden vor ihrem Schreibtisch.

»Ich muss Sie sprechen«, nuschelte er und schloss umständlich die Tür.

Julia schob die Dokumente beiseite und winkte Meisner zu sich.

»Setzen Sie sich.«

Ferdinand Meisner schlich näher und nahm Platz. Endlich blickte er auf. Mit dem dünnen Bart über der Oberlippe und auf dem Kinn wirkte er viel jünger als Ende zwanzig. Das kurz geschnittene, mit Gel gestylte Kopfhaar verstärkte seine jugendliche Erscheinung noch mehr.

»Ich wollte es Ihnen zuerst mitteilen«, begann er leise und Julia ahnte nichts Gutes. Sie hob die Hand und hinderte ihn am Weiterreden.

»Sie wollen jetzt aber nicht kündigen, oder? Ich brauche Sie hier.«

Einen Moment lang dachte Julia, Meisner würde in Tränen ausbrechen. Er schluckte und schlug zerknirscht die Augen nieder.

»Doch, leider. Ich bin nicht für den Umgang mit Toten geschaffen.«

Julia seufzte. Sie hatte es kommen sehen. Sowohl Lenja, ihre Assistentin, als auch Dr. Neumann hatten bereits eine derartige Vermutung geäußert. Ferdinand Meisner hatte mehrere Obduktionen abbrechen müssen, weil ihm übel geworden war.

»Keine Sorge. Sie brauchen sich deswegen nicht schlecht zu fühlen«, erwiderte sie dennoch. »Der Beruf des Rechtsmediziners liegt nicht jedem. Es ist etwas anderes, mit Toten umzugehen als mit Lebenden. Die meisten Ärzte wollen helfen. Bei uns funktioniert das leider nicht mehr. Wir können höchstens noch für

Gerechtigkeit sorgen.« Julia lächelte Ferdinand Meisner freundlich an. »In welche Richtung möchten Sie sich denn weiterentwickeln?«

Meisner zuckte unsicher mit den Schultern.

»Ich hatte eigentlich gedacht, ich wäre für die Rechtsmedizin bestimmt. Mich hat vor allem die Aufklärung von Verbrechen schon immer wahnsinnig interessiert. Aber vielleicht habe ich einfach bloß zu viele Serien im Fernsehen geschaut und mir deshalb eine falsche Vorstellung gemacht.« Er breitete die Arme aus und deutete auf die Bürotür.

»Da drüben in den Autopsiesälen ist es kalt, es gibt kaum Sonnenlicht und der Geruch ist wesentlich unangenehmer, als ich erwartet hatte. Das Schlimmste ist, dass ich ihn überhaupt nicht mehr loswerde. Auch zu Hause nicht. Vermutlich bilde ich mir das nur ein. Aber meine Mutter mäkelt ständig an meinem Beruf herum und eine Freundin werde ich damit erst recht nicht finden.« Ferdinand Meisner unterbrach sich und senkte schuldbewusst den Blick. »Tut mir leid. Ich meine das nicht so. Sie und die anderen Kollegen haben ja Familie und niemand scheint sich daran zu stören.«

»Schon gut«, erwiderte Julia und grinste. Genau dieselben Fragen hatte sie sich früher ebenfalls gestellt. Sie war heilfroh, dass es Florian tatsächlich nichts ausmachte, womit sie sich tagein, tagaus beschäftigte. Jedenfalls behauptete er das, und nach all der Zeit, die sie inzwischen zusammen waren, glaubte sie ihm.

»Unser Beruf ist nicht für jeden etwas, und man kann das oft erst herausfinden, wenn man täglich hier arbeitet. Ich bin Ihnen nicht böse, sondern kann Ihre Beweggründe wirklich nachvollziehen. Aber zurück zu meiner Frage: Welches Fachgebiet könnten Sie sich vorstellen? Vielleicht kann ich Sie weiterempfehlen.«

Meisners Augen wurden groß. »Das würden Sie für mich tun?«

Julia nickte. »Selbstverständlich. Ich halte Sie für einen guten Mediziner. Außerdem erfordert es Mut, die eingeschlagene Richtung zu wechseln.«

»Ich würde es gerne mit der inneren Medizin versuchen. Ich denke, diese Fachrichtung liegt mir.«

Julia überlegte, zu wem sie Meisner schicken könnte. Ein ehemaliger Studienkollege kam ihr in den Sinn.

»Ich werde Doktor Tobias Walther kontaktieren. Er ist an der Uniklinik in Bonn tätig und vielleicht kann er etwas für Sie tun.«

»Das wäre traumhaft.« Die Blässe in Ferdinand Meisners Gesicht wich allmählich wieder einer gesunderen Farbe. »Danke, Doktor Schwarz. Das ist wirklich sehr nett von Ihnen.« Meisner erhob sich von seinem Stuhl, blieb jedoch neben ihrem Schreibtisch stehen.

»Keine Ursache«, entgegnete Julia. »Bevor ich es vergesse, ich möchte gleich eine Frau obduzieren. Sie können gerne mithelfen. Eine Weile sind Sie ja noch bei uns.«

Ferdinand Meisner schluckte bestürzt. »Wissen Sie. Ich glaube ... ich kann das nicht. Es ist ...« Er sprach nicht weiter und starrte wieder hilflos auf seine Schuhspitzen.

»Also gut. Schnappen Sie sich andere Aufgaben. Vielleicht unterstützen Sie Doktor Neumann bei den Autopsieberichten«, sagte Julia.

»Danke«, erwiderte Meisner erleichtert. Julia sah zu, wie der junge Arzt nahezu leichtfüßig aus ihrem Büro entschwand. Ihm war offenbar eine große Last von den Schultern gefallen.

Sie seufzte und machte sich zum Kühlraum auf. Sie würde sich überlegen müssen, wie sie Ferdinand Meisner am besten ersetzte. Auf Dauer konnte sie dem Team nicht noch mehr Überstunden zumuten. Sie arbeiteten jetzt schon am Anschlag. Doch für die Rechtsmedizin interessierten sich nicht sonderlich viele Studenten, und Meisner war zudem nicht der Erste, der nach wenigen Monaten das Handtuch warf.

Bevor Julia die Klinke in die Hand nehmen konnte, hörte sie schnelle Schritte hinter sich. Lenja hastete auf sie zu. Auf ihrer Stirn standen trotz der winterlichen Temperaturen Schweißperlen.

»Tut mir leid, ich bin spät dran. Mein Fahrrad hat einen Platten. Ich habe es stehen lassen und bin den Rest des Weges zu Fuß gegangen.« Sie schnaufte und wischte sich den Schweiß mit dem Ärmel ab. Ihr Blick wanderte zur Tür. »Du hast noch nicht angefangen, da bin ich aber froh. Ich dachte schon …« Lenja hielt mitten im Satz inne und betrachtete Julia. »Ist was passiert? Du wirkst blass.«

»Nein, nein.« Julia hob abwehrend die Hände und öffnete den Kühlraum. »Kein Drama, aber Ferdinand Meisner hat gerade gekündigt. Die Rechtsmedizin liegt ihm nicht. Er möchte lieber mit lebenden Menschen zu tun haben.«

Lenja stieß einen verächtlichen Laut aus. »Das hatte ich befürchtet. Doktor Neumann hat mir letzte Woche gesteckt, dass er sich vor einer Obduktion gedrückt habe. Er ist einfach zu spät zur Arbeit erschienen. Dabei ging es um eine ältere Frau. Nichts Dramatisches, und wie erwartet hat sich am Ende herausgestellt, dass es ein natürlicher Tod war.« Lenja zog die Augenbrauen in die Höhe. »Und was machen wir jetzt? Wir brauchen dringend einen neuen Assistenzarzt oder eine -ärztin.«

Julia verzog die Miene. »Frau Brandt soll eine Anzeige aufsetzen und diese überall verteilen. Wir können nur hoffen, dass sich schnell jemand meldet. Du kennst nicht zufällig eine geeignete Kandidatin oder einen Kandidaten?«

Lenja schüttelte den Kopf. »Spontan nein. Aber ich höre mich gerne mal um. Vielleicht hat Marcel eine Idee.«

Julia nickte dankbar. Lenjas Freund studierte Medizin und hatte möglicherweise ein paar Kontakte zu interessierten Studenten. Sie musste dieses Personalproblem unbedingt in den Griff kriegen. Es lag nicht bloß an Ferdinand Meisners Kündigung. Auch so liefen die Kollegen bereits seit Monaten auf dem Zahnfleisch. Die Verwaltung versuchte den Personalhaushalt weiter zu reduzieren. Zudem stieg die Anzahl der Gewaltverbrechen und mit ihr die zu obduzierenden Todesfälle kontinuierlich an. So konnte es nicht weitergehen. Sie würde um mehr Stellen kämpfen müssen, damit sich die Lage verbesserte.

»Ich wollte heute mit einer unbekannten Toten beginnen. Den ursprünglichen Fall habe ich verschoben, weil es sich vermutlich um einen Herzinfarkt handelt und daher um eine natürliche Todesursache.« Julia winkte Lenja mit sich in den Kühlraum. »Die Tote wurde aus dem Rhein gezogen. Ihr Körper hatte sich an einem Schiffsanleger verfangen. Die Polizei vermutet einen Suizid.«

Julia überflog die Liste, auf der die belegten Fächer aufgeführt waren.

»Nummer acht in Schrank drei«, sagte sie.

Lenja eilte zum Schrank und entriegelte das untere Fach. Sie zogen den Leichnam heraus und hoben ihn auf den Transportwagen.

Im Obduktionssaal verfrachteten sie die Tote auf den Sektionstisch und öffneten den Leichensack. Zerzaustes, noch nasses, blondes Haar quoll hervor. Nach und nach kam eine junge Frau von vielleicht fünfundzwanzig Jahren, schlank und nicht sonderlich groß, in völlig durchnässter Kleidung zum Vorschein. Sie trug eine enge schwarze Hose und einen lilafarbenen Wintermantel. Ihre Hände steckten in hellen Lederhandschuhen und die Füße in kniehohen Fellstiefeln. Julia betrachtete das Gesicht, das aufgedunsen und schmutzig wirkte. Die Augen waren erstaunlicherweise geschlossen, der Mund hingegen leicht geöffnet. Zwischen den Lippen hing etwas Grünliches, möglicherweise eine Alge oder eine andere Wasserpflanze aus dem Rhein.

»Ihr Gesicht zeigt etliche Abschürfungen, wie das oft bei Ertrunkenen der Fall ist«, stellte Julia fest. »Sie werden häufig von der Strömung über den Grund des Gewässers vorangetrieben und stoßen dabei gegen Steine und Unebenheiten. Aufgrund ihres Zustandes schätze ich, dass sie nicht lange im Wasser getrieben ist.« Julia zog den Handschuh von der rechten Hand der Toten und inspizierte ihn unter der Lampe. »An dem Leder befinden sich ebenfalls Schleifspuren.«

Lenja nahm sich den linken Handschuh vor. »Hier auch, und der Mantel ist aufgerissen. Ebenso die Hose an den Knien. Wieso glaubst du, dass sie nicht lange im Rhein getrieben ist?«

»Wasserleichen treiben immer in Bauchlage. Wenn sie über den Grund gleiten, entstehen Schleifspuren an Händen, Knien, Füßen und am Kopf. In diesem Fall sind sie allerdings nicht sonderlich ausgeprägt.« Julia deutete auf die Hände der Frau. »Es hat sich auch noch keine Waschhaut ausgebildet. Je nach Gewässer dauert das einige Tage und nach ungefähr zwei Wochen findet eine Besiedlung der Haut mit Algenrasen statt. Das ist hier nicht der Fall. Lass uns den Polizeibericht durchlesen, bevor wir loslegen. Ich habe ihn vorhin nur überflogen.« Julia ging zu einem Schreibtisch an der Wand und rief auf dem Computer das Dokument auf. Lenja schaute ihr über die Schulter. Der Bericht umfasste lediglich ein paar Zeilen. Die Tote war gegen vier Uhr nachts am Rheinufer von der Feuerwehr geborgen worden. Ein Mann hatte sie während eines Spaziergangs mit seinem Hund entdeckt. Julia hob die Augenbrauen.

»Die Polizei hat auch den Abschiedsbrief eingescannt«, murmelte sie, öffnete das beigefügte Dokument und studierte die fein geschwungene zierliche Handschrift.

Ich bin schuldig und kann so nicht weiterleben. Es tut mir leid.

»Merkwürdig«, sagte Lenja. »Sie hat den Brief nicht unterschrieben und an niemanden adressiert.«

»Das stimmt. Außerdem ist das Papier in Folie eingeschweißt und die Polizei hat sonst nichts in ihren Taschen gefunden. Keinen Ausweis, kein Portemonnaie, nichts außer diesen wenigen Abschiedsworten.« Julia betrachtete nachdenklich den Text.

»Der Brief wirkt irgendwie nicht sonderlich authentisch.« Sie vergrößerte das Dokument. »Sieh dir das an, Lenja. Die Schrift sieht eckig und verkantet aus.«

Lenja nickte. »Meinst du, die Frau wurde gezwungen, diese Zeilen zu schreiben?«

Julia zuckte mit den Achseln. »Ich will nicht spekulieren, lass uns mit der Obduktion beginnen und erst mal herausfinden, woran sie gestorben ist.«

Sie durchsuchten zunächst gründlich die Taschen des Mantels und der Hose. Wie erwartet waren sie leer. Die Polizei hatte alles schon vor ihnen überprüft. Julia zog der Frau den Mantel aus und legte ihn auf eine große Folie, damit er später als Beweismittel ins Labor gebracht werden konnte. Als Nächstes nahm sie sich die

Stiefel vor, während Lenja die Haare der Toten ordnete und die Kopfhaut auf Verletzungen untersuchte. Dunkelrote durchnässte Socken kamen unter den Stiefeln hervor. Julia zupfte an der linken Socke und stutzte. Einige unregelmäßige Konturen auf der Fußsohle fielen ihr ins Auge. Mit der Lupe betrachtete sie die Unterseite des Fußes. Dann entfernte sie die Socke vorsichtig und hielt gleichzeitig die Luft an.

In der nackten Fußsohle steckten etliche Glassplitter, die tief in die Haut eingedrungen waren. Julia fuhr mit der behandschuhten Fingerspitze über eine scharfe Kante. Überrascht befreite sie den anderen Fuß von der Socke. Die Splitter hatten sich in die komplette Sohle eingegraben. Sogar die Zehen waren nicht verschont geblieben.

»Das musst du dir ansehen.« Sie bedeutete Lenja mit einer Handbewegung, zu ihr um den Tisch herumzukommen, und griff nach der Pinzette. Ganz langsam löste sie einen Splitter aus dem Fleisch.

»Das ist dickes Glas, wie von einer Flasche.« Sie maß mit einem Lineal nach. »Das sind exakt zwei Millimeter. Das Grün erinnert mich an eine Bierflasche.«

Sie begutachtete die klaffende Wunde, die der Splitter hinterlassen hatte.

»Ich erkenne keine Fasern von den Socken in den Wunden, die Frau muss demnach barfuß in die Scherben getreten sein.«

Lenja sah Julia erschrocken an. »Du meinst, sie hat zu diesem Zeitpunkt noch gelebt? Die Füße sehen wirklich schrecklich aus.«

Julia deutete auf die dunkelroten Verfärbungen unter der Haut. »Das dürfte Blut sein. Das meiste wurde vermutlich durch das Flusswasser herausgewaschen, aber es spricht dafür, dass ihr Herz noch geschlagen hat, als sie über die Scherben gegangen ist. Auch die Schwellungen um die Splitter herum deuten darauf hin.«

Lenja zog die Stirn kraus. »Sie ist erst barfuß über diese spitzen Glassplitter gelaufen und hat sich dann ihre Socken und die Stiefel wieder angezogen?«

Julia griff sich an die Brille und schob sie ein Stück den Nasenrücken hinauf. »Ich denke nicht, dass sie das freiwillig getan hat.«

Lenja schwieg entsetzt.

»Lass uns die Hose entfernen und nachsehen, ob wir weitere Splitter finden.« Julia nahm eine Schere, hielt jedoch inne. »Kannst du zuerst Fotos machen?«

Lenja fotografierte die Fußsohlen aus verschiedenen Perspektiven. Als sie fertig war, begann Julia das rechte Hosenbein von unten nach oben aufzuschneiden. Am Knie stoppte sie und musterte die Haut.

»Hier stecken keine Scherben, auch wenn die Haut aufgeschürft ist. Demzufolge muss sie über die Scherben gelaufen sein, ohne dabei zu stürzen.« Julia schnitt weiter und legte den Oberschenkel frei, als sie am Schritt ankam, stieß sie auf etwas Hartes. Sie hob den Stoff an und entdeckte ein metallisches Objekt.

»Ich glaube, es ist an der Zeit, die Kriminalpolizei anzurufen«, erklärte Julia und zerschnitt den Rest der Hose.

2

Thea spürte den Schmerz in ihrer Körpermitte und riss abrupt die Lider auf. Verwirrt fuhr sie hoch und schaute in die blauen Augen von Dr. Schönfelder.

»Entspannen Sie sich«, sagte er ruhig, und für eine Sekunde dachte Thea, sie könnte sich wieder fallen lassen.

Sie streckte sich auf der Liege aus, doch ihr Unterbauch fühlte sich an, als würde er aufgerissen werden. Sie hielt es keinen Augenblick länger aus. Sie sprang auf und schüttelte den Kopf.

»Ich möchte mit der Hypnose nicht weitermachen«, stieß sie aus und griff sich mit beiden Händen an die Schläfen. Plötzlich drehte sich alles um sie herum. Fast so wie damals in jener Nacht, die ihr Leben für immer verändert hatte.

»Schon gut«, säuselte der Arzt. Er bedachte sie mit einem verkrampften Lächeln. Thea glaubte, ihm anzusehen, dass er enttäuscht war. Doch sie musste an sich denken, nicht an ihn. Auch wenn sie ihn mochte und nicht frustrieren wollte.

»Ich komme morgen wieder«, erklärte sie und huschte zur Tür, bevor Dr. Schönfelder etwas sagen und sie womöglich zur Umkehr bewegen konnte.

Kaum dass sie vor dem Behandlungszimmer stand, beruhigte sich ihr Atem. Die schrecklichen Bilder in ihrem Kopf lösten sich auf. Sie schritt den langen Flur entlang und blieb vor dem bodentiefen Fenster stehen, das ihr einen Blick auf den Garten erlaubte. Gestern hatte es geschneit. Die Sonne zauberte glitzerndes Eis auf die kahlen Äste der Bäume und brachte sie zum Glänzen. Die Welt sah aus, als wäre sie mit Puderzucker bestäubt. Thea mochte den Winter eigentlich nicht, doch heute war es anders. Sogar der Himmel zeigte ein wenig Blau. Die Wolken hatten sich verzogen und mit ihnen das Grau, das sonst auf Theas Stimmung drückte. Sie nahm die Treppe ins Erdgeschoss, zog sich einen dicken Mantel an und ging nach draußen.

Das gefrorene Gras knirschte unter ihren Stiefeln. Sie folgte den Fußspuren, die jemand im Schnee hinterlassen hatte. Ein kalter Windstoß zerzauste ihr Haar. Sie zog die Kapuze tief in die Stirn und stapfte auf Zehenspitzen über die Schneedecke, wobei sie sich bemühte, nur in die Fußabdrücke zu treten. Es schneite so selten in Köln, dass sie das kostbare Weiß nicht zerstören wollte. Die glitzernde Winterlandschaft erfüllte ihr Herz mit Freude. Die kalte Luft in ihren Lungen ließ sie spüren, dass sie noch am Leben war. Trotz allem, was ihr passiert war, hatte sie überlebt. Thea beschleunigte vorsichtig ihre Schritte und schlüpfte durch einige Büsche, hinter denen sich eine Bank befand.

»Dich hätte ich hier nicht erwartet«, sagte sie und freute sich, ein bekanntes Gesicht zu sehen.

»Frierst du hier draußen nicht?« Alex grinste sie an und unwillkürlich musste sie ebenfalls lächeln.

»Heute nicht. Die Sonne scheint und alles glitzert so schön. Es ist fast wie in einer Märchenwelt.« Thea wischte den Schnee von der Bank und setzte sich zu Alex. Sie lehnte ihren Kopf an seine Schulter.

»Wie geht es dir?«, fragte sie leise.

»Nicht gut«, brummte er.

Thea richtete sich auf und betrachtete ihn verwundert. Alex hatte eben noch so zufrieden gewirkt und nun hatte sich ein dunkler Schatten auf sein Gesicht gelegt.

»Ich habe in der Nacht schlecht geträumt. Weißt du, ein Traum mit Endlosschleife. Man durchläuft sie und durchläuft sie und versucht etwas anders zu machen. Aber egal, was man tut, das Ergebnis bleibt immer eine Katastrophe.« Er reckte den Kopf in den Himmel. »Was meinst du, wie es da oben ist? Glaubst du an Gott?«

Thea zögerte. Sie hatte an Gott geglaubt, allerdings in ihrem ersten Leben, wie sie es nannte. Danach war sie nie wieder in eine Kirche gegangen.

»Ich weiß nicht«, antwortete sie schließlich.

»Ich glaube nicht an ihn, und trotzdem hoffe ich, dass es ihn gibt. Ist schräg, oder?« Alex grinste sie schief an. »Ich will es wegen Emilia. Du weißt schon.«

»Verstehe«, gab Thea zurück und das tat sie wirklich. Alex hatte seine kleine Schwester tödlich verletzt. Mit seinem nagelneuen Wagen. Deshalb war er hier, in dieser Klinik, um das Trauma zu verarbeiten. Es war ein Unfall gewesen. Er hatte sie nicht sehen können, denn sie war einfach auf die Straße gehüpft. Sie hatte ihn begrüßen wollen und alle Regeln vergessen, die man ihr beigebracht hatte. Mit ihren vier Jahren war sie aus dem Haus gestürmt, zwischen den großen Heckenpflanzen hindurchgekrochen und auf die Straße gesprungen. Alex hatte keine Zeit gehabt zu reagieren. Das Auto erfasste den kleinen Körper seiner Schwester und schleuderte ihn meterweit durch die Luft. Alex wurde von sämtlichen Anklagepunkten freigesprochen. Zwei Gutachter hatten den Unfall analysiert. Natürlich fühlte er sich trotzdem schuldig. Und er würde diese Schuld nie mehr loswerden. Genau wie die schlimmen Bilder, die in Theas Kopf herumschwirrten.

»Ich versuche alles Mögliche, damit Emilia wenigstens im Traum am Leben bleibt«, sprach Alex weiter und seufzte. »Ich fahre langsamer. Ich nehme eine andere Route. Heute Nacht im Traum habe ich sogar versucht, anzurufen und meinen Besuch anzukündigen. Vielleicht hätte Mutter dann auf Emilia aufgepasst und wäre mit ihr zusammen aus dem Haus gegangen. Was für ein Blödsinn, oder?« Er sammelte ein wenig Schnee, formte daraus eine kleine Kugel und warf sie ein paar Meter weit. »Ich hatte damals noch gar kein Handy. Und egal, welche Variante ich mir auch ausdenke, Emilia stirbt immer. In meinem Traum mit dem Handy ist niemand rangegangen. Ich habe es tausendmal klingeln lassen. Es ist fast so, als würde die Katastrophe stets gewinnen. Selbst in meiner Fantasie kann Emilia nicht überleben.«

Thea nickte gedankenverloren. Bis eben hatte sie sich glücklich gefühlt, doch jetzt kamen all die Bilder wieder in ihr hoch, wegen denen sie bei Dr. Schönfelder hochgeschreckt war. Dabei sollte die neue Therapie ihr helfen. Aber seit sie damit begonnen hatte, fühlte sie sich eher schlechter. Sie mochte Dr. Schönfelder, allerdings überzeugte sie sein Behandlungskonzept nicht. Bei Alex schien es ebenfalls nicht zu wirken. Thea bemerkte, wie seine Hände zu zittern begannen. Plötzlich sprang er auf und schaute sie an wie ein gehetztes Tier.

»Ich will nicht mehr leben, Thea!« Er zog den Ärmel seiner Winterjacke hoch und zeigte ihr einen tiefen roten Schnitt am Unterarm. »Ich habe versucht, diesem ganzen Mist ein Ende zu setzen. Aber ich schaffe es einfach nicht.« Er riss die Arme in die Höhe und lief ohne ein weiteres Wort davon. Er zertrampelte die schöne Schneedecke, die nun aussah wie ein löchriger Teppich. Thea sah ihm hinterher. Sie konnte sich nicht rühren. Sie spürte die Kälte, die ihren gesamten Körper erfasste, und fragte sich unwillkürlich, wie lange es wohl dauerte, bis sie hier draußen erfroren wäre.

3

Obwohl es fürchterlich roch und Florian sich in Obduktionssälen extrem unwohl fühlte, lächelte er. Julia stand in einem dunkelgrünen Kittel vor ihm. Ihre Hände steckten in Gummihandschuhen und ihr schwarzer Pagenschnitt war unter einer blauen Haube verschwunden. In ihren dunklen Augen spiegelte sich das kalte Deckenlicht, doch Florian kam es so vor, als würde sie ihn anstrahlen. Der Anlass, der ihn ins rechtsmedizinische Institut geführt hatte, war weniger schön. Aber Julia zu sehen entschädigte ihn auf der Stelle. Wie immer, sobald sich das Jahr dem Ende neigte, schien die Arbeit überhandzunehmen. In den letzten Tagen hatte Julia nicht bei ihm übernachtet und es dürstete ihn nach ihrer Nähe. Er vermisste es, mit ihr zu reden, ihr Flüstern, wenn er sie in den Armen hielt. Er liebte diese Frau wie keine andere zuvor, und sie wiederzusehen, zeigte ihm schmerzhaft, wie sehr er sie brauchte.

»Hast du schon gefrühstückt?« Julia hauchte ihm einen flüchtigen Kuss auf die Wange.

»Nein. Ist es so schlimm?«, fragte er und sah über ihre Schulter zum Obduktionstisch. Doch Julias Assistentin versperrte ihm die Sicht.

»Es ist nicht sehr appetitlich. Aber ich wollte unbedingt, dass du es siehst«, erklärte Julia.

Sie zog ihn mit sich, darauf bedacht, dass er von dem Leichnam nichts sehen konnte.

»Hier, trink erst mal einen Kaffee mit Milch und Zucker. Ich möchte nicht, dass du umkippst.« Sie goss ihm einen Filterkaffee ein und mischte die Zutaten darunter.

»Würdest du mich wiederbeleben?« Die Vorstellung, dass sie ihn von Mund zu Mund beatmete, gefiel Florian. Es wäre viel angenehmer, als sich mit den Schwerverbrechern abzumühen, die ihnen im Revier derzeit das Leben schwer machten. Ein wenig nagte das schlechte Gewissen an ihm, denn Martin Saathoff schlug sich jetzt ohne ihn mit einem Fall aus dem Drogenmilieu herum, der absolut keinen Spaß brachte. Die großen Clans verstanden es immer besser, ihre Machenschaften zu tarnen. Es mussten mehrere Strohmänner enttarnt werden, bevor man auf die tatsächlichen Hintermänner stieß. Das kostete Unmengen an Arbeitsstunden und vor allem Nerven.

»Natürlich. Wenn du es ertragen kannst, dass ich gerade nach einer Mischung aus Desinfektionsmittel und Verwesung stinke.« Julia sah zu, wie er einen Schluck Kaffee trank, und erzählte ihm dabei, was im

Bericht der Polizeistreife über die Tote aus dem Wasser stand.

»Das ist nicht besonders viel«, sagte Florian und stellte die Kaffeetasse ab. »Und jetzt zeig mir, was ihr bei der Obduktion so Bemerkenswertes herausgefunden habt.« Er ging zum Sektionstisch und kniff die Augen zusammen, als er etwas Metallisches registrierte, das sich um die Hüften der Toten und um ihren Schritt schlang.

»Was ist das?«, fragte er, obwohl die Antwort ihm im selben Moment klar wurde.

»Ist das ein Keuschheitsgürtel?« Er deutete auf das Schloss, das auf dem Metall angebracht war.

»Sieht ganz so aus«, erwiderte Lenja mit ihrem finnischen Akzent. »Wir haben noch mehr. Sehen Sie sich die Füße an.«

Florian riss seinen Blick von dem Keuschheitsgürtel los und begab sich zum Fußende des Sektionstisches. Die Fußsohlen der Toten waren gespickt mit Glassplittern.

»Ich dachte, diese Frau wäre ertrunken.« Er rümpfte die Nase und sah sich die Handgelenke an.

»Da sind keine Fesselmale oder Spuren von Gewalteinwirkung zu erkennen. Ist sie etwa freiwillig durch die Scherben gelaufen?«

Julia neigte nachdenklich den Kopf. »Das habe ich mich auch schon gefragt. Wir müssen die Obduktion noch abschließen. Vielleicht erhalten wir dann eine Antwort. Ich finde es jedenfalls merkwürdig, dass eine

Frau mit Keuschheitsgürtel und Glassplittern in den Füßen Suizid begeht.«

»Wo ist der Schlüssel?«, fragte Florian.

»Wissen wir nicht. Ihre Taschen waren leer. Alles, was die Polizei gefunden hat, war der nicht unterzeichnete Abschiedsbrief, der ebenfalls Zweifel an einem Suizid weckt.«

»Da waren die Kollegen von der Streife wohl ziemlich voreilig«, bemerkte Florian und ärgerte sich darüber, dass die Kripo nicht sofort hinzugezogen worden war. Er würde veranlassen, dass man den Fundort schnellstmöglich absicherte und auf Spuren untersuchte. Leider waren inzwischen etliche Stunden vergangen und der Fundort höchstwahrscheinlich kontaminiert.

»Immerhin haben sie die Tote direkt zu uns befördert.« Julia entfernte die restliche Kleidung und holte eine kleine elektrische Säge, mit der sie den Keuschheitsgürtel durchtrennte. Sie musste mehrmals ansetzen, weil das Metall widerstandsfähiger war als gedacht. Florian bewunderte die Ruhe, mit der sie arbeitete. Falls sie unter Stress stand, sah er es ihr nicht an.

Julia und Lenja begutachteten die dunkel gefleckte Haut, die unter dem Gürtel zum Vorschein kam.

»Hier sind ein paar Schrammen und kleinere Hämatome«, stellte Julia fest und diktierte den Befund in ein Aufnahmegerät. Lenja schob die Beine der Toten auseinander. Dort fanden sich oberflächlich keine Spuren von Gewalteinwirkung.

»Bisher keine Anzeichen für eine Vergewaltigung.«

Julia nahm einen Abstrich aus der Vagina des Opfers, während Florian das Gesicht der Toten betrachtete. Es war ziemlich aufgequollen und dunkel angelaufen. Trotzdem konnte er erkennen, dass die Frau attraktiv gewesen war. Die zierliche, gerade Nase und die hohen Wangenknochen hatten mit Sicherheit eine große Anziehung auf das männliche Geschlecht ausgeübt.

Julia griff zum Skalpell und begann mit der inneren Leichenschau. Florian zog es vor, die Kleidung der Toten zu begutachten. Seine Kehle wurde trocken, als die Zange die Rippen der Toten mit einem lauten Knacken durchtrennte.

»Die Lungen sind stark überbläht«, diktierte Julia.

Lenja trennte die Lungenflügel heraus. Florian spürte eine leichte Druckwelle, die von seinem Magen zum Kehlkopf aufstieg. Er hatte schon vielen Obduktionen beigewohnt, doch er würde sich niemals daran gewöhnen. Das Schlimmste waren noch nicht mal das Blut oder die leblosen Körper. Es waren die Geräusche und der Geruch, der auch jetzt gerade zu ihm herüberwehte. Er hielt den Atem an, weil die Innereien der Toten eine ekelerregende Note in der Luft verbreiteten. Früher hätte Florian nie gedacht, dass er es riechen könnte, sobald ein Rechtsmediziner einen Leichnam aufschnitt. Er schluckte und musterte den dunkelroten Mantel der Toten. Dann betrachtete er die Stiefel und die zerschnittene Hose. Etwas klatschte hinter ihm, und er konnte nicht verhindern, einen erneuten Blick auf die Tote zu werfen. Lenja hatte den Magen in eine Edelstahlschale fallen lassen und stach mit einem Skalpell hinein. Eine vergorene Duftnote erfüllte den Raum.

»Ist das Alkohol?«, fragte Florian und konzentrierte sich mühsam auf die Bluse der Toten. Ihre Kleidung machte den Eindruck, als hätte sie einen Bürojob ausgeübt. Vielleicht bei einer Bank oder einer Versicherung. Die Sachen wirkten hochwertig.

»Ja, im Magen befindet sich eine Menge Flüssigkeit. Es riecht nach Alkohol. Wir schicken Proben ins Labor. Wir haben auch Blut entnommen, um herauszufinden, ob sie Drogen genommen hat«, antwortete Lenja und füllte den Mageninhalt in ein Glas.

Florian runzelte die Stirn. Er hatte keine Ahnung, warum Lenja das tat.

Julia schien seine Gedanken zu erraten.

»Wir prüfen auf die sogenannten Wydler-Zeichen«, erklärte sie ihm. »Wenn die Frau im Rhein ertrunken ist, hat sie mit Sicherheit jede Menge Wasser geschluckt.« Sie deutete auf das Glas mit dem Mageninhalt. »Sobald sich die Flüssigkeit abgesetzt hat, sollte sich eine Dreiteilung zeigen. Zuoberst Schaum, in der Mitte wässrigklare Flüssigkeit und unten lagern sich die festen Bestandteile ab. Das wäre dann ein weiteres Indiz dafür, dass die Frau noch gelebt hat, als sie ins Wasser gefallen ist. Ansonsten würden die Wydler-Zeichen nicht auftreten.«

»Und im Augenblick sieht es danach aus?«, fragte Florian.

Julia nickte. »Wir haben Schaumpilz in den oberen Atemwegen gefunden. Die Lungen weisen ebenfalls klassische Ertrinkungszeichen auf und auch die anderen Befunde sprechen dafür.«

»Dann könnte die Frau also doch Selbstmord begangen haben?«

Julia hielt mit dem Skalpell inne und warf ihm einen langen Blick zu. »Theoretisch könnte es sich um einen Suizid handeln. Allerdings denke ich, jemand hat sie ins Wasser gezwungen. Am rechten Handgelenk findet sich ein Hämatom. Das könnte der Abdruck eines Fingers sein.«

Florian gab sich einen Ruck und ließ von der Kleidung der Toten ab. Er stellte sich an den Obduktionstisch und musterte den dunklen Fleck unter der linken Hand. Tatsächlich konnte er darin einen schwachen Fingerabdruck erkennen. Offenbar hatte er vorhin nicht genau genug hingesehen.

»Sie hätte ans Ufer schwimmen können«, überlegte er.

»Unwahrscheinlich«, erwiderte Julia, während sie die Eingeweide zurück in die Körperhöhle verfrachtete. »Bei der starken Strömung im Fluss wäre sie vermutlich in jedem Fall ertrunken, auch ohne Alkoholkonsum.« Sie beendete ihre Arbeit und legte die Instrumente beiseite. Lenja begann den Leichnam mit Nadel und Faden zuzunähen. »Ich kann leider nur Indizien liefern. Es sieht so aus, als wäre sie ertrunken. Sie war erheblich alkoholisiert, und ich wette, dass sie zusätzlich unter Drogen stand. Sollte sie jemand ins Wasser gestoßen haben, käme das einem Tötungsdelikt gleich.« Julia deutete auf die Füße der Toten. »Zudem scheint sie vor ihrem Bad im Rhein gefoltert worden zu sein.«

»Und wenn sie es selbst getan hat?«, fragte Florian. »Sie litt vielleicht an einer depressiven Störung, ist über die Scherben gelaufen, hat sich den Gürtel umgeschnallt, ein paar Zeilen geschrieben und ist anschließend in den Rhein gesprungen.«

Julia neigte nachdenklich den Kopf. »Ich kann das nicht ausschließen«, meinte sie schließlich. »Aber die Sache mit dem Abschiedsbrief, der Keuschheitsgürtel und dann noch die Splitter kamen uns einfach zu merkwürdig vor. Warum hat sie denn die Socken über die verletzten Füße gezogen und sich danach in die Stiefel gequält? Das ergibt irgendwie keinen Sinn.«

Florian musste Julia recht geben. Hier stimmte etwas nicht.

»Weshalb hatte sie keine Papiere bei sich? Bei den Suiziden, die mir bisher untergekommen sind, war es meistens ein Leichtes, die Person zu identifizieren«, warf Lenja ein. »Natürlich darf man das nicht verallgemeinern. Aber wer hätte denn ein Interesse daran, dass eine Leiche anonym bleibt? Meines Erachtens nur der Täter.«

»Ich werde mir diesen Fall vorknöpfen. Egal, was dabei herauskommt.« Florian wandte sich an Julia. »Kannst du mir ungefähr sagen, wann diese Frau gestorben ist?«

»Ich brauche zur Sicherheit noch die Laborergebnisse. Anhand der bisherigen Befunde tippe ich auf vor drei Tagen.«

Florian rechnete kurz zurück. Das wäre Samstag gewesen. Er würde die Vermisstendatenbank durchforsten. Drei Tage waren lange genug, damit jemand das Verschwinden der jungen Frau bemerkte.

»Sehen wir uns heute Abend?«, fragte er Julia und spürte eine leichte Unsicherheit in der Magengegend.

Als sie nickte, lächelte er erleichtert und begab sich zum Ausgang, um ins Polizeirevier zu fahren.

4

Vor vierundzwanzig Jahren

Das blonde Haar reichte ihr über die Schultern und floss ihren Rücken hinab fast bis zum Po. Er streckte die Hand aus, weil er gerne daran gezogen hätte, doch der warnende Blick von Frau Mahlmann ließ ihn zurückzucken. Sie würde ihn vom Sitzkreis ausschließen, wenn er sich nicht benahm. Dann müsste er in der Ecke hocken und stumm zusehen, wie die anderen sangen, in die Hände klatschten und sich ein Bonbon nehmen durften. Er schob trotzig die Unterlippe vor und verzog sich hinter die große Spielzeugkiste. Von dort aus konnte er immer noch alles beobachten, aber Frau Mahlmann sah ihn nicht mehr.

Das Mädchen mit den langen Haaren besuchte heute zum ersten Mal seinen Kindergarten. Die anderen Mädchen trugen die Haare viel kürzer oder hatten sie zu Zöpfen geflochten. Er streckte die Hand erneut aus und tat so, als würde er eine ihrer blonden Strähnen berühren. Obwohl er sich ziemlich weit von ihr entfernt versteckt hatte, fuhr sie auf einmal herum und blickte ihn an. Sein Herz bummerte in der Brust. Erschrocken schielte er zu Frau Mahlmann hinüber, die jedoch nichts von alledem mitbekam. Sein Blick huschte zurück zu dem Mädchen, doch es war verschwunden. Er suchte es zwischen den Kindern seiner Gruppe, aber die langen blonden Haare konnte er nirgendwo entdecken.

»Hallo«, sagte plötzlich jemand hinter ihm.

Er fuhr herum und erstarrte.

Da stand sie, die Neue und lächelte ihn an. Eine merkwürdige Unruhe erfasste ihn und er brachte kein Wort hervor.

»Für dich.« Das Mädchen hielt ihm einen Marienkäfer aus Schokolade hin.

»Danke.« Erfreut griff er danach und wickelte den Käfer aus dem Aluminiumpapier. Er schob sich die Schokolade in den Mund und seufzte vor Glück, als sich der köstliche Geschmack auf seiner Zunge ausbreitete. Das Mädchen sah ihn noch einen Moment an und drehte sich dann zu den anderen Kindern um. Ihr langes Haar wehte durch die Luft. Glitzernde Sonnenstrahlen verfingen sich darin und ein wundervoller Duft drang ihm in die Nase. Sie stob davon und verteilte weiter ihre Schokolade. Er blickte ihr verzückt hinterher und sein kleiner Kopf speicherte diese Begegnung für immer ab.

5

Julia massierte sich müde den Nacken. Sie fühlte sich schlapp.

»Soll ich uns Kaffee aufsetzen?«, fragte Lenja und streifte den Kittel ab. »Wir haben ganz schön was geschafft heute.«

»Das stimmt. Für heute habe ich genug von Obduktionen. Meine Finger schmerzen bereits.« Julia hängte ihren Kittel neben Lenjas an den Haken und zog die Schutzhaube vom Kopf. »Nein, lieber keinen Kaffee mehr. Ich glaube, das hilft nichts.« Ihr Blick fiel auf die Akte über die Frau aus dem Rhein. Sie war gespannt, ob Florian in der Zwischenzeit ihre Identität herausgefunden hatte. Draußen war es schon stockdunkel. Julia schaute auf die Uhr. Es war kurz nach sieben.

»Ich brauche frische Luft«, sagte sie und öffnete die Tür des Obduktionssaals.

»Ich auch.« Lenja schob den Wagen mit dem Leichnam an ihr vorbei, zurück in den Kühlraum. Sie verfrachteten den Toten in einen Leichensack und legten ihn in das Fach Nummer zwanzig. Seinen Leichnam konnten sie zur Beerdigung freigeben. Der fast Achtzigjährige war einem Herzinfarkt erlegen.

»Weißt du, ich verstehe immer noch nicht, wie die tote Frau von heute Morgen ins Wasser gelangt ist«, sagte Lenja plötzlich und sah Julia durchdringend an. »Die Rheinbrücken sind doch alle ziemlich hoch. Wenn sie da runtergefallen wäre, hätte sie sich zumindest den Knöchel oder den Arm brechen müssen. Und dass sie vom Ufer aus hineingelaufen ist, kann ich mir nicht vorstellen.«

Darüber hatte Julia ebenfalls nachgedacht. Sie hatte jedoch keine vernünftige Erklärung dafür gefunden. »Bisher wissen wir einfach nicht, wie es passiert ist. Ich denke, dass sie nicht freiwillig im Rhein gelandet ist. Der Bluterguss am Handgelenk deutet darauf hin, dass sie gezwungen wurde, ins Wasser zu gehen oder zu springen. Theoretisch hätte sie beim Sprung die Beine strecken und die Arme eng an den Körper legen können, sodass sie sich keine Verletzungen zugezogen hat.«

Lenja warf ihr einen Blick zu, der Bände sprach.

»Okay.« Julia hob entschuldigend die Hände. »Ich klinge schon fast so wie Florian.« Sie lächelte unwillkürlich, als sie an ihn dachte. Sie mochte es, wenn er die Dinge hinterfragte. »Ich gebe dir recht«, fuhr sie fort. »Bei dem massiven Alkoholkonsum konnte sie wahrscheinlich keinen Schritt mehr geradeaus laufen. Es ist nicht naheliegend, dass sie wie eine Olympiateilnehmerin in den Rhein gehüpft ist. Was hältst du davon, wenn wir uns die Stelle anschauen, wo die Frau letzte Nacht entdeckt wurde?«

»Aber hat die Polizei den Fundort nicht inzwischen abgesperrt?«, gab Lenja zu bedenken.

»Florian ist bestimmt vor Ort. Er wird uns durchlassen, und falls nicht, rufe ich ihn an.« Die Aussicht auf frische Luft und vor allem die Gelegenheit, etwas mehr über die Tote herauszufinden, beflügelten Julia. »Es kann nichts schaden, wenn wir uns dort ein wenig umsehen.«

Auch ihr früherer Chef Manfred Holsten hatte immer sehr viel Wert darauf gelegt, dass Rechtsmediziner den Fundort von Gewaltopfern und idealerweise auch den Tatort zu Gesicht bekammen. Das konnte den Durchbruch bei der Aufklärung in manchen Mordfällen bringen. Sie kramte den Autoschlüssel aus der Tasche und hielt ihn hoch. »Mach das Kühlfach zu. Wir nehmen meinen Wagen.«

Julias klappriger Golf stotterte wegen der eisigen Kälte. Wie schon so oft nahm sie sich vor, nach einem neuen Fahrzeug Ausschau zu halten. Lange konnte dieses Auto nicht mehr durchhalten. Es hatte über zehn Jahre auf dem Buckel. Andererseits brachte es sie immer noch zuverlässig ans Ziel und Julia hing irgendwie an dem alten Ding.

Sie steuerten in Richtung Norden. Der Rhein zog sich wie eine Schlange durch Köln. Beide Seiten waren dicht bewohnt. Je weiter sie allerdings fuhren, desto mehr dünnten sich die Wohnhäuser aus. Die Tote war im Stadtteil Niehl gefunden worden. Julia manövrierte den Wagen durch ein Industriegebiet, das um diese Uhrzeit wie eine Geisterstadt aus leeren Gebäuden und Hallen wirkte. Aus dem Dunkel tauchte ein Schild auf, das den Hafen auswies. Julia fuhr daran vorbei.

»Da vorne muss es sein«, stieß Lenja kurz darauf aus.

Julia nahm den Fuß vom Gas, als sie das Blaulicht eines Streifenwagens sah, und trat auf die Bremse. Sie kurbelte die Scheibe herunter und hielt neben einem Polizisten, der an dem Wagen lehnte und eine Zigarette rauchte.

»Mein Name ist Julia Schwarz. Ich bin vom rechtsmedizinischen Institut. Meine Kollegin und ich wollen uns den Fundort der Leiche anschauen. Florian Kessler ist der zuständige Kriminalkommissar. Sind wir hier richtig?«

Der Mann zog an der Zigarette und ließ einen Rauchschwaden aus seinem Mund gleiten, bevor er antwortete: »Ja, die tote Frau wurde gestern hier aus dem Rhein geborgen.« Er trat an ihre Seitenscheibe, um mit einer Taschenlampe ins Wageninnere zu leuchten. Julia kniff die Augen zusammen.

»Sie sind aber nicht angemeldet«, bemerkte er und nahm die Lampe herunter. »Können Sie sich ausweisen?«

Julia hielt ihm ihren Institutsausweis vor die Nase. »Florian Kessler hat heute der Obduktion beigewohnt. Er wird uns autorisieren.«

»Alles klar«, erwiderte der Polizist und zog sein

Handy aus der Tasche. »Kleinen Augenblick bitte. Ich frage mal nach.«

Julia kurbelte die Scheibe wieder hoch, während der Mann in sein Telefon sprach. Sie rieb sich die Hände, die ganz kalt geworden waren. Draußen musste es inzwischen Minusgrade haben. Sie überlegte, ob sie Florian selbst anrufen sollte, doch in diesem Moment klingelte bereits ihr Handy. Sie drückte eine Taste.

»Florian, entschuldige, dass ich dich nicht gleich angerufen habe. Ich dachte, du wärst hier. Wir würden uns gerne kurz den Fundort ansehen.«

»Ich wollte eigentlich da sein, aber ich hänge noch im Büro fest. Heute war hier die Hölle los. Wir haben es mit einer Serie an Raubüberfallen zu tun. Martin ist ebenfalls hier. Wir versuchen gerade, die Identität der Toten aus dem Rhein herauszubekommen. Die Einträge in der Vermisstendatenbank scheinen allerdings nicht zu passen. Wie auch immer, der Kollege lässt euch durch. Schade, dass wir uns nicht treffen. Ich hätte den Fundort gerne mit dir und Lenja zusammen begutachtet.«

»Das ist wirklich schade. Wir sehen uns nachher bei dir.« Julia lächelte und legte auf. Sie öffnete die Wagentür und bedeutete Lenja, ihr zu folgen.

»Kommen Sie«, sagte der Polizist und hob das Absperrband für sie an. »Geben Sie acht, dass Sie nicht ausrutschen und ins Wasser fallen. Es ist sehr glitschig.«

»Können Sie uns erzählen, wer die Tote mitten in der Nacht gefunden hat?«

»Jemand aus der Nachbarschaft. Ein Ingenieur. Der

führt immer seinen Hund aus, wenn er vom Dienst aus seinem Chemiewerk kommt. Der Hund hat angeschlagen, nur deshalb wurde er auf die Tote aufmerksam.«

Julia bedankte sich und machte ein paar Schritte auf den Schiffsanleger zu. Ein Strahler der Spurensicherung erhellte die Fundstelle. Die ältere Frau, die an einem Geländer stand, erkannte Julia sofort.

»Hallo, Frau Schubert«, sagte sie und ging auf die Leiterin der Spurensicherung zu. »Ich hätte mir denken können, dass wir uns hier treffen.«

Anna Schubert gab ihr erfreut die Hand. »Ich dachte schon, wir müssen alleine frieren. Es ist eiskalt, und hier am Wasser fühlt es sich an, als wäre man am Nordpol gelandet.« Sie deutete auf eine Plastikbox, in der sich einige gefüllte Asservatentüten befanden. »Bisher konnten wir nicht viel ausrichten. Mein Kollege hat ein paar Fasern sichergestellt. Die stammen vom Mantel des Opfers.«

»Wo ist der Leichnam denn gefunden worden?«, fragte Julia und beugte sich über das Geländer.

»Gleich hier vorne«, erwiderte Schubert und zeigte auf einen ihrer Mitarbeiter, der wenige Meter entfernt mit einem Pinsel in der Hand über den Boden des Anlegers kroch.

»Die Tote ist an der vorderen Ecke hängen geblieben«, erklärte er. »Das war echtes Glück. Sie wäre sonst weiter den Rhein hinabgetrieben.«

Lenja trat ebenfalls näher heran und schaute hinunter. »Wie tief ist das? Zwei Meter?«

Anna Schubert klappte einen Zollstock auf und ließ

ihn in die Tiefe. »Eher zwei Meter fünfzig bis zur Wasseroberfläche«, sagte sie und faltete den Zollstock wieder zusammen. »Der Fluss strömt nach Norden. Sie muss also innerhalb des Stadtgebietes oder südlich von Köln ins Wasser geraten sein.«

»Wir vermuten, dass die Tote höchstens drei Tage im Rhein getrieben ist. Bei den niedrigen Temperaturen ist das immer schwer zu schätzen. Aber es war noch keine Waschhaut ausgebildet und die Abschürfungen und äußeren Verletzungen halten sich in Grenzen. Viel länger kann es demzufolge nicht gewesen sein, eher kürzer.«

»Wir werden versuchen herauszufinden, an welcher Stelle des Rheins die Frau ins Wasser gefallen sein könnte. Wir dürfen allerdings nicht zu viel erwarten, da sich die Strömungen und Fließgeschwindigkeiten allein durch die Schifffahrt ständig ändern.« Anna Schubert holte einen Stadtplan von Köln aus der Manteltasche und breitete ihn auf dem Boden vor Julia und Lenja aus. Sie leuchtete mit der Taschenlampe eine blaue Linie ab, die den Rhein darstellte.

»Es gibt einige Brücken in Köln. Die meisten sind jedoch rund um die Uhr sehr belebt. Ich kann mir nicht vorstellen, dass es niemandem aufgefallen ist, wenn sich eine Frau von der Brüstung gestürzt hätte.«

Julia betrachtete die Karte. »Da wir wie gesagt keine schweren äußeren Verletzungen festgestellt haben, ist sie höchstwahrscheinlich nicht von einer Brücke gefallen. Sie könnte genauso gut an einer Stelle wie dieser in den Rhein gelangt sein. Die Brücken sind sehr hoch und hätten vermutlich Knochenbrüche oder zumindest starke Prellungen hervorgerufen. Und die Frau hat anfangs im Wasser definitiv noch gelebt. Sie ist ertrunken.«

Anna Schubert rieb sich nachdenklich das Kinn. »Es könnte sie doch auch jemand an einer flachen Stelle in den Fluss gezerrt und unter Wasser gedrückt haben? Falls wir hier überhaupt von einem Tötungsdelikt reden. Im Polizeibericht habe ich etwas von Suizid gelesen.«

Julia trat ein wenig vom Geländer zurück. »Sie wurde nicht unter Wasser gedrückt. Das können wir aufgrund der Obduktionsergebnisse ausschließen. Sie hat während der Ertrinkungsphase immer wieder Luft eingeatmet. Das passiert nicht, wenn jemand gewaltsam untergetaucht wird. Ob Suizid oder ein Tötungsdelikt konnten wir auf Basis der Autopsie leider nicht abschließend klären. Die Umstände sprechen allerdings für Letzteres.«

Anna Schubert nickte Julia anerkennend zu. »Wenn Sie ein Tötungsdelikt für möglich halten, dann glaube ich Ihnen. Aus Sicht des Täters war es wahrscheinlich vielversprechend, das Opfer im Rhein zu versenken. Die Strömung hätte die Frau theoretisch bis ins Meer tragen können, und spätestens nach drei Wochen wäre der Leichnam so entstellt, dass er kaum noch zu identifizieren wäre.«

Anna Schubert seufzte und schaute auf die Uhr. »Da wir es an dieser Stelle lediglich mit dem Fundort zu tun haben, mache ich mir nicht sonderlich viele Hoffnungen auf verwertbare Spuren. Für heute ist es genug. Ich brauche ein wenig Wärme, sonst halten meine alten Knochen nicht mehr lange durch.«

Die Leiterin der Spurensicherung verabschiedete sich und ließ Julia und Lenja auf dem Schiffsanleger zurück. Julias Handy klingelte. Florians Nummer leuchtete im Display auf.

»Julia, seid ihr noch am Fundort?«, fragte Florian ohne Umschweife. Sein Tonfall versetzte Julia sofort in Alarmstimmung.

»Ja, ist was passiert?«

»Kann man wohl sagen. Ein anonymer Anruf ging gerade in der Notrufzentrale ein. Der Anrufer hat ein Pärchen beobachtet und glaubte, die Frau sei nicht freiwillig bei dem Mann. Ihm kam das Verhalten merkwürdig vor, und er hatte Angst, dass der Frau etwas zustoßen könnte. Die beiden wurden ganz in der Nähe vom Fundort der Wasserleiche gesehen. Auf der Niehler Hafenbrücke. Ihr seid doch zu zweit. Könnt ihr vielleicht einmal nachschauen, ob da wirklich jemand ist? Die nächste Streife ist leider mehr als zwanzig Minuten entfernt.«

»Okay. Wir sind schon unterwegs. Hat der Anrufer gesagt, warum er nicht selbst eingegriffen hat?«

»Nein. Die Mitarbeiterin von der Notrufzentrale meinte, er klang ziemlich ängstlich und hat gleich wieder aufgelegt. Es war jedenfalls zufällig dieselbe Dame, die den Notruf unser Opfer betreffend entgegengenommen hat. Deshalb hat sie mich sofort informiert.«

Julia winkte Lenja mit sich. Sie verließen den

Schiffsanleger und stiegen ins Auto. Ihr Golf brauchte drei Anläufe, bis er endlich ansprang. Sie fuhren durch das menschenleere Industriegebiet zurück zu der Kreuzung, an der das Hinweisschild zum Hafen stand.

»Links geht es lang«, sagte Lenja. »Ich kenne mich hier ein wenig aus. Die Hafenbrücke ist eine reine Fußgängerbrücke gleich zu Beginn des Hafengebietes. Wir können dort parken.«

Julia gab Gas. Sie waren jetzt drei Minuten unterwegs. Die Brücke konnte sie bereits in der Ferne erkennen.

Sie navigierte auf die Hafenbrücke zu, die einen großen Bogen machte, bevor sie sich über den Rhein erhob. Julia kniff die Augen zusammen und versuchte ein Pärchen auszumachen.

»Ich sehe da oben niemanden«, stellte sie fest und parkte den Wagen am Fuße der Brücke.

»Ich auch nicht«, erwiderte Lenja und kletterte aus dem Auto. »Wenigstens gibt es Laternen. Sonst würden wir so gut wie nichts sehen.«

Sie nahmen den schmalen Anstieg, der sie über ein paar Eisenbahnschienen führte. Die Brücke verlief über einen künstlich angelegten Nebenarm des Rheins, der zum Hafen ausgebaut worden war. Als sie oben ankamen, knirschten die Holzbohlen unter ihren Füßen. Sie marschierten genau bis zur Mitte der Brücke und blieben stehen. Ein kalter Wind blähte Julias Mantel auf. Sie setzte die Kapuze auf und steckte die Hände in die Manteltaschen. Unter ihnen schmatzte das dunkle Wasser. Es klatschte gegen das Hafenbecken und strömte langsam zum Hauptarm des Rheins. Julia und Lenja blickten sich zu allen Seiten um. Von einem Pärchen war weit und breit nichts zu sehen. Einige Bereiche des Hafens waren beleuchtet. Zahlreiche Container lagerten am Ufer. Ein graues Gebäude erhob sich unweit von ihnen in den nachtschwarzen Himmel. Ein Kran reckte seinen Stahlarm auf das Wasser hinaus. Stahlseile ächzten im kalten Wind. Julia begann zu frieren. Für dieses Wetter war sie nicht ausgerüstet. Lenja hatte die Arme um ihren Oberkörper geschlungen, ihr schien ebenfalls kalt zu sein.

Julia wollte sich gerade zum Gehen wenden, als sie im Augenwinkel einen Schatten registrierte. Sie verharrte auf der Stelle und starrte in die Dunkelheit. Auf der anderen Uferseite glaubte sie, eine Bewegung auszumachen.

»Lenja, siehst du das auch?«, flüsterte sie und streckte die Hand aus. »Da drüben ist jemand.«

Lenja trat näher an die Brüstung heran und spähte in die Finsternis.

»Das ist das Pärchen!«, stieß sie aus und fing an zu laufen.

Julia hastete ihr hinterher. Als sie die andere Seite der Brücke erreichten, konnte Julia im Schein einer Laterne das Paar am Hafenbecken erkennen. Sie wirkten wie ein Liebespaar. Doch dann schwankte die Frau merkwürdig.

»Hey, was machen Sie da?«, rief Julia von der Brücke hinunter und blieb stehen.

Der Mann blickte zu ihr auf. Obwohl sie seine

Augen nicht sehen konnte, hatte sie das Gefühl, von ihnen durchbohrt zu werden. Plötzlich ging alles rasend schnell. Der Mann stieß die Frau ins Hafenbecken. Es platschte laut, als sie auf dem Wasser auftraf. Sie tauchte sofort unter. Julia rannte gleichzeitig mit Lenja los, die Brücke hinunter. Die Frau erschien wieder an der Wasseroberfläche und schlug mit den Armen um sich. Es dauerte eine gefühlte Ewigkeit, bis sie keuchend unten am Hafenbecken ankamen. Der Mann war verschwunden und von der Frau nichts mehr zu sehen. Julia blieb stehen und schnappte nach Luft. Lenja riss sich den Mantel vom Leib und sprang ohne zu zögern ins Wasser.

»Lenja!«, schrie Julia. »Was machst du da? Du wirst ertrinken.«

Sie eilte an die Hafenkante und starrte hinunter. Lenja tauchte unter und kam nach ein paar Sekunden wieder hoch.

»Ich kann sie nicht finden«, brüllte sie nur und ließ sich abermals in die Tiefe gleiten.

Julia stand wie erstarrt da. In ihrem Kopf ratterte es. Sie durfte auf keinen Fall ihrem Instinkt folgen und hinterherspringen. Sie würden alle drei innerhalb kürzester Zeit unterkühlen oder ertrinken. Hastig sah sie sich um und erblickte einige Meter weiter ein Schiff, an dem ein kleines Rettungsboot befestigt war. Sie riss noch während des Laufens das Handy aus der Tasche. Sie wählte Florians Nummer und stellte das Telefon auf Lautsprecher.

»Kessler«, hörte sie erleichtert seine Stimme schon nach dem zweiten Klingeln.

»Florian, wir sind im Niehler Hafen. Du musst sofort zwei Rettungswagen und die Feuerwehr schicken. Wir haben das Pärchen gefunden. Der Mann hat die Frau tatsächlich ins Wasser gestoßen. Lenja ist hinterhergesprungen. Ich versuche sie jetzt herauszuziehen, aber mir läuft die Zeit davon. Bitte beeile dich, sonst unterkühlen sie.«

»Okay«, war das Einzige, was Florian sagte, dann legte er auf.

Julia krabbelte über den Rand des Hafenbeckens und ließ sich mit den Beinen voran hinab in das kleine Boot gleiten, während sie immer wieder ängstlich nach Lenja Ausschau hielt. Noch schwamm ihre Assistentin im Wasser. Julia bildete sich ein, dass ihre Bewegungen bereits schwerfälliger wurden. Das Boot geriet unter Julias Schritten aus dem Gleichgewicht und begann heftig zu schaukeln. Sie kroch auf Knien zum Bug und versuchte das Seil zu lösen, mit dem es an dem größeren Schiff vertäut war. Doch der Knoten saß zu fest.

»Hilfe«, japste Lenja.

Julias Herz fing an zu rasen. Sie bekam den Knoten nicht auf. Verzweifelt zerrte sie an dem Seil und brauchte eine halbe Ewigkeit, bis sie es endlich gelöst hatte. Völlig außer Atem stieß sie sich von der Hafenkante ab und bewegte das Boot langsam auf Lenja zu.

»Kannst du herschwimmen?«, rief sie und brachte alle Kraft auf, um näher an Lenja heranzukommen. Zentimeter um Zentimeter zog sie sich am Rand des

Hafenbeckens entlang. Die Steine waren eiskalt. Ihr taten bereits die Finger weh. Wie musste es für Lenja und die Frau in dem eisigen Wasser sein?

»Geht nicht. Ich hab die Frau. Beeil dich«, keuchte Lenja mit dünner Stimme. Sie war noch mindestens fünf Meter entfernt.

Julia registrierte den Rettungsring, der auf der Bank am Heck lag. Sie packte ihn, wobei das Boot fast kenterte, und warf ihn zu Lenja.

»Halt dich fest. Ich bin gleich da.« Erschöpft kam Julia schließlich bis auf einen halben Meter an Lenja heran. Sie schleuderte ein Ende des Taus in Lenjas Richtung und fasste das andere Ende mit der rechten Hand.

»Nimm das Tau, dann kann ich dich ranziehen.«

Lenja hing mit einem Arm auf dem Rettungsring. Mit der freien Hand hielt sie den Kopf der bewusstlosen Frau über Wasser. Sie hatte keine Chance, das Seil zu greifen.

»Lass die Frau kurz los«, schrie Julia. Sie brauchten viel zu lange. Das Wasser war eiskalt. Lenja musste da raus, so schnell es ging.

»Lass sie endlich los!«, befahl Julia mit fester Stimme.

Endlich gehorchte Lenja. Sie griff das Seil und Julia zog sie heran. Sie lehnte sich über den Rand des Bootes und packte Lenja am Kragen.

»Jetzt versuche, den Kopf der Frau auf den Rettungsring zu legen.«

Lenja hatte keine Kraft mehr. Sie schaffte es nicht,

den Kopf der Frau auch nur ein paar Zentimeter anzuheben. Es gelang ihr gerade so, sie festzuhalten. Julia überlegte fieberhaft, wie sie die Bewusstlose retten konnte.

»Kannst du ihr das Seil um den Arm knoten?«

Lenja nickte. Sie fuchtelte im Wasser herum, während Julia sie mit beiden Händen am Kragen hochhielt. Sie fragte sich, wo die Rettungskräfte blieben. Ihr kam es vor, als wären inzwischen Stunden vergangen.

»Fertig«, krächzte Lenja.

Julia zog mit aller Kraft. Das Boot legte sich gefährlich auf die Seite. Lenjas Kleidung hatte sich so voll Wasser gesogen, dass sie Tonnen zu wiegen schien. Julia atmete tief ein und konzentrierte sich auf den nächsten Versuch. Lenja kam keine Handbreit aus dem Wasser.

»Wir schaffen es nicht. Lass mich los, bevor du noch reinfällst.«

In diesem Moment ertönten die Martinshörner.

»Halt dich fest. Die Rettung naht«, sagte Julia und rief so laut sie konnte um Hilfe.

Innerhalb weniger Sekunden verwandelte der verlassene Hafen sich in ein Gemisch aus blinkenden Lichtern und aufgeregten Stimmen. Zwei Männer stiegen von der Hafenmauer zu Julia ins Boot. Sie zogen Lenja mit einem kräftigen Ruck aus dem Wasser und schafften es auch, die bewusstlose Frau zu bergen. Zuerst wurden dann die beiden Verletzten an Land gehievt und anschließend Julia. Sie sah, wie die Helfer Lenja in einen Rettungswagen verfrachteten, während bei der Frau sofort mit Wiederbelebungsmaßnahmen begonnen wurde.

»Warten Sie, ich fahre mit«, rief Julia und stürzte zu dem Rettungswagen. Als sie Lenjas blau angelaufene Lippen, ihr aschfahles Gesicht und die geschlossenen Augen sah, überkam sie Panik. Ein Helfer schnitt Lenja die Kleidung vom Leib und wickelte sie in mehrere warme Decken. Der Notarzt legte eine Infusion an.

»Sie ist bewusstlos, aber sie atmet gleichmäßig«, erklärte er, ohne Julia anzusehen. »Können Sie die mal halten? Hier klemmt was.« Er drückte Julia die Infusionsflasche in die Hand und ruckelte an der Halterung. Dann steckte er die Flasche hinein und gab dem Fahrer ein Zeichen.

»Besser, wir fahren sie so schnell wie möglich ins Krankenhaus. Wie lange war sie im Wasser?«

Julia wurde schwarz vor Augen. Sie kämpfte gegen die eigene Ohnmacht und die Tränen an, während sie verzweifelt überlegte, wie viel Zeit vergangen war.

»Vielleicht knapp zehn Minuten. Die andere Frau ungefähr fünfzehn«, sagte sie schließlich.

Auf der Stirn des Arztes erschien eine tiefe Falte. »Das ist bei der Kälte ziemlich lange.«

Julia fing an zu zittern. Sie umfasste Lenjas Hand, die ganz schlaff und kalt war.

»Halte durch!«, flüsterte sie und konnte die Tränen nicht mehr zurückhalten. »Lenja, hörst du mich? Du musst durchhalten!«

6

Dr. Schönfelder betrachtete sie mit einer Mischung aus Sorge und Fassungslosigkeit. Er sagte lange Zeit nichts, sondern saß einfach nur in seinem Ohrensessel. Ab und an wanderte sein Blick zu ihrem linken Handgelenk.

»War der restliche Tag gestern so schlimm?«, fragte er schließlich, zog ein Taschentuch aus der Hosentasche und schniefte leise hinein. Erst jetzt fiel ihr auf, wie gerötet seine Augen waren. Offenbar hatte er sich erkältet.

Thea drückte sich in die Lehne ihres Sessels, als ob die paar Zentimeter die Viren davon abhalten konnten, sie anzustecken. Dr. Schönfelder hustete und mit dem Luftschwall, der über sie hinwegfegte, vergaß sie, was er sie eben gefragt hatte.

»Ich meine Ihre Verletzung, dort an Ihrer linken Hand. Ich ...« Er sprach nicht weiter, sondern presste sich das Tuch vor Nase und Mund. »Verzeihen Sie«, krächzte er, stand auf und goss sich eine Tasse Tee ein.

»Möchten Sie auch? Das tut gut bei dieser Kälte.«

Thea schüttelte den Kopf. Ihr Blick wurde automatisch nach draußen gezogen. Heute schien die Sonne nicht. Der graue Himmel sog alles Glitzern in sich auf, das gestern so märchenhaft über dem Garten gelegen hatte. Es war nichts mehr übrig von der Schönheit des Winters, von dem wunderbaren weißen Schnee, der die Welt wie mit Puderzucker bedeckt hatte. Der Schnee war fort, trotz der Kälte. Heute Morgen, als Thea aufgewacht war, hatte sie zuerst nach den Eisblumen an ihrem Fenster gesehen. Doch sie waren nicht mehr da gewesen. Sie hatte sich gefühlt, als hätte jemand ihr das schöne Leben weggenommen. Genau wie damals in jener Nacht.

Thea senkte den Blick zu ihrem Handgelenk und nahm im gleichen Moment den scharfen Schmerz wahr, der darin pochte. Auf der einen Seite hasste sie dieses Gefühl. Sie wollte es rausreißen, wegwerfen und nie wieder spüren. Auf der anderen Seite war dieser Schmerz das Einzige, was sie überhaupt kontrollieren konnte. Während die schrecklichen Bilder sie mitten in der Nacht oder zu sonstigen Zeiten einfach überfielen, bestimmte Thea selbst, wann ihr Arm wehtat und wann nicht. Der eine Schmerz überdeckte den anderen, und so merkwürdig es für Dr. Schönfelder auch klingen mochte, der Schmerz durch die Schnitte an ihrem Unterarm fühlte sich sanft an. Wie ein feiner eiskalter

Windhauch, der ihr durch die Haut stach und sie aus ihren Albträumen in die Realität zurückholte.

»Ich weiß, ich sollte mich nicht ritzen«, erklärte sie und zerrte am Ärmel ihres Pullovers, der viel zu kurz war und höchstens drei der zehn Schnitte bedeckte.

»Ich hatte gehofft, wir hätten diese Phase überstanden.«

Dr. Schönfelders Worte versetzten ihr einen Stich. Plötzlich fühlte sie sich schuldig. Ungefähr so, wie Alex sich fühlen musste. Egal, was sie tat. Dieser Arzt würde nie mit ihr zufrieden sein. Sie sprang auf und wollte aus dem Behandlungszimmer rennen, doch dann fiel ihr ein, dass sie zu Beginn der Sitzung versprochen hatte, nicht fortzulaufen.

Thea hastete trotzdem auf die Tür zu und blieb davor stehen.

»Thea, bitte, wir sollten darüber reden. Ich kann Ihnen helfen. Aber zuerst müssen Sie mir offenlegen, was in Ihnen vorgeht. Was ist gestern passiert, dass Sie wieder zur Klinge gegriffen haben? Was hat Sie so abgrundtief erschreckt?«

»Ich weiß nicht«, log Thea, denn sie wollte Alex nicht verraten. Dr. Schönfelder hatte ihr geraten, nicht mit ihm zu sprechen. Er täte ihr nicht gut. Mit einem tiefen Seufzer atmete sie aus. Sie spürte, wie mit ihm alle Kraft ihren Körper verließ. Thea ließ die Schultern hängen und kehrte reumütig zu ihrem Sessel zurück. Dr. Schönfelder war nicht ihr Feind, sondern ihr Retter. Auch wenn er ihr mit seinem Verhalten auf die Nerven ging. Er wollte ihr trotzdem helfen.

»Ich habe über Schuld und Unschuld nachgedacht. Über die Grenzen, die nicht klar sind. Darüber, dass man sein Schicksal jederzeit selbst in die Hand nehmen kann ... aber dennoch kann alles schiefgehen.« Sie schluchzte und dachte an Alex' traurigen Blick. An seine trostlosen Augen, sobald er sich an seine Schwester erinnerte.

»Und weil Sie sich schuldig fühlen, haben Sie sich selbst wehgetan?«

Thea nickte heftig. Sollte Dr. Schönfelder das ruhig glauben. Eigentlich hatte sie sich geritzt, um Alex zu vergessen. Sie wollte die Begegnung im Garten am liebsten ungeschehen machen. Sie konnte es nicht ertragen, dass er sie allein in der Kälte zurückgelassen hatte. Sie hatte gehofft, dass er sie mochte. Aber sie hatte sich wohl geirrt.

»Ja, ich fühle mich schuldig«, erwiderte sie und verdrängte Alex aus ihren Gedanken.

Dr. Schönfelder rutschte auf seinem Sessel vor. Seine Nähe verwirrte Thea. Sie roch sein herbes Parfüm, das überhaupt nicht zu seinen sanften blauen Augen passte.

»Sie können nichts dafür. Sie tragen keine Schuld an dem, was Ihnen passiert ist«, säuselte er, und auch der Klang seiner hellen Stimme entsprach nicht der dunklen Geruchsnote, die sich in ihrer Nase festsetzte. Er schniefte und Thea drückte sich noch ein wenig tiefer in die Rückenlehne. Das Bild von schmatzendem pechschwarzem Wasser stieg in ihr auf. Sie hörte das Platschen und spürte die Kälte, die sie in ihre tödlichen

Arme nahm.

»Ich kann etwas dafür«, schluchzte sie, weil dieses Bild sie nicht mehr loslassen wollte. Es war alles, was von jener Nacht in ihrem Kopf übrig geblieben war. Ein Strudel aus dunklem Wasser und ein Körper voller Schmerzen. Der Rest ihrer Erinnerungen schien ausgelöscht. Nein. Das stimmte nicht. Wenn sie Dr. Schönfelder Glauben schenkte, waren ihre Erinnerungen weggeschlossen. Sie konnte sie jederzeit herausholen aus dem Überlebensschrank, wie Dr. Schönfelder ihn nannte. Aber sie war nicht bereit. Sie wollte nicht wissen, was damals passiert war. Es war etwas Schlimmes. Etwas sehr, sehr Schlimmes und sie trug die Schuld daran.

»Wir können eine weitere Hypnose versuchen. Glauben Sie mir, Thea. Je eher wir endlich zum Kern Ihres Problems vorstoßen, desto schneller werden Sie sich wieder besser fühlen. Deswegen sind Sie doch hier, oder? Sie wollen Ihr altes Leben zurück.«

Tränen schossen in ihr hoch. Seine Worte trafen sie mitten ins Herz. Er wusste genau, was sie brauchte. Aber er konnte es ihr nicht geben, denn die Last ihrer Schuld erdrückte jegliche Hoffnung auf einen Neuanfang.

7

»Lenja?« Julia fuhr hoch. Ihr Herz raste, und für einen Augenblick hatte sie keine Ahnung, wo sie sich befand.

»Alles in Ordnung?«, fragte Florian. Er blinzelte sie müde an.

Julia nickte, schüttelte dann jedoch den Kopf, als die Erinnerung an die letzte Nacht in ihr hochkam. Überhaupt nichts schien okay zu sein. Lenja lag im Krankenhaus, genauso wie die unbekannte Frau. Für beide sah es nicht rosig aus. Lenja war sehr stark unterkühlt. Die Ärzte versuchten, ihren Körper langsam wieder hochzufahren. Julia durfte gar nicht darüber nachdenken, was dabei alles schiefgehen konnte. Es gab etliche Fälle von unterkühlten Personen, die zunächst gerettet wurden, es aber am Ende nicht geschafft hatten. Die Organe des menschlichen Körpers waren labil. Man konnte sie nicht hoch- und runterfahren wie einen Computer oder einen Tiefkühlschrank. Das Netz aus feinen Blutbahnen reagierte empfindlich auf extreme Temperaturschwankungen.

»Ich hätte sie vom Springen abhalten müssen«, sagte Julia und konnte nicht verhindern, dass die Tränen in ihr hochstiegen. »Wieso habe ich sie nicht festgehalten?« Sie blickte Florian an. »Dir wäre das nicht passiert. Aber ich war in diesem Augenblick wie erstarrt. Lenja hat ihr ganzes Leben noch vor sich.«

»Hey, mach dich nicht fertig«, flüsterte Florian und nahm sie sanft in die Arme.

Seine Berührung tat ihr gut. Sobald sie an die Ereignisse der letzten Nacht zurückdachte, überkam sie ein heftiges Frösteln. Die Ärzte hätten sie am liebsten vierundzwanzig Stunden zur Überwachung im Krankenhaus behalten, weil auch sie nass und durchgefroren gewesen war. Doch für Julia war das nicht infrage gekommen. Sie konnte nicht tatenlos in einem Krankenbett liegen, wenn sie sich halbwegs gut fühlte. Zumindest körperlich.

»Es ging alles so schnell. Du trägst keine Schuld. Lenja wollte der Frau helfen. Du hättest sie nicht davon abhalten können. Mir wäre es genauso ergangen.« Florian nahm Julias Gesicht in beide Hände und sah ihr tief in die Augen. »Es war richtig von dir, nicht in das eiskalte Wasser zu springen und mich anzurufen. Du hast Lenja und diese Frau mit dem Boot gerettet. Ihr wäret sonst alle drei gestorben.«

Julia stöhnte. Wie oft hatte sie diese Sätze in der Nacht zu hören bekommen? Von den Ärzten, den Rettungssanitätern und der Polizei. Sie wusste ja selbst, dass sie vernünftig gehandelt hatte. Trotzdem hätte sie nicht zulassen dürfen, dass Lenja sich in Lebensgefahr begibt.

»Ich hätte sie irgendwie aufhalten müssen«, wiederholte sie und lehnte sich an Florians breite Brust. Es tat so gut, seine Wärme zu spüren. »Danke, dass du mich das nicht alleine durchmachen lässt«, hauchte sie ihm ins Ohr.

»Ich bin immer für dich da.« Florian drückte ihr einen Kuss auf die Stirn. »Lenja wird es überstehen. Sie atmet und ihr Körper funktioniert.«

Julia lächelte. »Schön, wie du das ausdrückst. Ich gehe in Gedanken die ganze Zeit sämtliche Organe durch, die durch die Unterkühlung in Mitleidenschaft gezogen werden. Ich könnte dir ein Referat über Langzeitschäden halten, dir würde übel werden.«

»Sie wird es schaffen und die andere Frau hoffentlich auch. Ohne Lenjas Einsatz wäre sie jetzt tot.«

»Ich weiß.« Julia seufzte. Obwohl sie objektiv alles richtig gemacht hatte, fühlte sie sich trotzdem miserabel.

»Deine Idee mit dem Boot war genial. Du hast Lenja vor dem Ertrinken bewahrt«, fuhr Florian fort.

Vor dem Ertrinken schon, dachte Julia, aber nicht vor der Unterkühlung. Dafür hätte sie Lenja viel eher aus dem Wasser ziehen müssen. Noch immer spürte sie das tonnenschwere Gewicht ihrer durchnässten Assistentin in den Armen.

»Gut, dass du so schnell Hilfe geschickt hast. Lange hätte ich sie nicht mehr festhalten können.« Julia schmiegte sich an ihn und wischte sich eine Träne aus dem Augenwinkel. »Können wir gleich ins Krankenhaus fahren? Ich muss mit eigenen Augen sehen, wie es Lenja geht.«

Florian schaute auf die Uhr. »Es ist erst sechs. Aber lass es uns versuchen. Ich wollte mich nach der Frau erkundigen. Der Kerl, der sie ins Wasser geworfen hat, könnte unser Täter sein.«

Die bewusstlose Frau lag auf der Intensivstation. In der Nacht schon hatten sie versucht, Informationen über ihren Zustand zu erhalten. Doch wegen diverser Notfälle hatte kein Arzt für sie Zeit gehabt. Sie waren auf den nächsten Tag vertröstet worden. Julia hatte die Frau noch nicht einmal richtig gesehen. Ihr Gesicht war bleich gewesen. Es waren ständig Leute um sie herumgewuselt und hatten ihr die Sicht verdeckt. In Julias Erinnerung war diese Frau nicht mehr als ein gesichtsloses Bündel, das im schwarzen Wasser trieb.

»Ich denke, dieser Kerl könnte auch die Unbekannte, die wir gestern obduziert haben, in den Rhein gestoßen haben.«

»Es ist der gleiche Rheinabschnitt, wo sie gefunden wurde. Täter bewegen sich gerne in bekannten Gefilden. Bestimmt hat er nicht damit gerechnet, dass ihn jemand bei seiner Tat beobachtet. Es könnte aber auch ganz anders sein. Wir wissen noch nicht hundertprozentig, ob es sich überhaupt um ein Tötungsdelikt handelt. Bei der Frau, die jetzt im Krankenhaus liegt, sieht es allerdings definitiv nach einem versuchten Mord aus.«

»Wir sollten sofort ins Krankenhaus.« Julia sprang

vom Bett und zog Florian mit sich. »Ich halte diese Ungewissheit keine Sekunde länger aus.«

»Warum rufst du nicht schon mal an?«

Julia schüttelte den Kopf. »Bis ich da jemanden in der Leitung habe, der mir kompetent Antworten geben kann, mache ich mir lieber selber ein Bild.« Sie schlüpfte in ihre Sachen und begab sich ins Bad. Eine Welle der Übelkeit überkam sie. Julia presste die Lippen zusammen. Ihr durfte jetzt nicht schlecht werden. Sie hatte zu tun.

›Durchhalten!‹, befahl sie sich stumm und drehte das kalte Wasser auf. Sie benetzte Gesicht und Dekolleté. Sofort ging es ihr besser. Den Blick in den Spiegel vermied sie. Sie musste fürchterlich aussehen. Hastig griff sie zur Zahnbürste und beeilte sich mit dem Putzen.

Nur zehn Minuten später saßen sie in Florians Wagen und brausten in Richtung Krankenhaus. Je näher sie kamen, desto schneller schlug Julias Herz. Sie machte sich große Sorgen um Lenja. Wenn ihr etwas passierte, würde sie sich das nie verzeihen.

Mit wachsweichen Knien stieg Julia aus dem Auto, nachdem Florian geparkt hatte. Der Weg zum Eingang war die reinste Tortur. Mit jedem Schritt verstärkte sich ihre Nervosität. Florian schien es zu spüren. Er drückte ihre Hand, sagte jedoch kein Wort. Sie gingen zum Fahrstuhl und fuhren in die fünfte Etage. Es trennten sie ungefähr noch dreißig Meter von Lenjas Krankenzimmer.

Eine grauhaarige, gut gelaunte Schwester kam aus

dem Raum und lächelte ihnen zu.

»Kann ich Ihnen helfen?«

Julias Zunge hatte sich in einen Holzklotz verwandelt. Nur mit Mühe fand sie die richtigen Worte. »Mein Name ist Julia Schwarz und das ist Florian Kessler von der Kriminalpolizei. Wir möchten gerne mit Lenja Nielsen reden. Wie geht es ihr?«

Obwohl die Schwester sofort antwortete, fühlten sich die Sekunden, bis sie den Mund aufmachte, wie Stunden an.

»Sie ist auf dem Weg der Besserung. Sie kommt durch. Sie können mit ihr sprechen.«

Julia fiel ein Stein vom Herzen. »Danke«, sagte sie und öffnete leise die Zimmertür.

»Lenja?«

Ihre Assistentin lag blass im Bett. Als sie Julia erkannte, zuckten ihre Mundwinkel nach oben.

»Wie geht es dir?«, fragte Julia, ging zu ihr ans Bett und umfing Lenjas Finger, während Florian am Fußende stehen blieb.

»Es wird wieder. War schon verdammt kalt im Wasser. Aber ein paar angewärmte Infusionen haben mich auf Trab gebracht. Die Ärztin war heute Morgen hier und hat mir gesagt, dass ich in zwei, drei Tagen rauskomme, wenn alles weiter nach Plan verläuft.«

»Gott sei Dank«, stieß Julia aus. »Ich habe mir wahnsinnige Sorgen gemacht. Ich hätte dich nicht springen lassen dürfen.«

Lenja brachte ein zerknirschtes Grinsen zustande.

»Du hättest mich nicht davon abhalten können. Ich

wollte diese Frau retten.« Lenja richtete sich ein wenig auf. »Weißt du, wie es ihr geht? Sie hat es doch hoffentlich geschafft, oder?«

Julia zuckte mit den Achseln und blickte zu Florian.

»Wir erkundigen uns gleich nach ihr. Wir haben bisher nichts gehört, außer dass sie auf der Intensivstation behandelt wird«, erklärte Florian. »Ich freue mich jedenfalls sehr, dass es Ihnen wieder gut geht.« Er schenkte Lenja ein Lächeln.

»Ich könnte euch begleiten«, schlug Lenja vor, doch Julia drückte sie sofort zurück ins Kissen.

»Nein«, sagte sie entschlossen. »Dieses Mal passe ich auf dich auf. Du bleibst liegen und schonst dich. Wir fragen nach und geben dir Bescheid.«

Lenja verzog das Gesicht, machte jedoch keine Anstalten mehr, das Bett zu verlassen.

»Okay«, erwiderte sie schließlich. »Aber ich möchte alles erfahren. Versprochen?«

»Natürlich.« Julia konnte sich ein Grinsen nicht verkneifen. Sie konnte nachvollziehen, dass Lenja nicht im Krankenzimmer zurückbleiben wollte.

Sie verabschiedeten sich von Lenja und begaben sich zwei Etagen tiefer zur Intensivstation. Die Anmeldung war nicht besetzt. Sie traten an die breite Tür heran, die sich surrend öffnete. Dahinter rannten Schwestern und Ärzte geschäftig über den Flur. Julia blickte in das erste Zimmer, in dem die Patienten an Schläuche und Maschinen angeschlossen waren. Ein großer Mann mit kräftigem Bauch baute sich vor ihnen auf.

»Sie dürfen hier nicht einfach hereinspazieren. Besucher sind nicht gestattet.« Die Worte des Pflegers duldeten keinen Widerspruch.

Florian zeigte ihm seinen Dienstausweis.

»Entschuldigen Sie. Draußen vor der Tür war niemand und deshalb sind wir hereingekommen. Wir müssten wissen, wie es der Frau geht, die in der Nacht unterkühlt hier eingeliefert wurde. Sie wäre beinahe im Rhein ertrunken.«

Julia blickte in das nächste Zimmer, konnte jedoch keine Frau sehen. Die Betten waren ausschließlich mit männlichen Patienten belegt.

»Sie meinen die Frau ohne Namen?«, fragte der Pfleger und breitete die Arme aus. »Zu der darf ich nichts sagen. Da müssen Sie auf die Ärztin warten. Ich gebe ihr Bescheid. Bitte verlassen Sie jetzt die Station.« Er fuchtelte mit seinen kräftigen Fingern vor ihren Gesichtern herum und scheuchte sie zur Tür.

Draußen suchten sie sich zwei freie Stühle und warteten. Hin und wieder huschte ein Arzt oder eine Schwester an ihnen vorbei. Doch niemand sprach sie an. Zwanzig Minuten vergingen.

»Ob die uns vergessen haben?«, fragte Julia ungeduldig und erhob sich von ihrem Stuhl.

»Ich denke, sie haben zu viel zu tun. Ich kann meine Nummer hinterlassen«, schlug Florian vor, doch Julia schüttelte heftig den Kopf.

»Auf keinen Fall. Ich muss jetzt wissen, was los ist.« Sie war im Begriff, wieder die Station zu betreten, aber in diesem Moment kam ein dünner hochgeschossener Mann heraus.

»Sind Sie von der Kripo?«, fragte er mit spitzer Stimme, die nichts Gutes verhieß.

»Ich bin Doktor Gallert, leitender Oberarzt. Wenn Sie mir bitte folgen.« Er lotste sie durch einen endlosen Gang zu seinem Büro.

»Setzen Sie sich doch.« Er deutete auf zwei abgenutzte Stühle vor seinem Schreibtisch, deren blauer Farbton sich im Laufe der Zeit in ein fahles Grau verwandelt hatte.

Dr. Gallert nahm ebenfalls Platz und begann auf der Tastatur seines Computers zu tippen. Dann las er von seinem Bildschirm ab.

»Die Patientin wurde gestern Nacht um dreiundzwanzig Uhr fünfzehn in bewusstlosem und stark unterkühltem Zustand eingeliefert. Ein Kreislaufstillstand war vorausgegangen, die Reanimation erfolgreich. Wir mussten sie jedoch vor zwei Stunden in ein künstliches Koma versetzen. Je nachdem, wie ihre Werte sich entwickeln, können wir sie morgen wieder aus dem Koma herausholen. Wir müssen abwarten.« Dr. Gallert sah sie bedauernd an. »Tut mir leid. Mehr kann ich Ihnen im Moment nicht sagen. Sie ist stabil, aber ob sie durchkommt, hängt von vielen Faktoren ab. Die Frau hatte übrigens einen Promillewert von über eins. Wir warten noch auf weitere Blutergebnisse und führen zusätzlich ein Drogenscreening durch.«

»Dürften wir einen Blick auf ihre Kleidung werfen?«,

fragte Julia, die sich nicht so leicht zufriedengeben wollte.

»Die Kleidung?« Dr. Gallert hob nachdenklich die Augenbrauen. »Sprechen Sie am besten mit Doktor Liebhard. Sie hat die Patientin gestern aufgenommen. Ich rufe sie her.« Er sprach kurz in sein Telefon und erhob sich. »Wenn Sie mich jetzt entschuldigen. Ich muss in den OP. Warten Sie hier. Frau Doktor Liebhard wird in ein paar Minuten herkommen.« Dr. Gallert warf einen Blick auf die Uhr und eilte mit einem knappen Nicken davon.

»Meinst du, die Frau wird überleben?« Florian sah Julia fragend an.

»Schwer zu sagen. Die Umstände hören sich jedenfalls nicht besonders gut an.« Julia schätzte die Chancen bestenfalls auf fünfzig Prozent. Vielleicht hatte sie Glück.

Die Tür ging auf und eine zierliche Ärztin mit langen dunklen Haaren betrat das Büro.

»Guten Morgen, ich bin Kerstin Liebhard. Was kann ich für Sie tun?«

»Ich bin Kriminalkommissar Florian Kessler und das ist Doktor Schwarz vom rechtsmedizinischen Institut. Wir haben ein paar Fragen zu der Patientin, die in der Nacht mit Unterkühlung eingeliefert und von Ihnen behandelt wurde.«

»Dann war der Sturz ins Wasser kein Unfall?«

»Wie kommen Sie darauf?«

Die Ärztin zog irritiert die Augenbrauen zusammen. »Na ja, man könnte darauf schließen, weil Sie von der Kripo sind und Ihre Kollegin Rechtsmedizinerin ist.«

»Ich verstehe. Für einen Augenblick hatte ich gehofft, dass Ihnen an der Patientin womöglich etwas aufgefallen ist, das uns bei den Ermittlungen weiterhelfen könnte.«

»Sie trug einen Abschiedsbrief bei sich. Folgen Sie mir. Dann kann ich Ihnen gleich die Kleidung und die restlichen Sachen übergeben.«

»Restliche Sachen?«, fragte Julia neugierig. »Was meinen Sie damit?«

Die Ärztin verzog das Gesicht und öffnete die Tür. »Das schauen Sie sich am besten selbst an. Wir haben hier wirklich schon viel zu sehen bekommen. Sie kennen vermutlich auch derartige Unfälle.« Die Ärztin warf einen Seitenblick zu Florian und eilte wortlos den Gang hinunter, als wären sie zu einem Notfall unterwegs. Sie bogen um zwei Ecken und gelangten in einen Trakt, der nur für das Personal zugänglich war. Sie hetzten an einem Materiallager vorüber, prall gefüllt mit Medikamenten, Verbandsmaterial und anderen medizinischen Utensilien. Vor der nächsten Tür blieb Dr. Liebhard stehen.

»Hier bewahren wir Fundstücke von Patienten auf.« Sie öffnete die Tür und durchquerte den kleinen Raum. Auf einem Tisch lagen zusammengefaltet ein paar Sachen und daneben stand eine Plastikbox.

»Hier ist schon mal der Abschiedsbrief.« Dr. Liebhard griff in die Box und zog ein Blatt Papier heraus, das in Folie eingeschweißt war. »Die Patientin scheint ziemlich ordentlich zu sein. Zumindest hat sie ihr Vorhaben gründlich vorbereitet und dafür gesorgt, dass der Brief trotz des Wassers lesbar bleibt«, bemerkte sie.

Florian seufzte und warf Julia einen vielsagenden Blick zu. Sie ahnte bereits, was in dem Brief stand, bevor sie die Zeilen lesen konnte.

Ich bin schuldig und kann so nicht weiterleben. Es tut mir leid.

»Das ist haargenau derselbe Text. Allerdings mit einer anderen Handschrift«, stellte Florian fest.

Die Ärztin, die gerade einen weiteren Gegenstand aus der Box nehmen wollte, hielt inne.

»Sie kennen den Text?«, fragte sie überrascht.

Florian kniff die Lippen zusammen und nickte. »Ich kann nicht viel dazu sagen. Im Fall der Frau auf Ihrer Intensivstation können wir einen Suizid ausschließen. Zeugen haben beobachtet, wie sie ins Wasser gestoßen wurde.«

»Das ist alles sehr merkwürdig. Wir mussten jedenfalls das hier von ihren Hüften schneiden.« Doktor Liebhard zeigte ihnen einen Keuschheitsgürtel und verzog angewidert die Mundwinkel. »Ich habe keine Ahnung, warum sie das getragen hat. Wir haben einen Abstrich aus der Vagina entnommen. Kein Sperma.« Sie räusperte sich. »Das war bei diesem Ding ja auch nicht zu erwarten.«

»Haben Sie die Frau auf sonstige Spuren von Gewalteinwirkung untersucht?«, wollte Julia wissen.

Dr. Liebhard schüttelte den Kopf. »Nein. Dazu blieb keine Zeit. Aber Sie sind Ärztin und können gerne gleich einen Blick auf die Patientin werfen. Ich nehme an, dass Ihr Kollege uns noch ein offizielles Papier besorgen wird.«

»Natürlich«, sagte Florian, streifte sich Handschuhe über und ergriff den Mantel der Frau. »Haben Sie die Taschen nach Ausweispapieren durchsucht?«

»Ja, doch da waren keine. Nichts außer diesem eingeschweißten Abschiedsbrief. Wir wissen leider nicht, wie die Patientin heißt oder woher sie kommt.«

»Schade.« Florian legte den Mantel zurück, um sich die Hose und das Oberteil vorzunehmen. »Die Sachen hat sie bei einer bekannten Modekette eingekauft«, stellte er rasch fest. »Die bringen uns jedenfalls nicht weiter. Was meinen Sie, Doktor Liebhard, könnte die Patientin aufwachen und uns ihren Namen verraten? Vielleicht kannte sie den Angreifer sogar. Das würde uns enorm weiterhelfen.«

»Wenn wir sie zu früh aus dem künstlichen Koma holen, stirbt sie. Wir können nur abwarten und hoffen.« Dr. Liebhard wandte sich an Julia. »Ich hätte noch ein paar Minuten Zeit. Sie könnten sich die Patientin jetzt ansehen. Herr Kessler müsste allerdings hier warten. Er ist kein Arzt und darf die Intensivstation deshalb nicht betreten.«

»Gerne«, erwiderte Julia und folgte der Ärztin auf die Station. In ihrem Inneren vibrierte es. Sie hatten es wohl mit einem Serienkiller zu tun. Er schrieb diese Briefe – oder wahrscheinlicher: Er zwang seine Opfer dazu. Deswegen klangen sie auch so unpersönlich, ohne Anrede an einen Hinterbliebenen und ohne Unterschrift. Vermutlich war der Kerl ein Psychopath und Empathie für ihn ein Fremdwort. Julia hatte vor Kurzem eine neue Studie über solche Menschen gelesen. Tatsächlich konnte man das Fehlen von Angst und Mitgefühl im Gehirn nachweisen. Diese Areale waren bei den betroffenen Personen komplett unterentwickelt oder arbeiteten überhaupt nicht.

Dr. Liebhard schleuste sie durch eine Tür und schritt eilig auf einen Vorhang zu.

»Wir haben die Patientin abgeschottet, damit sie mehr Ruhe hat. Im Koma werden trotzdem Geräusche und auch Lichtreflexe wahrgenommen, und wir wollen nicht, dass die Patientin Albträume bekommt.« Sie zog den Vorhang beiseite und deutete auf das Bett in der Ecke.

Julia trat näher. Eine Frau mit langen blonden Haaren Mitte bis Ende zwanzig lag ausgestreckt auf dem Intensivbett. Sie wirkte unnatürlich bleich. Julia inspizierte die Hände der Frau, ihre Arme und dann die Füße.

»Kann es sein, dass Sie ein paar Splitter aus ihren Fußsohlen entfernt haben?«, fragte sie und betrachtete die tiefen Einschnitte, die sämtliche Zweifel an einem Mordversuch oder unterschiedlichen Tätern wegfegten.

»Tut mir leid. Das hat mein Assistent erledigt. Sie muss vor ihrem Sprung ins Wasser in Glasscherben getreten sein. Es handelt sich jedoch nicht um lebensbedrohliche Verletzungen, deshalb haben wir den Splittern wenig Beachtung geschenkt.«

»Haben Sie die Scherben noch?«, fragte Julia und

machte mit ihrem Smartphone einige Fotos von den Fußsohlen der Frau. »Wir müssten diese dringend in Augenschein nehmen und im Labor analysieren.« Vielleicht war die Frau über dieselbe Art von Scherben gelaufen wie die Tote. Doch diese Vermutung behielt Julia erst einmal für sich. Sie wollte Florian nicht in die Parade fahren. Er leitete die Ermittlungen.

»Ich frage kurz nach.« Dr. Liebhard entfernte sich und begann zu telefonieren.

Julia fuhr mit der Untersuchung fort, fand jedoch keine weiteren Verletzungen oder Hinweise auf andere Gewalteinwirkungen.

»Tut mir leid, aber die Scherben sind im Müll gelandet. Mein Assistent meint, es wären wahrscheinlich zerbrochene Flaschen gewesen. Grüne und braune.«

»Wann erhalten Sie die Ergebnisse des Drogenscreenings?«

»Ich schätze morgen oder übermorgen. Lassen Sie mir doch Ihre Karte hier, und ich rufe Sie an, sobald ich mehr weiß.«

Julia kramte eine Visitenkarte aus ihrem Portemonnaie und drückte sie der Ärztin in die Hand.

»Ja, bitte informieren Sie mich. Ich hoffe, die Patientin überlebt.« Julia warf einen zweifelnden Blick auf den Herzmonitor, der über dem Bett angebracht war.

»Ich hoffe es auch ... Ich ... Ach, nein.« Dr. Liebhard zögerte und schüttelte dann den Kopf. »Ich melde mich.«

Irgendetwas in ihrer Stimme ließ Julia aufhorchen.

»Sie wollten mir noch etwas sagen, richtig?« Julia

rührte sich nicht vom Fleck, während die Ärztin unbeholfen von einem Fuß auf den anderen tänzelte.

»Okay. Können Sie mir versprechen, mich nicht bei der Polizei zu verraten?«

Julias Augen wurden groß. »Ich gehe nicht davon aus, dass Sie ein Verbrechen begangen haben. Also ja. Ich behalte es für mich«, versprach sie, obwohl ihr plötzlich gar nicht mehr wohl bei dieser Entscheidung war.

Dr. Liebhard holte ihr Handy aus der Tasche und drückte eine Taste. »Hören Sie genau zu.«

Julia nahm das Telefon und hielt es sich ans Ohr. Das Erste, was sie wahrnahm, waren Piepstöne. Dieselben, die sie auch in diesem Raum hörte. Offenbar hatte Dr. Liebhard die Aufnahme auf der Station gemacht. Plötzlich drang ein leises Stöhnen an Julias Ohr. Dann ein lauterer Schrei, schon beinahe ein Kreischen. Danach war es bis auf die Piepstöne wieder still. Drei Sekunden später vernahm sie eine Frauenstimme, die lallend etwas sagte, das sie nicht verstand. Julia blickte hilflos zu der Ärztin.

»Spulen Sie bitte einmal zurück!«

Julia wiederholte den letzten Teil der Aufnahme. Sie lauschte angestrengt, und tatsächlich begriff sie im zweiten Anlauf, was die Frau gesagt hatte.

»Ich bin schuld. Ich bin schuldig.«

Klick.

Die Aufnahme endete.

»Hat sie diese Worte gesagt?«, fragte Julia und fühlte sich an den Abschiedsbrief des ersten Opfers erinnert.

Dr. Liebhard nickte. »Ja, immer wieder, bevor wir sie ins Koma versetzt haben. Ich dachte irgendwie, es wäre wichtig, und habe es aufgenommen. Aber dann fiel mir ein, dass es verboten ist, die Stimme aufzuzeichnen. Ich will helfen, aber keine Anzeige kassieren. Wenn Sie verstehen.«

»Ich sorge dafür, dass Sie nicht in Schwierigkeiten geraten. Könnten Sie mir diese Aufnahme schicken?«

Dr. Liebhard zögerte.

»Ich verrate niemandem, woher ich sie habe. Im Notfall behaupte ich, die Aufnahme stammt von gerade eben und ich hätte sie selbst gemacht.«

Die Ärztin seufzte und drückte ein paar Tasten auf ihrem Handy. »Okay. Ich vertraue Ihnen.«

Julia bedankte sich und verließ eilig die Intensivstation. Sie musste unbedingt mit Florian reden.

8

Vor dreizehn Jahren

Ihr blondes Haar flatterte im Wind. Der Duft von frisch gemähtem Getreide wehte zu ihnen herüber. Die Sonne stand hoch am Himmel und brannte auf sie herab. Er wischte sich eine Schweißperle von der Stirn. Ihr schien die Hitze nichts auszumachen. Sie lächelte selig und öffnete die Hand. Ein paar Würfel kullerten über die Picknickdecke.

»Eine Zwei, eine Vier, die Acht und die Eins«, verkündete sie strahlend. »Jetzt bist du dran.«

Sie reichte ihm den Würfelbecher und plötzlich hatte er eine Idee.

»Wir könnten ein Datum ausknobeln.«

»Ein Datum?«

Er rückte ein bisschen näher an sie heran. So dicht, dass er ihr Parfüm riechen konnte. Es erregte ihn.

»Der Tag, an dem wir heiraten«, brummte er heiser.

»Heiraten?« Sie kicherte und hielt sich die Hand vor den Mund. »Meinst du das ernst?«

Er nickte, weil ihm plötzlich die Worte fehlten. Sie war seine erste Liebe. Vielleicht sogar seine letzte. Er wollte sie. Das wusste er schon immer. Auch als sie noch im Kindergarten waren.

»Okay«, sagte sie und deutete auf den Becher. »Du zuerst.«

Er schüttelte den Würfelbecher und drehte ihn über der Decke um. Vier Zahlen kamen zum Vorschein: sieben, zwei und zweimal die eins. Er verzog das Gesicht.

»Da müssen wir wohl im Winter heiraten. Das ist der siebenundzwanzigste November.« Er sah sie an, doch ihr schien das Datum nichts auszumachen. Sie nahm ihm den Becher ab und würfelte.

»Sieh mal. Das sind zwei Zweier und zwei Dreier. Du kannst dir das Jahr aussuchen.« Sie kicherte abermals. »Wenn du ein Jahr mit einer drei am Anfang nimmst, könnten wir zweitausenddreiunddreißig heiraten. Das wäre eine Schnapszahl und die bringt Glück.«

Er schüttelte den Kopf. »Dann sind wir uralt. Hast du das mal gerechnet? Das ist erst in fünfundzwanzig Jahren.«

Sie runzelte die Stirn. »Haben wir nicht Zeit? Ist doch eh nur eine Zahl auf dem Papier. Außerdem heiraten die meisten Menschen erst um die dreißig.« Sie musterte ihn mit ihren leuchtend blauen Augen.

Er rechnete hastig nach. In fünfundzwanzig Jahren wären sie unvorstellbar alt.

»Willst du keine Kinder?«, fragte er verunsichert. Er hatte immer geglaubt, sie wollte welche. Aber ihre Rechnung irritierte ihn.

»Doch. Schon.« Sie zögerte und sagte schließlich: »Ich weiß nicht.«

»Ich hätte einen Kompromiss«, schlug er vor und grinste sie an. Er legte zwei Würfel vor sie.

»Wir nehmen einfach die frühere Schnapszahl. Die mit den Zweiern.«

9

Martin Saathoff zwirbelte seinen Schnauzbart und spielte die Tonaufnahme erneut ab. Florians Partner hielt das Ohr ganz dicht an Julias Handy. Dabei zog er die Stirn in Falten, als ob er so besser hören könnte.

»Sie hat gelallt und war offenbar stark alkoholisiert«, erklärte Julia und ging vor dem Whiteboard auf und ab. Florian lehnte an seinem Schreibtisch und lauschte ebenfalls der Aufnahme.

»Schade, dass sie den Angreifer nicht beim Namen nennt«, fluchte Saathoff und gab Julia das Handy zurück. »Würde man in einem Albtraum nicht eher rufen: Martin, tue das nicht. Bitte nicht.« Saathoff verdrehte die Augen. »Entschuldigung, ich weiß, die Frau ist noch nicht über den Berg. Da sollte ich mich zurückhalten.«

»Das stimmt wohl«, entgegnete Florian. »Wissen wir, wie lange sie im künstlichen Koma bleibt?«

Julia zuckte mit den Achseln. »Bisher hat sich Doktor Liebhard nicht bei mir gemeldet.«

»Verstehe«, murmelte Florian und konzentrierte sich wieder auf seinen Bildschirm.

»Und Sie können keine nähere Beschreibung des Täters geben? Ihnen entgeht doch sonst nichts.« Martin Saathoff warf Julia einen beinahe flehentlichen Blick zu.

»Tut mir leid. Es war dunkel und ich war von der Situation völlig überrascht. Lenja hat ihn auch nicht richtig gesehen. Ich hätte nicht mal die Frau wiedererkannt, wenn mich Doktor Liebhard nicht an ihr Bett geführt hätte.« Julia fühlte sich nach wie vor miserabel. Sie hatte nicht verhindert, dass Lenja sich in Lebensgefahr gebracht hatte, und dazu war sie dem Täter begegnet und konnte nicht mehr über ihn sagen, als dass es sich um einen großen Mann handelte. Weder seine Kleidung noch irgendeine Auffälligkeit waren ihr im Gedächtnis geblieben.

»Niemand hätte unter diesen Bedingungen eine Personenbeschreibung abgeben können«, sagte Florian und sah vom Bildschirm auf. »Ich habe aber eine Vermisstenanzeige entdeckt, die auf die Tote passt.«

Julia ging sofort um seinen Schreibtisch herum und schaute ihm über die Schulter. Eine achtundzwanzigjährige Studentin, blond, lange Haare, zierliche Gestalt, wird seit sechs Tagen vermisst.

»Jana Albrecht«, las Julia vor. »Das könnte sie sein. Ehrlicherweise stimmt die Beschreibung allerdings auch mit der Frau im Krankenhaus überein.«

»Schöner Mist«, stieß Florian aus. »Ihre Mutter hat

die Anzeige aufgegeben. Was soll ich ihr erzählen? Ihre Tochter ist ertrunken. Es wäre jedoch genauso gut möglich, dass sie noch lebt und im Koma liegt.«

»Wir besorgen am besten eine DNS-Probe und rücken erst mit der Wahrheit raus, wenn wir Gewissheit haben«, schlug Martin Saathoff vor. »Wir können eine Streife zu der Familie schicken und es als Standardprozedur darstellen.«

Florian schien mit dieser Idee nicht sonderlich glücklich zu sein. »Die Ungewissheit ist für die Angehörigen oft das Schlimmste an der Situation. Aber in diesem Fall bleibt uns wohl nichts anderes übrig.« Er seufzte und widmete sich wieder seinem Bildschirm.

»Hat die Spurensicherung am Schiffsanleger eigentlich etwas entdeckt?«

Florian tippte auf eine Mappe neben seiner Tastatur. »Du kannst gerne einen Blick auf den Bericht werfen. Sie haben ein paar Fasern vom Mantel gefunden. Das war alles. Auch der Abschiedsbrief hat bisher nichts Brauchbares gebracht. Weder auf der Folie noch auf dem Papier sind Fingerabdrücke des Täters zu finden. Abdrücke von den Frauen waren aber vorhanden. Sobald wir wissen, wer sie sind, können wir eine Schriftprobenanalyse durchführen.«

Julia schaute auf die Uhr. Ihr blieb eine halbe Stunde bis zum nächsten Termin. Die Personalabteilung hatte einen Bewerber eingeladen, den sie auf keinen Fall verpassen durfte. Inzwischen fehlten ihr zwei Angestellte und Ferdinand Meisner würde nicht mehr lange am Institut sein. Vielleicht sollte sie ihn überreden, doch noch zu bleiben – wenigstens für eine gewisse Zeit.

»Wir sehen uns dann vermutlich heute Abend. Haltet mich auf dem Laufenden.« Julia verabschiedete sich mit einem Kuss von Florian und rief sich vor dem Gebäude ein Taxi. Sie musste auf Nummer sicher gehen.

Als sie im rechtsmedizinischen Institut ankam, wartete Kerstin Brandt bereits ungeduldig auf sie.

»Herr Possnitz ist schon seit einer Viertelstunde hier. Haben Sie meine E-Mail nicht gelesen?«

Julia schüttelte überrascht den Kopf. Sie hatte keine Zeit gehabt, auf ihr Smartphone zu schauen.

»Frau Ludwig von der Personalabteilung hat sich vertan und den Bewerber eine halbe Stunde zu früh eingeladen.« Julias Sekretärin verdrehte die Augen. »Wie kann denn so etwas bitte schön passieren?«

Julia seufzte. Das ging ja gut los. »Ist das die Bewerbungsmappe?« Sie deutete auf einen dunkelgrünen Ordner auf dem Schreibtisch. Ihre Sekretärin nickte und drückte ihr die Mappe in die Hand.

»Sie müssen in den Besprechungsraum Nummer drei c.«

Julia hastete die Treppen hinauf. Hoffentlich hielt Frau Ludwig den Bewerber bei Laune. Julia hatte seinen Lebenslauf studiert und ihn für passend befunden. Die Noten waren nicht ganz so gut, wie sie es sich gewünscht hätte, aber in diesen Zeiten blieb ihr nichts anderes übrig, als Abstriche zu machen. Hauptsache, Dirk Possnitz passte ins Team und kam vor allem mit der Arbeit an Toten klar. Sie dachte kurz an Ferdinand Meisner, der sich von Anfang an schwergetan hatte. Sie hätte gerne Lenja zu dem Vorstellungsgespräch mitgenommen. Ihre Assistentin hatte ein gutes Gefühl für Menschen, doch auf ihre Unterstützung musste sie heute leider verzichten.

Julia nahm die letzte Stufe und stemmte sich gegen die Feuerschutztür, die sich nur schwer öffnen ließ. Sie schlüpfte durch den Spalt und ignorierte ihren Magen, der das verpasste Frühstück mit einem grimmigen Knurren beanstandete. Die Tür des Besprechungsraums stand offen, und noch bevor sie hineinsehen konnte, hörte sie eine angenehme, freundliche Männerstimme. Voller Hoffnung eilte sie hinein und streckte zur Begrüßung die Hand aus.

»Guten Tag, schön, dass Sie hier sind. Mein Name ist Julia Schwarz und ich leite das rechtsmedizinische Institut.«

Der Bewerber, ein kräftiger Mann mit Bauchansatz und kahlem Schädel, errötete und sprang von seinem Stuhl auf.

»Dirk Possnitz«, stieß er aus und schloss ihre Hand in seinen schwitzigen Fingern ein.

»Es tut mir leid, dass ich spät dran bin.« Julia begrüßte Frau Ludwig aus der Personalabteilung und nahm gegenüber dem Bewerber Platz.

Nachdem Frau Ludwig ein paar allgemeine Worte zur Prozedur gesagt hatte, fragte Julia: »Aus welchem Grund möchten Sie bei uns anfangen? Haben Sie bereits Erfahrungen in der Pathologie sammeln können?«

Der Mann räusperte sich. »Mein Vater ist Bestatter. Er wollte eigentlich, dass ich in ein paar Jahren den Laden übernehme, aber ich will mehr für die Toten tun, als sie nur unter die Erde zu bringen. Ich würde der ganzen Sache gerne einen tieferen Sinn geben.« Er kratzte sich umständlich hinterm Ohr. »Wissen Sie, Totenscheine werden häufig sehr schnell ausgestellt, und ich habe mich des Öfteren gefragt, ob hinter der ein oder anderen Schramme oder Verletzung mehr stecken könnte.«

Die Antwort gefiel Julia. Possnitz war jemand, der bereits mit toten Menschen zu tun hatte. Er würde wohl kaum in einem halben Jahr vor ihrer Tür stehen und wie Ferdinand Meisner erklären, dass er sich bei seiner Berufswahl geirrt hätte.

»Wann könnten Sie denn bei uns anfangen?«, fragte Julia und ignorierte den kritischen Blick von Frau Ludwig, weil ihre Vorgehensweise vermutlich nicht den Gepflogenheiten entsprach.

»Ich habe mir vor ein paar Monaten eine Auszeit genommen, weil es meinem Vater gesundheitlich nicht gut ging. Ich habe im Bestattungsinstitut ausgeholfen. Inzwischen ist er jedoch wieder topfit. Das heißt, ich stehe im Prinzip ab sofort zur Verfügung.«

»Das ist ja wunderbar«, freute sich Julia. »Dann können Sie morgen beginnen?«

Frau Ludwig räusperte sich hörbar, doch Julia

beachtete sie nicht. Sie lächelte Dirk Possnitz freundlich an.

Possnitz riss erstaunt die Augen auf. Aber er fasste sich schnell.

»Ja. Natürlich. Sehr gerne sogar.« Er fuhr sich nervös durchs Haar und begann zu stottern: »Wie ... wie sähe denn das Gehalt aus?«

»Sie steigen zu dem üblichen Tarif für Assistenzärzte ein. Frau Ludwig kann Ihnen mehr dazu sagen. Es ist auf alle Fälle ein gutes Einkommen.« Julia erhob sich und reichte Possnitz die Hand. »Es hat mich sehr gefreut. Wir sehen uns morgen. Für heute stehen leider noch etliche Termine in meinem Kalender. Aber morgen früh können wir zusammen obduzieren.«

Possnitz strahlte über beide Wangen, während Frau Ludwig verärgert die Augenbrauen zusammenzog.

»Tut mir leid, dass ich dazwischenfunke. Aber wir haben ein gewisses Prozedere bei unserem Auswahlverfahren einzuhalten. Normalerweise stehen zwei Gespräche an, bevor eine endgültige Entscheidung über eine Einstellung getroffen wird.«

Julia lächelte Frau Ludwig an.

»Was soll ich sagen? Sie haben den perfekten Bewerber ausgesucht. Die Zeugnisse stimmen. Er kann praktische Erfahrungen vorweisen und ist obendrein sofort verfügbar. Sie machen einen wirklich guten Job, Frau Ludwig.«

Julias Charmeoffensive zeigte Erfolg. Die Falte zwischen den Augenbrauen der Personalerin glättete sich. Sie zögerte noch einige Sekunden, bevor sie sagte:

»Also gut. In diesem Fall ist wohl kein weiteres Gespräch nötig. Kommen Sie doch mit mir, Herr Possnitz. Wir klären die Formalitäten in meinem Büro. Dort kann ich Ihnen auch gleich einen Vertrag ausdrucken. Den können Sie natürlich zu Hause in Ruhe durchlesen.«

Julia war zufrieden. Das würde ihre Personalsituation erst einmal entschärfen.

»Wir sehen uns morgen früh um acht.« Sie griff das Handy vom Tisch und verließ das Besprechungszimmer.

Geschafft, dachte sie, als sie die Treppe hinunter zu ihrer Etage nahm. Es gab bessere Kandidaten als Possnitz, aber in diesen Zeiten durfte sie nicht wählerisch sein. Außerdem spiegelten sich die Fähigkeiten eines Kandidaten nicht ausschließlich in seinen Noten. Possnitz konnte sicherlich anpacken und er wirkte motiviert. Damit passte er perfekt ins Team. Noch so einen zögerlichen Mitarbeiter wie Ferdinand Meisner konnte sie jedenfalls nicht gebrauchen. Sie verließ das Treppenhaus und marschierte zu Dr. Neumanns Büro. Die Tür stand offen.

»Doktor Schwarz«, begrüßte sie ihr Kollege, der sie in den letzten Jahren immer wieder vertreten hatte. »Ich wollte auch gerade mit Ihnen sprechen. Ferdinand Meisner hat mir heute Morgen offenbart, dass er das Institut verlassen wird.«

»Deswegen bin ich hier.« Julia schloss die Bürotür hinter sich und setzte sich gegenüber von Dr. Neumann an den Schreibtisch. »Ich wollte mich mit Ihnen abstimmen und besprechen, ob es Sinn hätte, ihn zu bitten, noch einige Zeit hierzubleiben. Ich dachte an ein halbes Jahr. Dann wissen wir, wie es um Doktor Abel steht.«

Dr. Neumann seufzte. »Ja, vielleicht wäre das eine Option. Ich fürchte, um unseren Kollegen Abel steht es nicht gut. Es wird lange dauern, bis er den Rücken wieder voll belasten kann. Aber warten wir es ab. Wie geht es Lenja? Ich habe gehört, sie liegt im Krankenhaus?«

Julia berichtete kurz von ihrem nächtlichen Erlebnis und anschließend von dem Bewerber, der bereits morgen bei ihnen anfangen würde.

»Wenn ich ehrlich sein soll, brauchen wir Ferdinand Meisner unter diesen Umständen nicht unbedingt«, erwiderte Dr. Neumann. »Ich kann den Neuen gerne einarbeiten. Herr Meisner hat sich leider darum gedrückt, obwohl ich ihn ebenfalls gern eingearbeitet hätte. Er kam mit Obduktionen überhaupt nicht klar.«

Julia hatte dasselbe mit Ferdinand Meisner erlebt. Vor der Autopsie der Toten aus dem Rhein war er regelrecht geflohen.

»In Ordnung. Danke für Ihre Einschätzung. Dann werde ich Herrn Meisner nicht fragen, ob er länger bleiben könnte. Es wäre vermutlich sowieso schwierig geworden. Hoffen wir, dass Dirk Possnitz uns nicht enttäuscht.« Sie ließ Dr. Neumann allein und begab sich zu ihrem Büro.

Dort legte ihre Sekretärin gerade einen großen Stapel Papiere auf den Tisch.

»Gut, dass Sie hier sind, Doktor Schwarz. Diese

Unterlagen unterschreiben Sie mir am besten sofort. Das sind die Materialbestellungen für das nächste Quartal. Die möchte ich heute noch rausschicken, damit es nicht zu irgendwelchen Engpässen kommt.«

Julia seufzte. Sie hatte eigentlich umgehend die nächste Autopsie vornehmen wollen. Der Leichnam einer über achtzigjährigen Frau wartete auf ihre Einschätzung. Ein großes Hämatom am Oberschenkel hatte den Arzt beunruhigt, der ihren Tod festgestellt hatte. Doch nun leitete sie seit einiger Zeit dieses Institut und musste sich unglücklicherweise auch um die Administration kümmern.

»Geben Sie her«, sagte sie und zückte einen Kugelschreiber. Emsig unterzeichnete sie eine Bestellung nach der anderen.

»Und wir überschreiten damit auch nicht das Jahresbudget?«, fragte sie ein wenig zweifelnd, nachdem sie den Auftrag für eine ganze Ladung Gummihandschuhe genehmigt hatte.

»Keine Sorge, die Kostenaufstellung liegt unter dem Stapel. Wir liegen im grünen Bereich.«

Julia arbeitete die Dokumente eilig ab. Ihr Handy vibrierte und kündigte eine Nachricht an. Sie warf einen Blick darauf.

Lenja hatte ihr geschrieben:

Mit mir geht's weiter aufwärts. Hast du was zum Fall herausgefunden? Namen oder Spuren?

Julia lächelte. Lenja konnte es offenbar nicht abwarten, wieder ins Institut zu kommen. Sie schrieb ihr kurz eine Antwort:

Bisher leider nicht viel Neues. Wir haben vielleicht einen Treffer in der Vermisstendatenbank. Ich melde mich, sobald ich mehr weiß.

Julia unterschrieb die letzten drei Bestellungen und warf einen Blick auf die Kostenaufstellung. Wenn ihre Sekretärin sich nicht vertan hatte, würden sie in diesem Jahr das Budget sogar leicht unterschreiten. Wenigstens ersparte ihr diese Tatsache Diskussionen mit der Verwaltung. Sie packte den Papierstapel und wollte ihn zu Kerstin Brandt ins Vorzimmer bringen, als sie von dort eine aufgeregte Stimme hörte. Sie ahnte nichts Gutes und öffnete die Tür.

Frau Ludwig aus der Personalabteilung hatte sich vor ihrer Sekretärin aufgeplustert.

»Doktor Schwarz ist beschäftigt«, erklärte Kerstin Brandt mit fester Stimme und schielte zu ihr hinüber.

»Ich muss unbedingt sofort mit ...« Die Personalerin war dem Blick ihrer Sekretärin gefolgt und hatte sie entdeckt. »Da sind Sie ja. Frau Schwarz. Wir müssen reden!«

Julia legte unbeeindruckt die Unterlagen auf den Schreibtisch von Kerstin Brandt und wandte sich Frau Ludwig zu.

»Hören Sie, ich brauche Herrn Possnitz schnellstens hier im Institut. Sie wissen, dass wir derzeit unter Personalausfällen leiden. Zudem hat Ferdinand Meisner gestern gekündigt.«

»Herr Meisner?«, fragte Frau Ludwig überrascht.

»Genau der. Er wollte erst mit mir und Doktor Neumann sprechen, bevor er das offizielle Kündigungsschreiben bei der Personalabteilung einreicht. Sie sehen also, dass Herr Possnitz ein dringend benötigter Ersatz ist.«

Frau Ludwig stemmte die Arme in die Hüften. »Trotzdem. Ich möchte in einem Bewerbungsgespräch nicht so überfahren werden. Ich hätte mich gerne vorher mit Ihnen abgestimmt, aber Sie waren noch gar nicht hier.«

»Ich war bei der Kripo, also durchaus im Dienst. Übrigens ist auch Lenja Nielsen erkrankt und fällt die nächsten Tage aus.« Julia seufzte. Sie würde diesen Drachen so leicht nicht loswerden. »Also gut, kommen Sie rein. Wir reden in Ruhe.« Sie winkte Frau Ludwig in ihr Büro und setzte sich mit ihr an den Besprechungstisch.

Frau Ludwigs Miene hellte sich im selben Moment auf.

»Ich wusste ja noch nichts von Ihren neuerlichen Problemen«, erklärte sie und richtete sich kerzengerade auf. »Ich muss trotzdem darauf bestehen, dass wir uns bei Neueinstellungen an die Regeln halten. Zwei Gespräche sind der Standard, und wir dürfen lediglich in Ausnahmefällen davon abweichen, beispielsweise falls der Bewerber durch ein Praktikum bereits bekannt ist. Der erste Eindruck genügt einfach nicht.«

Julia wollte zuerst einen bissigen Kommentar abgeben, beherrschte sich jedoch. Sie durfte der Personalerin keine Vorwürfe machen, nur weil sie ihren Job verantwortungsvoll ausführte. Auch Julia würde nicht mitten in einer Obduktion aufhören, weil zunächst einmal keine unnatürliche Todesursache zu erkennen war. Egal wie sehr sie unter Druck stand, sie musste unbedingt fair bleiben. Selbst wenn sie die Dinge anders sah.

»Ich verstehe das«, antwortete sie. »Und ich verspreche Besserung. Wir wollen ja noch eine weitere Position besetzen zur zeitweisen Vertretung für Doktor Abel.«

Mit derartig wenig Widerstand hatte Frau Ludwig offenbar nicht gerechnet. Ihre Schultern sackten herunter und sie schwieg zunächst. Dann fand sie ihre Sprache wieder.

»Also gut, Doktor Schwarz, beim nächsten Mal führen wir zwei Gespräche durch. Ich bin sehr froh darüber, dass Sie die Sache auch so sehen.«

Julia setzte ein zuversichtliches Lächeln auf und atmete erleichtert auf, als Frau Ludwig ihr Büro verlassen hatte. Sie sah auf die Uhr, sprang aus dem Stuhl und eilte zum Autopsiesaal Nummer drei, wo der Leichnam der alten Frau bereits von einem Assistenten vorbereitet worden war. Er lag nackt und mutterseelenallein unter dem grellen Licht auf dem Obduktionstisch.

»Entschuldigung«, nuschelte Julia und schaute sich nach dem Präparationsassistenten um. Er war jedoch nirgendwo zu sehen. Wahrscheinlich bereitete er schon den nächsten Leichnam zur Autopsie vor. Julia wollte keine weitere Zeit verlieren und vertiefte sich in die Arbeit. Dabei kreisten ihre Gedanken immer wieder um die Tote aus dem Rhein und die Frau im Krankenhaus. Bisher hatte sich die zuständige Ärztin nicht gemeldet.

Julia wusste nicht, ob das ein gutes oder schlechtes Zeichen war.

Zwei Stunden später hatte sie zweifelsfrei den natürlichen Tod der alten Dame festgestellt, die vermutlich kurz vor ihrem Ableben gestürzt war. Das Hämatom am Oberschenkel hatte jedenfalls nichts mit ihrem Tod zu tun. Die Frau war an einer Lungenembolie gestorben.

Julia bedeckte die Tote und beschloss, den Leichnam selbst zurück in den Kühlraum zu bringen. Sie schob ihn aus dem Autopsiesaal durch den grauen Flur, als sie ein Geräusch aus dem Kühlraum wahrnahm. Verwundert schaute sie auf die Uhr. Es war bereits kurz nach acht. Ihre Mitarbeiter sollten längst Feierabend haben. Sie ließ den Wagen mit der Frau stehen und drückte langsam die Türklinke zum Kühlraum hinunter. Dann spähte sie vorsichtig hinein und erschrak.

10

Florian spielte die Aufnahme von der Frau aus dem Krankenhaus immer wieder ab.

»Ich bin schuld. Ich bin schuldig.«

»Was soll das bringen?«, knurrte Martin und bog an einer Ampel rechts ab. »Wie schon gesagt, wenn sie uns den Namen des Täters oder wenigstens ihren eigenen verraten hätte, wären wir weiter.«

»Ich frage mich, ob sie für irgendetwas bestraft werden sollte«, gab Florian zurück. Er wusste, dass die Tonaufnahme keine wesentliche Information enthielt. Aber die Stimme zu hören, schuf für ihn eine Verbindung zu der Frau im Koma. Noch immer kannten sie ihren Namen nicht und ihr Leben stand auf Messers Schneide. Florian versuchte sich in den Täter hineinzuversetzen. Und Fakt war eines: Der Killer legte seinen Opfern Keuschheitsgürtel um und ließ sie barfuß über Glasscherben laufen. Das sah aus wie eine Bestrafung. Die beiden Frauen hatten sich womöglich schuldig gemacht. Aber womit? Hatten sie den Täter gedemütigt, weil sie Sex mit einem anderen Mann gehabt hatten? Schnallte er ihnen deshalb einen Keuschheitsgürtel um? Und warum stieß er sie mitten im Winter in den eiskalten Rhein? Hatte das eine tiefere Bedeutung für ihn oder tat er es aus praktischen Gründen? Bei den herrschenden Temperaturen bedeutete ein längerer Aufenthalt im Wasser automatisch eine schwere Unterkühlung mit Todesfolge. So brauchte er sich die Finger nicht weiter schmutzig zu machen. Vielleicht sollte das Wasser die Frauen reinwaschen. Ein solches Ritual wäre ebenfalls nicht abwegig.

Leider verfügte Florian über zu wenige Informationen. Alles, was sie von dem Täter hatten, war seine Körpergröße. Der Kerl musste größer als einen Meter siebzig sein. Mehr wussten sie nicht, also praktisch nichts.

Abermals spielte er die Tonaufnahme ab und ignorierte Martins lang gezogenen Seufzer.

»Wir sind da«, sagte Martin eine Weile später und parkte den Wagen vor einem gepflegten Wohnblock im Kölner Süden. »Nimmst du den Mantel?«

Florian nickte. Sie hatten sich umentschieden. Statt eine Streife zu schicken, wollten sie Frau Albrecht den Mantel der Toten zeigen. Falls sie ihn als den ihrer Tochter identifizierte, würden sie mit Fotos von den Schuhen und anderen Kleidungsstücken fortfahren. Nach einer DNS-Probe, wie beispielsweise Haaren, könnten sie im Anschluss fragen. Er griff das in Folie eingeschweißte Beweisstück, das auf der Rücksitzbank des Dienstwagens lag, und stieg aus. Martin eilte voraus und sichtete die Klingelschilder an der Haustür.

»Hier ist es, in der vierten Etage«, brummte er und drückte den Knopf.

Es dauerte, bis endlich eine Frauenstimme aus der Gegensprechanlage ertönte.

»Hallo? Wer ist da?«

»Wir sind von der Polizei und wegen der Vermisstenanzeige hier.«

»Haben Sie Jana gefunden?« In der Stimme der Frau schwang so viel Hoffnung mit, dass Florians Magen zu rumoren begann.

»Wir würden das gerne persönlich mit Ihnen besprechen«, rief er in die Gegensprechanlage.

In der Leitung knackte es.

»Ich mache auf«, erwiderte Margret Albrecht tonlos. Der Hoffnungsschimmer war verflogen.

Er stieg mit Martin die Stufen in die vierte Etage viel langsamer hinauf, als es ihre Muskeln erlaubt hätten. Keiner von ihnen war erpicht auf das Gespräch, das gleich folgen würde. Jana Albrecht war entweder tot oder lag im Koma.

»Guten Tag, ich bin Martin Saathoff. Wir kommen von der Kriminalpolizei Köln und das ist mein Partner Florian Kessler.«

Martin trat als Erster in die kleine Wohnung und zwängte sich an der kräftigen Frau vorbei in den Flur.

»Gehen Sie bitte nach links ins Wohnzimmer«, dirigierte Margret Albrecht sie und schloss hinter Florian die Tür.

Während Martin seine Fußspitzen betrachtete, nachdem er sich auf das Sofa gesetzt hatte, wackelte Florian mit dem rechten Bein auf und ab. Endlich saß Margret Albrecht im Sessel und blickte sie durch dicke Brillengläser mit kleinen dunklen Augen an.

Florian breitete den Mantel vor ihr aus.

»Wir sind hier, um zu fragen, ob Ihnen dieses Kleidungsstück bekannt vorkommt«, fragte er mit einem unangenehmen Kratzen im Hals. Er sah es in Margret Albrechts Augen aufblitzen. Sie kannte den Mantel. Er hatte keine gute Nachricht für sie.

»Den habe ich ihr letztes Jahr zu Weihnachten geschenkt. Der ist von einer teuren Marke. Lassen Sie mich nachsehen.« Margret Albrecht begutachtete das Etikett im Kragen und nickte. »Der gehört Jana. Wo haben Sie ihn gefunden?«

Florian fehlten für einen Moment die Worte. Wie oft hatte er Menschen bereits zerbrechen sehen, wenn er ihnen sagte, dass einer ihrer Lieben für immer gegangen war. Schlimmer noch, ermordet worden war. Denn aus einem anderen Grund überbrachte er solche Art von Nachrichten nicht.

»Sind Sie sicher?«, fragte er und legte die Fotos von den Schuhen, der Hose und dem Oberteil vor Margret Albrecht hin.

Die Frau nickte schweigend und sah ihn an. Ihr Blick wirkte dunkel und leer. Die Finger hatten sich ineinander verkrampft.

»Sie wird nie mehr wiederkommen, nicht wahr?«,

flüsterte sie heiser, ohne Florian aus den Augen zu lassen.

Der Kloß in seinem Hals schnürte ihm regelrecht die Luft ab. Er räusperte sich.

»Wir haben Ihre Tochter am Rheinufer gefunden. Sie ist ertrunken«, erklärte er schließlich und fügte hinzu: »Jemand hat sie ins Wasser gestoßen. Gegen die Strömung und die Kälte ist sie nicht angekommen.«

Margret Albrechts Augen füllten sich mit Tränen. Sie schluchzte laut auf und schüttelte herzzerreißend den Kopf.

»Sie war doch noch so jung. Hatte das ganz Leben vor sich. Wer würde ihr denn etwas antun?«

»Wir werden alles tun, um den Täter zu entlarven«, sagte Martin. »Sie können uns helfen, indem Sie uns ein wenig über Ihre Tochter erzählen.«

»Sie war ein gutes Mädchen«, wimmerte Margret Albrecht. »Sie hat doch noch studiert. Hat erst letztes Jahr mit Biologie angefangen. Sie war so klug.« Ihre Stimme brach und sie konnte nicht weitersprechen.

»Hatte sie in letzter Zeit Streit mit jemandem? Vielleicht mit ihrem Freund?« Florian holte seinen Notizblock aus der Tasche.

»Nein. Jana hatte keinen Freund. Sie wollte sich nicht festlegen. Die Männer klebten an ihr wie die Fliegen, aber sie hat sie auf Abstand gehalten. Eine feste Beziehung erschien ihr wie ein Gefängnis. Sie hatte viele Freunde. Ich kenne jedoch niemanden, der ihr Gewalt antun würde.«

»Fühlte sich vielleicht einer von ihren Verehrern

zurückgestoßen? Hat Jana womöglich erwähnt, dass sie bedrängt wurde?«

Margret Albrecht schüttelte den Kopf. »Nein. Wie gesagt, sie hat sich auf keinen dieser Männer eingelassen. Aber reden Sie am besten mit ihrer Freundin. Jana und Carolina sind … o nein … waren unzertrennlich.«

»Wann hatten Sie das letzte Mal Kontakt zu Ihrer Tochter?«, fragte Florian und schrieb sich den Namen der Freundin auf.

»Das war vor einer Woche. Wir treffen uns immer Dienstagnachmittag zum Kaffee bei mir. Jana ist nicht gekommen, und als ich sie nicht erreichen konnte, habe ich die Polizei angerufen. Das war gestern.«

»Und haben Sie vor dem Treffen zum Kaffee vielleicht miteinander telefoniert?«

»Nein. Sie hat mit einer Gruppe von der Uni einen Ausflug gemacht, da wollte ich nicht stören. Aber sie hat mir gleich am ersten Tag ein Foto geschickt. Warten Sie, ich zeige es Ihnen.« Margret Albrecht kramte umständlich das Handy aus der Hosentasche und hielt es sich mit gestrecktem Arm vors Gesicht. Dann strich sie mit dem Zeigefinger über das Display und drehte es schließlich zu Florian und Martin herum.

»Sie war in Berlin?« Florian erkannte das Museum, in dem Jana mit einer anderen Frau ein Selfie geknipst hatte. »Ist das ihre Freundin Carolina?«

»Ja, das ist sie. Letzte Woche haben sie das Naturkundemuseum in Berlin besucht. Sie waren zwei Tage dort.«

»Und haben Sie seitdem mit Carolina gesprochen?«

»Selbstverständlich. Ich habe sie noch vor der Polizei angerufen. Aber sie konnte mir auch nicht sagen, wo Jana abgeblieben ist. Sie sind zusammen zurück nach Köln gefahren und am Hauptbahnhof haben sie sich verabschiedet.« Margret Albrecht schluchzte erneut. »Ich kann es einfach nicht fassen. Wie konnte das nur passieren? Hätte ich sie bloß angerufen. Vielleicht würde sie dann noch leben.«

»Geben Sie sich bitte nicht die Schuld an dem, was passiert ist. Sie können nichts dafür«, versuchte Florian sie zu trösten.

»Können Sie uns Namen von Männern geben, mit denen sich Jana zuletzt getroffen hat?«, fragte Martin, doch Margret Albrecht zuckte hilflos mit der Schulter. »Ich fürchte, so genau habe ich ihr nicht zugehört. Es war ja nie was Ernstes. Ich glaube, der letzte hieß Mark oder Mike? Tut mir leid.«

»Schon gut. Wir werden es herausfinden. Um sicherzugehen, bräuchten wir am besten die Haarbürste Ihrer Tochter oder irgendetwas für einen DNS-Abgleich«, bat Martin.

Im selben Moment klingelte Florians Telefon. Es war das Krankenhaus.

11

Julias Herz donnerte so laut in ihrer Brust, dass sie glaubte, man könnte es hören. Sie spähte noch immer durch den Spalt in den Kühlraum und konnte es nicht fassen. Vor den Schränken hockte jemand. Er hatte ihr den Rücken zugewandt und den Leichensack aus Fach Nummer acht geöffnet. Julia wusste sofort, dass darin die Tote aus dem Rhein lag. Ihr Name könnte Jana Albrecht sein. Doch das war im Augenblick völlig egal. Was zum Teufel tat dieser Mann mit ihr? Und wer war dieser Kerl? Er trug Jeans und einen dunklen Pullover, dessen Kapuze sein Haupt verhüllte. Seine schlanke Figur könnte zu einigen Mitarbeitern des Instituts passen. Julia überlegte, den Mann zur Rede zu stellen. Allerdings gäbe es auch die Möglichkeit, ihn weiter zu beobachten und herauszufinden, was er hier machte. Wollte er Spuren verwischen? Oder gehörte er zu einer Bande von Organhändlern? Durch Julias Kopf geisterte eine Vielzahl von Erklärungen. Sie wollte gerade die Tür aufstoßen, als der Mann sich erhob. Sie konnte sein Profil erkennen. Ungläubig sah sie, wie er den Leichensack schloss und zurück ins Kühlfach schob. Geräuschlos löste Julia sich von der Tür und huschte in den Raum gegenüber, der als Materiallager diente.

Ferdinand Meisner verließ den Kühlraum und zog die Tür hinter sich zu. Er wirkte bleich und seine Augen starrten leer. Er bemerkte nicht einmal die Transportliege mit der toten Frau, die Julia im Gang hatte stehen lassen. Schnurstracks bewegte er sich auf den Ausgang zu. Als er sich weit genug entfernt hatte, kam Julia heraus und sah ihm hinterher. Dann ging sie in den Kühlraum und öffnete das Fach mit der ermordeten Jana Albrecht. Sie zog den Reißverschluss des Leichensacks auf und überprüfte die Tote. Offenbar hatte Meisner nichts an ihr verändert. Die Frau wirkte exakt so, wie Julia sie verlassen hatte.

Was um alles in der Welt hatte Ferdinand Meisner mit der Leiche getan? Julia erinnerte sich noch genau an den Morgen, an dem er gekündigt hatte. Er wollte die Frau partout nicht obduzieren. Aber warum schaute er sich dann jetzt ihren Leichnam an? Bestimmt hatte er geglaubt, dass es um diese Uhrzeit niemand bemerken würde. Bis auf Julia hatten alle Mitarbeiter des Institutes längst Feierabend gemacht. Nachdenklich schob sie den Leichnam der alten Frau zurück in den Kühlraum und platzierte ihn einen Schrank weiter im mittleren Fach.

Julias Handy schrillte auf einmal los. Hastig holte sie es aus der Tasche und verließ den Kühlraum.

»Schwarz«, meldete sie sich knapp.

»Hier ist Doktor Liebhard. Ich wollte Sie nur kurz darüber informieren, dass wir die unbekannte Frau morgen aus dem Koma holen wollen. Ihr Zustand erscheint stabil genug. Der Kripo habe ich bereits Bescheid gegeben. Sobald sie vernehmungsfähig wäre, würde ich mich melden.«

»Danke für die Information. Es freut mich, dass es der Patientin besser geht. Hat sie in der Zwischenzeit noch einmal geredet?« Julia stieß die Tür zu ihrem Büro auf und setzte sich an ihren Schreibtisch.

»Nein, seit sie im Koma liegt, schweigt sie. Aber vielleicht ändert sich das morgen wieder.«

Julia bedankte sich abermals bei der Ärztin und legte auf. In ihrem Kopf herrschte ein großes Durcheinander. Was verdammt nochmal hatte Ferdinand Meisner im Kühlraum gesucht? Der Gedanke ließ ihr einfach keine Ruhe. Sie sah auf die Uhr. Es war zu spät, um Lenja noch einen Besuch abzustatten. Das würde sie sofort am nächsten Tag nachholen. Sie nahm das Handy ans Ohr und rief sie kurz an, um sich nach ihrem Befinden zu erkundigen.

»Mir geht es gut. In zwei Tagen komme ich hier raus. Gibt es etwas Neues?«, fragte Lenja.

»Die Frau soll morgen aus dem Koma geholt werden. Vielleicht kann sie uns bald sagen, wer sie in den Rhein gestoßen hat«, erklärte Julia. »Ich habe eben etwas Merkwürdiges beobachtet. Meisner hat sich im Kühlraum die Tote aus dem Fluss angeschaut.«

»Was?«, rief Lenja. Julia konnte ihre entrüstete

Miene regelrecht vor sich sehen. »Ich dachte, er hätte Schwierigkeiten mit toten Menschen. Warum schaut er sie sich dann an?«

»Das habe ich mich auch gefragt. Ob er sie vielleicht kannte? Er hat jedenfalls nichts verändert. Ich habe den Leichnam überprüft.«

»Du meinst, er wollte sie nicht obduzieren, weil er sie kannte?« Julia hörte Lenja am anderen Ende der Leitung nach Luft schnappen.

»Kennt er die Frau im Krankenhaus womöglich ebenfalls?«, stieß Lenja aus.

An diese Möglichkeit hatte Julia noch gar nicht gedacht. »Du denkst, er könnte der Täter sein oder den Täter kennen?« Julia glich Meisners Gestalt mit dem Mann vom Hafen ab. Sie gelangte zu keinem Ergebnis. Alles war viel zu schnell gegangen. Hinzu kamen die Entfernung und die Dunkelheit.

»Also ich weiß nicht. Aber merkwürdig ist das Ganze schon«, murmelte Julia. »Er könnte natürlich tausend andere Gründe haben. Kann sein, dass er doch in der Rechtsmedizin bleiben will und noch einmal Tuchfühlung zu Verstorbenen aufnimmt.«

Lenja machte ein verächtliches Geräusch. »Das halte ich für ausgeschlossen«, erwiderte sie. »Allerdings hast du recht. Es gibt etliche andere Erklärungen für sein Verhalten.«

»Ich werde ihn zur Rede stellen«, sagte Julia und sah auf die Uhr. »Am besten, ich fahre zu ihm nach Hause. Dann habe ich den Überraschungseffekt auf meiner Seite.«

Lenja schwieg.

»Hast du mich gehört?«, fragte Julia und suchte sich im Computer Meisners Adresse heraus.

»Was, wenn er der Täter ist?« Lenjas Stimme zitterte. »Es ist so schrecklich, dass ich hier festhänge. Zu zweit könnten wir es wagen. Aber bitte fahre da nicht alleine hin.«

»Ach Quatsch«, spielte Julia die Sache herunter. »Ich sehe ihn jeden Tag im Institut. Hier gibt es genügend Skalpelle, falls er mir etwas antun will.«

»Dann frag Florian.«

Julia seufzte. »In Ordnung. Ich begebe mich nicht in Gefahr.« Sie wünschte Lenja eine gute Nacht und legte auf. Sie dachte nach. Was würde Florian von ihr halten, wenn sie nicht in der Lage wäre, allein mit einem ihrer Mitarbeiter zu sprechen? Höchstwahrscheinlich würde er denken, sie wäre paranoid, weil sie hinter jedem Vorkommnis gleich einen Mörder vermutete. Ferdinand Meisner hatte sich in den sechs Monaten, die er im Institut arbeitete, stets höflich und in keiner Weise aggressiv benommen. Julia schüttelte abrupt den Kopf und steckte den Zettel mit seiner Adresse in die Hosentasche. Nein. Sie würde mit ihm reden. Jetzt. Sie war die Leiterin des Institutes, und sie hätte ihn schon vorhin ansprechen müssen, als sie ihn beobachtet hatte. Je länger sie darüber nachdachte, desto weniger konnte sie sich ihr Verhalten erklären. Lenjas Warnung kam ihr wieder in den Sinn. Seufzend nahm sie das Telefon zur Hand. Sie würde Florian anrufen und ihm erzählen, dass sie bei Meisner vorbeischauen würde. Damit hätte sie Lenjas Bedenken Genüge getan. Sie wählte seine Nummer.

»Kommst du zu mir?«, fragte Florian, bevor sie ein Wort aussprechen konnte.

»Ich muss noch kurz bei einem Kollegen vorbeifahren. Es gibt da eine Sache, die ich schnellstmöglich aus der Welt schaffen möchte. Danach sause ich zu dir.« Sie gab Florian Meisners Adresse durch und beendete das Gespräch zügig, obwohl sie Florians Enttäuschung spürte. Sie brauchte jetzt Klarheit. Entschlossen packte sie den Autoschlüssel und machte sich auf den Weg zur Tiefgarage.

Wenigstens sprang ihr Golf ohne zu murren an. Inzwischen war es halb zehn. Tausende Lichter in Kölns Straßen sorgten dafür, dass es nicht bereits stockdunkel war. Meisners Wohnung befand sich nur wenige Minuten vom Institut entfernt. Julia steuerte den Golf in die Nebenstraße, wo er wohnte, und parkte vor dem Hochhaus. Die vielen erleuchteten Fenster schauten auf sie herab, als sie den Parkplatz überquerte. Sie hatte keine Ahnung, hinter welchem sich die Wohnung von Meisner verbarg. Ein eisiger Windzug fuhr ihr ins Gesicht. Die Bäume, die den Parkplatz säumten, fuchtelten mit ihren dürren, kahlen Ästen, als wollten sie Julia davor warnen, weiterzugehen. Sie ignorierte die düsteren Bilder, die sich in ihrem Innersten ausbreiteten. Sie kannte Ferdinand Meisner und er würde ihr sicherlich eine harmlose Erklärung für sein Verhalten liefern. Schnurstracks marschierte sie auf die hell erleuchtete Hausnummer zu und überflog die Klingelschilder.

Meisner wohnte in der elften Etage. Julia klingelte und lauschte. Als sich nichts tat, trat sie ein paar Schritte zurück und blickte hinauf. Sie zählte die Geschosse ab, kam jedoch durcheinander. Gerade als sie neu anfangen wollte, knatterte es aus der Gegensprechanlage.

»Hallo?«, fragte Meisner und klang dabei ziemlich müde und abgeschlagen.

Julia sprang zum Hauseingang.

»Hier ist Julia Schwarz. Ich möchte eine dringende Angelegenheit mit Ihnen besprechen.«

Zunächst hörte sie nichts außer dem Knacken des Lautsprechers. Dann ertönte der Summer und sie trat ein. Als sie den Fahrstuhl sah, seufzte sie. Sie hasste diese Dinger. Die Vorstellung, in einem geschlossenen Kasten an einem dünnen Seil zu hängen, bescherte ihr immer wieder eine Gänsehaut. Sie beschloss, den anstrengenderen Weg, die Treppen, zu nehmen.

Als sie schnaufend in der elften Etage ankam, musterte Ferdinand Meisner sie verwundert.

»Ist der Fahrstuhl kaputt?«

Julia brachte kaum eine Antwort zustande. Eine böse Stimme in ihrem Hinterkopf machte ihr klar, dass sie momentan nicht mal mehr die Kraft zum Weglaufen hätte, sollte Meisner sich als gefährlich erweisen.

»Ich mag keine Fahrstühle«, keuchte sie und ließ sich in die Wohnung führen, die lediglich aus einem großen Zimmer mit integrierter Küchenzeile bestand.

»Setzen Sie sich. Ich mache Ihnen erst mal etwas zu trinken.« Ferdinand Meisner deutete auf die Couch und holte ein Glas aus dem Schrank über der Spüle. »Ich habe noch nie die Treppen bis zum elften Stockwerk genommen, seit ich vor einem halben Jahr hier eingezogen bin. Alle Achtung.« Der Respekt in seinen Augen verwandelte sich in eine Art Mitleid, als er ihr das Wasserglas reichte.

Julia trank langsam und versuchte, ihren Atem unter Kontrolle zu bringen. Sie stellte das Glas ab und wartete, bis Meisner sich ebenfalls gesetzt hatte.

»Tut mir leid, dass ich Sie zu dieser späten Stunde aufsuche.«

Meisner hob abwehrend die Hände. »Kein Problem. Sie sind die Chefin und dürfen mich jederzeit stören. Vermutlich haben Sie gute Neuigkeiten, was meine zukünftige Anstellung betrifft.« Er lächelte sie scheu an.

Julia fiel schlagartig wieder ein, dass sie Tobias Walther an der Uniklinik Bonn kontaktieren wollte. Das war ihr völlig entfallen.

»Ich habe meinen Kollegen bisher nicht erreicht. Ich versuche es morgen«, erklärte sie und lehnte sich vor. »Ich bin wegen etwas anderem hier. Eigentlich wollte ich Sie noch im Institut darauf ansprechen.« Sie holte tief Luft und stellte dann zügig ihre Frage: »Was haben Sie im Kühlraum gemacht?«

Ferdinand Meisner sah sie verwirrt an. »Wann meinen Sie denn?«, fragte er verunsichert. »Heute?«

Julia nickte. »Am Abend, kurz nach zwanzig Uhr. Sie haben Fach Nummer acht im dritten Schrank geöffnet.«

Die Gesichtsfarbe von Meisner wurde schlagartig kalkweiß. Er senkte den Blick und suchte nach Worten.

»Ist das wichtig?«, wollte er schließlich wissen.

»Die Frau wurde ermordet.« Julia versuchte, in Meisners Miene zu lesen, aber er starrte sie ausdruckslos an.

»Ich musste einfach nach ihr sehen«, flüsterte er heiser und presste die Lippen aufeinander.

»Helfen Sie mir«, erwiderte Julia. »Aus welchem Grund haben Sie Jana Albrechts Kühlfach geöffnet? Kannten Sie diese Frau?«

Meisner nickte stumm.

»Woher?«, hakte Julia nach.

»Von der Uni. Sie hat Biologie studiert. Es tut mir leid, dass ich es nicht gesagt habe.«

Julia war für einen Moment sprachlos. Sie hatten viel Zeit gebraucht, um die Identität der Toten festzustellen. Meisner hätte dieses Rätsel schon am ersten Tag lösen können. Stattdessen hatte er die Obduktion verweigert.

»Ich wollte mich von ihr verabschieden«, sprach Meisner weiter. »Ich war völlig schockiert, als ich sie erkannt hatte. Ich konnte sie nicht aufschneiden.«

»Das hätte ich verstanden. Niemand sollte einen Menschen obduzieren, dem er nahegestanden hat. Aber warum haben Sie mir ihren Namen nicht verraten? Das hätte die Ermittlungen erheblich beschleunigt.«

»Ich weiß.« Meisner klang weinerlich. »Ich hatte ja vor, es Ihnen zu sagen, doch Sie hatten es plötzlich eilig und dann waren Sie mit Lenja im Autopsiesaal verschwunden. Mir ging es nicht so gut und ich konnte mich später nicht mehr dazu überwinden. Es tut mir leid. Kann ich das irgendwie wiedergutmachen?«

Julia zuckte mit den Achseln. »Ich denke, dass die Kriminalpolizei auf jeden Fall mit Ihnen sprechen wollen wird. Derzeit wird das Umfeld von Jana Albrecht untersucht. Wann hatten Sie denn zuletzt Kontakt zu ihr?«

Die Antwort schockierte Julia zutiefst.

»Letzte Woche«, erklärte Meisner, und in seinem Blick lag etwas, das Julia nicht deuten konnte.

12

»Okay, Thea. Lehnen Sie sich zurück und entspannen Sie sich. Sie sehen den blauen Himmel mit ein paar weißen Wölkchen und eine angenehme Wärme durchströmt Ihren Körper.«

Dr. Schönfelders Stimme beruhigte Thea tatsächlich. Sie sank tiefer und tiefer in die Kissen auf dem Sofa. Zum ersten Mal, seit sie die Hypnosesitzungen mit Dr. Schönfelder begonnen hatte, formten sich seine Worte zu den Bildern, die er beschrieb. Thea lag auf einer grünen Sommerwiese, den blauen Himmel über sich. Ein sanfter Wind blies ihr die Haare aus dem Gesicht. Sie spürte die Hitze der Sonnenstrahlen auf der Haut.

»Sie stehen auf und suchen sich eine Richtung aus«, raunte die Stimme des Arztes.

Thea schaute sich um und lief auf einen Hügel zu, der sich hinter einem Birkenwäldchen erhob. Ihre nackten Füße drückten sich ins Gras und hinterließen eine Spur auf dem Grün. Sie stoppte kurz, da sie eine Sonnenblume entdeckt hatte. Thea öffnete den Mund, weil sie Dr. Schönfelder um Erlaubnis fragen wollte, die Blume zu pflücken. Doch während der Hypnose schien sie keine Stimme zu haben. Ihre Lippen fühlten sich an wie zugeklebt. Sie versuchte ein-, zweimal, sich bemerkbar zu machen. Aber Dr. Schönfelder redete ohne Punkt und Komma weiter. Wenn er entscheiden würde, hätte sie den Hügel bereits erklommen. Thea wollte sich jedoch Zeit lassen. Es war so schön auf dieser Wiese.

Sie streckte die Finger nach der Sonnenblume aus, strich sanft über die gelben Blütenblätter und roch daran. Der Duft erinnerte sie an ihre Kindheit. An die Zeit bei ihrer Großmutter, die einen Bauernhof besessen hatte. Fast in jeden Sommerferien hatte sie einige Wochen auf dem Hof verbracht. Glückliche Kindheitserinnerungen prägten diese Zeit. Thea vermisste ihre Großmutter, die längst gestorben war. Die Sonnenblume erschien ihr wie ein Gruß aus dem Jenseits. Sie stellte sich oft vor, Großmutter würde sie durch die Wolken beobachten und ihr durchs Leben helfen.

Fröhlich nahm sie ihren Weg wieder auf und folgte Dr. Schönfelders Stimme.

»Ihre Muskeln sind entspannt. Sie fühlen sich wohl und hören das Rauschen der Blätter im Wind.«

Thea betrat das Birkenwäldchen, und tatsächlich hörte sie, wie die Blätter hoch über ihrem Kopf tanzten. Das Gras hatte sich in weiches Moos verwandelt und kitzelte sie an den Fußsohlen. Einzelne Sonnenstrahlen glitzerten zwischen den Baumstämmen hindurch. Thea beobachtete einen Vogel, der sich zwitschernd auf einem Ast niedergelassen hatte und sie aus kleinen munteren Augen ansah.

Plötzlich überkam sie das Gefühl, nicht allein zu sein. Sie blickte sich um und glaubte, Alex inmitten der Birken zu sehen. Doch sie hatte sich geirrt. Er war nicht hier. Wie auch. Sie bewegte sich in einer Traumwelt, und selbst falls er hier wäre, dann bloß als Figur, die sie in ihrem Kopf erschaffen hatte. Er konnte nicht echt sein. Sie seufzte leise, denn sie hätte gerne mit ihm geredet. Im wahren Leben hatten sie sich wieder vertragen oder besser, er war zu ihr gekommen und hatte sich für seinen schnellen Abgang entschuldigt. Er hatte einfach nur Zeit für sich gebraucht. Sie hatte sich die Sache viel zu sehr zu Herzen genommen.

Thea verharrte noch eine Weile und starrte auf die Stelle zwischen den Bäumen, wo sie die Bewegung wahrgenommen hatte. Als sich nichts rührte, ging sie weiter durch das Wäldchen und den Hügel hinauf.

»Sie fühlen sich vollkommen sicher. Niemand kann Ihnen etwas tun.«

Thea lief schneller. Sie wollte nun doch ans Ziel kommen.

»Sie sind bereit, zu jenem Tag zurückzukehren, an dem sich Ihr Leben verändert hat.«

Thea rannte jetzt. Dr. Schönfelders Stimme jagte ihr Angst ein. Sie wollte nicht dorthin gehen. Nicht zurück zu jenem Tag. Zu dem dunklen schmatzenden Wasser.

Plötzlich verwandelte sich das Birkenwäldchen. Die weißen Baumstämme färbten sich schwarz. Das Blau des Himmels ebenfalls. Alles um sie herum wurde dunkel. Auf einmal war es Nacht. Sie stand nicht mehr auf dem weichen Moos, sondern ihre nackten Füße berührten eiskalten Asphalt. Thea fand sich auf einer Straße wieder. Doch wo führte sie hin?

»Sie nehmen allen Mut zusammen und stellen sich den Ereignissen.«

Das Herz klopfte ihr bis zum Hals. Wovon zum Teufel redete Dr. Schönfelder? Was für Ereignisse? Sie stand auf einer Straße, ganz allein, mitten im Nirgendwo.

Eine Gestalt löste sich plötzlich aus der Dunkelheit und kam auf Thea zu. Sie erschrak und begann zu rennen. In ihren Ohren hörte sie ihre dröhnenden Schritte und die der Gestalt hinter sich. Sie warf rasch einen Blick zurück und erkannte einen großen, kräftigen Mann, dessen schwarze Augen sie beinahe aufsogen.

»Hilfe«, schrie Thea, ohne dass auch nur ein Laut aus ihrer Kehle drang. »Aufhören, bitte.«

Dr. Schönfelder redete weiter, und plötzlich erschien es ihr, als wäre er es, der hinter ihr herlief. Seine tiefe Stimme bedrängte sie. Er kam näher und näher. Thea hetzte auf eine Brücke. Ihr Verfolger war viel schneller. Sie hatte keine Chance. Voller Angst kletterte sie auf das Brückengeländer und starrte hinunter in kaltes schwarzes Nass. In die zischenden Wellen, die nur darauf warteten, dass sie sprang. Thea hatte keine

Ahnung, was sie tun sollte. Springen oder dem Mann in die Arme laufen. Ihr Herz ratterte so heftig, dass ihr schwindlig wurde. Dann endlich drang die Stimme von Dr. Schönfelder wieder an ihr Ohr.

»Aufwachen! Wachen Sie auf!«

Thea schlug die Augen auf. Dr. Schönfelder war über ihr. Sie rang nach Luft. Eine Erinnerung schoss in ihr hoch: Glasscherben. Da waren überall Glasscherben. Sie glaubte, scharfe Splitter tief in ihren Fußsohlen zu spüren.

13

Julia öffnete müde die Lider und blinzelte in die Dunkelheit. Im ersten Moment erinnerte sie sich nicht, wo sie sich befand. Doch dann hörte sie Florians gleichmäßigen Atem und lächelte unwillkürlich. Im Anschluss an das Gespräch mit Ferdinand Meisner war sie zu Florian gefahren. Sie hatte ihm die Neuigkeiten unbedingt mitteilen wollen. Natürlich nicht bloß das. Sie hatte sich nach seiner Nähe gesehnt.

Meisner hatte sich durch seine Aussage auf die Liste der wichtigsten Zeugen katapultiert. Er hatte kurz vor Jana Albrechts Tod Kontakt zu ihr gehabt. Wenn es nach Lenja ginge, handelte es sich bei Meisner keinesfalls nur um einen Zeugen. Julia sah seinen Blick vor sich, in dem eine unbestimmte Härte gelegen hatte. Aber das war lediglich eine Momentaufnahme gewesen. Sie durfte ohne handfeste Fakten keine voreiligen Schlüsse ziehen. Immerhin war Meisner nicht über sie hergefallen, als sie ihn auf den Kühlraum angesprochen hatte. Julia verzog die Lippen. Wie hatte sie das bloß jemals annehmen können?

Sie richtete sich auf und stieg leise aus dem Bett, um Florian nicht zu wecken. Ihre Blase drückte. Als sie auf der Toilette hockte, spielte ihr Magen wieder verrückt. Das frühe Aufstehen bekam ihr offenbar nicht. Wahrscheinlich hing ihr Wohlbefinden auch mit dem heutigen Datum zusammen. Ihr kleiner Bruder Michael hatte Geburtstag. Heute wäre er dreißig Jahre alt geworden. Julia schloss die Lider und atmete ganz langsam, bis die Übelkeit verebbt war. Michaels Gesicht erschien vor ihrem inneren Auge und sie seufzte traurig.

»Happy Birthday«, flüsterte sie.

Michael hatte genauso dunkelbraune Augen gehabt wie sie. Julia versuchte sich vorzustellen, wie er wohl heute aussähe. Immerhin saß der Mistkerl, der ihn missbraucht und ermordet hatte, inzwischen hinter Gittern. Trotzdem wog die Genugtuung den Verlust nicht annähernd auf. Michael war fort. Er lag begraben in der kalten Erde des Friedhofs. Auch nach all den Jahren graute es Julia davor, ihn dort besuchen zu müssen. Doch ihre Eltern hatten genau das für morgen geplant und sie würde sich nicht davor drücken können. Sie behielt ihren quirligen Bruder lieber so in Erinnerung, wie er mit zwölf Jahren gewesen war. Ein Loch in der Erde, in dem sein zierlicher Körper zerfiel, passte nicht in ihre Vorstellung. Kein Kind gehörte dorthin. Sie schickte Michael stumm noch ein paar liebevolle Worte und putzte sich dann die Zähne.

Im Institut wartete ein Haufen Arbeit auf Julia, und

sie wollte unbedingt dabei sein, wenn die unbekannte Frau im Krankenhaus aus dem Koma erwachte. Vielleicht würde sie den Namen ihres Peinigers verraten. Oder ihren eigenen nennen. Ob Ferdinand Meisner sie ebenfalls kannte? Am liebsten hätte Julia ihm auf der Stelle ein Foto von ihr gezeigt, aber Florian hatte sie gebeten, ihm die Befragung von Meisner zu überlassen. Immerhin würde sie das Gespräch hinter dem verspiegelten Fenster mitverfolgen können.

Sie schlüpfte in ihre Kleider und drückte Florian einen Kuss auf die Wange.

»Ich muss los. Wir sehen uns nachher im Krankenhaus.«

Florian murmelte verschlafen etwas, das sie nicht verstand. Seine Hand tastete nach ihr. Er zog sie kurz an sich und schlief sofort wieder ein. Julia verließ die Wohnung und konnte sich ein Gähnen nicht verkneifen. Es war halb sechs. Sie hatte keine Ahnung, wie sie den Tag durchstehen sollte. Zuerst würde sie eine Tasse Kaffee trinken und damit den anhaltenden Schwindel aus ihrem Kopf verscheuchen. Dann würde sie weitersehen. Eine Obduktion erwartete sie, und Julia hoffte, ohne Schwierigkeiten durchzukommen. Ihr alter Golf rumpelte vom Parkplatz auf die Straße. Eine Viertelstunde später kam sie am rechtsmedizinischen Institut an. Zu ihrer Überraschung wartete bereits ihr neuer Mitarbeiter am Eingang vor dem Gebäude.

»Hat Sie niemand hereingelassen?«, fragte Julia und hielt ihren Ausweis an den Türscanner.

Dirk Possnitz schüttelte unglücklich den Kopf.

»Nein. Ich bin wohl noch nicht registriert und der Herr von der Pforte nimmt seinen Job ziemlich ernst. Er hat mir sogar schon mit dem Sicherheitsdienst gedroht, falls ich ihn weiter nerve.«

»Machen Sie sich nichts daraus. Ich nehme Sie mit«, entgegnete Julia und konnte sich ein Grinsen nicht verkneifen. Der Pförtner, ein älterer Herr mit strengem Scheitel, arbeitete seit vielen Jahren hier. Julia wusste aus eigener Erfahrung, dass er sehr penibel sein konnte und dabei auch nicht unbedingt höflich blieb.

»Sie sind wirklich früh dran.« Julia stieß die Tür auf und ließ Dirk Possnitz zuerst eintreten.

Der junge Mann errötete. »Ich habe mich bei Ihrer Sekretärin erkundigt, wann Sie üblicherweise anfangen. Sie hat es mir verraten, und ich dachte, ich mache vielleicht einen guten Eindruck. Wir wollten doch zusammen obduzieren.«

Julia freute sich über das Engagement ihres neuen Mitarbeiters.

»Ich finde es gut, dass Sie es so früh aus dem Bett geschafft haben.« Sie unterdrückte ein erneutes Gähnen. »Mir fällt das oft ziemlich schwer.«

Dirk Possnitz lächelte scheu und folgte ihr die Treppe hinunter zum Büro. Julia legte ihre Sachen ab und forderte Possnitz ebenfalls dazu auf.

»Frau Brandt wird sich nachher um Ihren Arbeitsplatz und eine Zugangskarte kümmern. Solange können Sie mein Büro benutzen.«

Sie schritten gemeinsam zum Kühlraum. Mit geschickten Griffen bewegte Possnitz den Leichnam auf eine Transportliege und schob ihn in den Obduktionssaal. Julia stellte erleichtert fest, dass Possnitz im Vorstellungsgespräch nicht übertrieben hatte. Er zeigte keinerlei Berührungsängste und weder der Geruch noch der tote Körper bereiteten ihm irgendwelche Schwierigkeiten. Sowohl die äußere Leichenschau als auch die innere verliefen reibungslos. Julia kam viel schneller voran, als wenn sie allein gearbeitet hätte. Nach zwei Stunden seufzte sie glücklich und warf ihre Gummihandschuhe in den Abfalleimer.

»Ich gratuliere, Herr Possnitz. Sie haben mich beeindruckt. Ich hoffe, es war für Sie auch alles in Ordnung?«

Dirk Possnitz wischte sich einen Schweißtropfen von der Stirn. Er nickte emsig.

»Soll ich den Obduktionsbericht fertigschreiben?«, fragte er eifrig.

»Gerne«, erwiderte Julia und sah auf die Uhr. »Ich habe jetzt einen Termin. Lassen Sie sich doch von Frau Brandt die Vorlage für den Bericht geben. Falls Sie fachliche Fragen haben, sprechen Sie bitte Doktor Neumann an. Er weiß Bescheid und freut sich darauf, mit Ihnen zu arbeiten.«

Julia hastete aus dem Autopsiesaal zu ihrem Büro.

»Ich bin kurz im Krankenhaus«, rief sie Kerstin Brandt zu, die schon wieder einen Stapel Unterlagen sortierte, der vermutlich gleich auf ihrem Schreibtisch landen würde. Ihr Blick blieb auf dem oberen Ordner kleben.

»Soll ich mich um den Neuen kümmern?«, fragte ihre Sekretärin und ließ den Zeigefinger über ihren

Schreibtisch schweben. Die Fingerspitze landete auf einem gelben Post-it.

»Dirk Possnitz heißt er, richtig?«

»Ja, stimmt«, murmelte Julia und starrte noch immer auf den Ordner.

»Warum liegt die Akte von Jana Albrecht obenauf? Sind die Laborergebnisse eingetroffen?«, fragte Julia, nahm den Ordner in die Hand und schlug ihn auf. Es waren keine neuen Informationen abgeheftet.

»Nein. Ich denke, das Labor meldet sich heute Nachmittag, vielleicht auch erst morgen früh. Ferdinand Meisner hatte mich um die Akte gebeten. Hätte ich sie ihm nicht geben dürfen?«

Julia hob überrascht die Brauen. »Meisner? Hat er gesagt, was er damit wollte?«

Kerstin Brandt schüttelte den Kopf. »Nein. Ich habe allerdings auch nicht danach gefragt.«

»Schon okay. Danke für die Auskunft. Falls er noch einmal etwas einsehen möchte, geben Sie mir bitte Bescheid.«

Ihre Sekretärin warf ihr einen alarmierten Blick zu. »Stimmt etwas nicht?«

Julia hob die Schultern und blickte sich um. Als niemand in der Nähe war, flüsterte sie: »Er kannte Jana Albrecht und muss heute noch eine Zeugenaussage bei der Kripo machen.«

Kerstin Brandt schlug sich die Hand vor den Mund. »Wirklich? Das hat er gar nicht erwähnt.«

»Eben drum«, erwiderte Julia. »Haben Sie bitte ein Auge auf ihn, ja?«

Sie schnappte sich ihre Handtasche und den Wintermantel und eilte zu ihrem Wagen. Gerade als sie den Motor startete, klingelte ihr Handy. Im Display erschien der Name ihres Vaters. Mit schlechtem Gewissen nahm sie das Gespräch an.

»Julia, endlich. Hast du viel zu tun?«

»Es gibt einen neuen Fall mit zwei Opfern und Lenja liegt im Krankenhaus. Tut mir leid, dass ich nicht zurückgerufen habe.«

»Schon gut«, sagte Ulrich Schwarz mit ruhiger Stimme. »Ich wollte dich nur an das Essen erinnern. Deine Mutter macht zu Michaels Geburtstag immer einen riesigen Wirbel, wie du weißt. Es ist ja nicht so schlimm wie früher, aber du solltest heute Abend nicht fehlen.«

Heute Abend! Julia verschluckte sich fast. An das Essen hatte sie gar nicht mehr gedacht. Verdammt! Fieberhaft ging sie die anstehenden Termine durch. Es war völlig egal, was noch im Kalender stand. Sie musste zu ihren Eltern fahren. Eine Absage kam nicht infrage. Hannelore würde andernfalls nie wieder ein Wort mit ihr sprechen.

»Keine Sorge, ich werde da sein«, erklärte Julia, ohne zu wissen, wie sie das bewerkstelligen sollte.

»Das freut mich. Bis nachher.« Ihr Vater legte auf und ließ sie mit einem unguten Gefühl zurück. Nicht nur, dass sie viel zu tun hatte. Auch die Vorstellung, auf Michaels leeren Platz am Esstisch zu schauen, bedrückte sie. Es war im Grunde genommen jedes Jahr seit seinem Tod dasselbe Ritual. Immerhin verzichtete Hannelore inzwischen darauf, Michaels Teller mit seinem Lieblingsessen zu füllen, als käme er jeden Moment zur Tür herein. Trotzdem hatte niemand von ihnen den Verlust bisher wirklich überwunden. Ihr kleiner Bruder fehlte Julia so sehr, dass ihr das Herz schmerzte, sobald sie an ihn dachte. Es würde nie wieder gut werden. Egal, was sie taten. Sie wischte sich eine Träne aus dem Augenwinkel und schob die Trauer beiseite. Michael hätte nicht gewollt, dass sie seinetwegen traurig wäre. Vermutlich hockte er irgendwo da oben im Himmel und streckte ihr gerade die Zunge raus. Sie grinste und drängte die Erinnerungen sanft in die Tiefen ihres Bewusstseins zurück. Heute brauchten die Lebenden ihre Hilfe. Sie konzentrierte sich auf die unbekannte Patientin und hoffte, dass sie bald ansprechbar wäre.

Julia gab Gas. Das Krankenhaus lag in nördlicher Richtung. Sie fuhr durch die viel befahrenen Kölner Straßen und versuchte, die Nerven zu behalten. Die Uhr tickte und Julia wollte unbedingt vorher noch bei Lenja vorbeischauen. Als sie ankam, warteten Florian und Martin Saathoff bereits am Eingang auf sie.

»Wart ihr schon bei Lenja?«, fragte Julia und verzog angespannt das Gesicht, als sie abermals die Uhrzeit checkte.

»Wir wollten auf dich warten«, erklärte Florian und hielt ihr die Tür auf. »Uns bleiben noch ein paar Minuten. Vielleicht kann Lenja sogar mitkommen. Es geht ihr doch wieder besser, oder?«

»Soviel ich weiß, ja.« Julia stakste über den Linoleumboden des Krankenhauses und drückte den Fahrstuhlknopf. Normalerweise hätte sie die Treppen genommen, aber dafür blieb keine Zeit. Als sich die Fahrstuhltüren surrend öffneten, spürte sie einen heftigen Fluchtreflex. Sie biss sich auf die Unterlippe und stieg ein. Es waren nur fünf Etagen bis zu Lenjas Station. Sie hielt die Luft an und atmete erst wieder, als sie ausgestiegen waren. Die Stationsschwester winkte sie durch. Julia betrat das Krankenzimmer, dicht gefolgt von Florian und Martin Saathoff.

»Lenja, wie geht es dir?« Julia setzte sich zu ihr aufs Bett und nahm ihre Hand. Die Haut fühlte sich kühl an. Unter Lenjas Augen hatten sich dunkle Ringe gebildet. Trotzdem wirkte ihr Blick lebendig.

»Morgen darf ich raus. Aber ich bin noch eine Woche lang krankgeschrieben.« Lenja verzog schuldbewusst das Gesicht.

»Mach dir keine Sorgen. Wir haben einen neuen Mitarbeiter. Du wirst bestimmt gut mit ihm zurechtkommen. Im Gegensatz zu Ferdinand Meisner hat Dirk Possnitz keinerlei Berührungsängste.« Sie machte eine bedeutungsvolle Pause. »Sein Vater ist Bestatter.«

»Wow«, entfuhr es Lenja. »Und ist er nett?«

Saathoff räusperte sich plötzlich.

»Wenn ich mal kurz dazwischenfunken darf«, begann er umständlich und trat näher. »Ich bin froh, dass es Ihnen wieder besser geht, Lenja.« Saathoff hörte auf zu sprechen, und Julia stellte erstaunt fest, dass er rote Flecken am Hals bekam. Er fummelte hinter seinem Rücken und holte einen Blumenstrauß hervor, der ihr bisher gar nicht aufgefallen war.

»Gute Besserung«, brummte Martin Saathoff und drückte Lenja die Blumen in die Hand. Lenjas Kopf verschwand vollständig hinter dem riesigen Strauß.

»Danke. Die sind aber schön«, hörte Julia ihre Stimme.

Saathoff räusperte sich erneut. »Gern geschehen.«

»Ich besorge mal eine Vase«, sagte Julia in die entstandene Stille hinein. Sie verscheuchte Saathoff vom Bett und ging mit dem Blumenstrauß hinaus zu der Schwester, die sie eben begrüßt hatte.

»Entschuldigen Sie bitte. Hätten Sie eine Vase oder ein Gefäß für die Blumen?«

Die Stationsschwester übergab ihr eine passende Vase, mit der Julia in das Krankenzimmer zurückkehrte.

»Ich habe den Mann nicht erkannt. Nicht mal die Haarfarbe. Es war stockdunkel und wir standen oben auf der Brücke. Er hat die Frau in den Rhein gestoßen und ist sofort danach weggelaufen.«

»Und seine Statur? War er groß, klein, dick oder dünn?«, hakte Florian nach.

Lenja zuckte mit den Achseln. »Ich schätze, er war groß und kräftig, aber ich kann meine Hand nicht dafür ins Feuer legen.«

»Nicht schlimm. Die meisten Zeugen können sich bei solchen Erlebnissen nicht mehr richtig erinnern«, schnurrte Martin Saathoff, und Julia fragte sich, ob er vergaß, dass Lenja einen festen Freund hatte.

»Ich war einfach in Panik, weil durch den Anruf ja

klar war, dass er sie ins Wasser werfen könnte. Es war dunkel und alles ging so schnell.«

»Haben die beiden Händchen gehalten oder waren sie eng umschlungen?« Florian schien voll in seinem Element zu sein.

Lenja sah Hilfe suchend zu Julia. »Keine Ahnung. Ich meine, er hatte ihr den Arm um die Schulter gelegt.«

»Das habe ich auch so in Erinnerung«, bestätigte Julia. »Plötzlich hat er sie in den Fluss gestoßen. Wir haben nach ihm gerufen. Er ist weggerannt, und dann ging es nur noch darum, die Frau zu retten.« Julia stellte die Blumen auf dem Nachttisch ab. »Die Patientin soll übrigens gleich aus dem Koma geholt werden. Ich gebe dir Bescheid, sobald sie wach ist.«

Lenja nickte und ließ sich zurück ins Kissen sinken, während sie sich verabschiedeten.

»Danke noch mal für die Blumen«, rief sie Martin Saathoff hinterher, der daraufhin beinahe über den Gang schwebte.

Sie fuhren mit dem Fahrstuhl zur Intensivstation. Doktor Liebhard diskutierte gerade mit einem Krankenpfleger. Sobald die Ärztin sie bemerkte, beendete sie das Gespräch und trat auf sie zu.

»Wir haben bereits alle Maßnahmen in die Wege geleitet. Falls es Ihnen nichts ausmacht, würde ich wieder nur Doktor Schwarz mitnehmen. Ich möchte die Patientin nicht unnötig unter Stress setzen. Sie kennt ja niemanden von uns und ist im ersten Moment sicherlich völlig orientierungslos.«

»In Ordnung. Wir warten hier«, sagte Florian.

»Wenn sie ansprechbar ist und es irgendwie geht, würden wir allerdings gerne mit ihr reden. Wir brauchen ihren Namen und müssen wissen, was passiert ist und wer sie ins Wasser geschubst hat.«

»Natürlich«, erwiderte Dr. Liebhard knapp und nahm Julia mit durch die doppelflüglige Tür, die sich sofort surrend öffnete, als sie sich näherten.

Die Patientin lag wie zuvor hinter dem Vorhang, angeschlossen an Schläuche und Geräte. Sie wirkte noch blasser als beim letzten Mal.

»Sie sollte jeden Moment zu sich kommen«, erklärte eine Schwester, die an dem Intensivbett stand und die Werte auf dem Monitor überwachte.

»Können Sie mich hören?«, fragte Dr. Liebhard und legte der Patientin eine Hand auf die Schulter.

Die Lider der Frau begannen zu flattern. Julia wartete gespannt darauf, dass sie die Augen aufschlug, doch nach einer Weile hörte das Flattern einfach auf. Die Frau lag wieder reglos da wie im Tiefschlaf.

Dr. Liebhard gab nicht so schnell auf und sagte in ruhigem vertrauenerweckendem Tonfall: »Sie hatten einen Unfall und befinden sich jetzt im Krankenhaus. Sie sind in Sicherheit.«

Tatsächlich zuckte es im Gesicht der Frau. Julia hielt gespannt die Luft an.

»Wenn Sie mich hören können, dann bewegen Sie bitte einfach die Finger.«

Julia fixierte die Hände der Patientin. Nichts rührte sich.

»Lassen Sie sich Zeit. Wir haben keine Eile«, redete Dr. Liebhard weiter.

Sie warteten auf ein erneutes Lebenszeichen, doch die Atmung der Frau vertiefte sich. Offenbar war sie fest eingeschlafen.

»Ich befürchte, wir müssen abwarten. Versuchen wir es in einer halben Stunde noch einmal.« Dr. Liebhard warf einen Blick auf die Monitore über dem Kopfende und nickte zufrieden. »Ihre Werte sind jedenfalls stabil.«

»Ich warte draußen«, sagte Julia.

Sie wandte sich ab und marschierte zur Tür. Gerade als sie sich surrend öffnete, hörte sie ihren Namen.

»Doktor Schwarz, warten Sie. Die Patientin kommt zu sich«, rief die Ärztin.

Julia eilte auf der Stelle zurück. Die Patientin drehte unruhig den Kopf hin und her. Ihre Lippen bewegten sich und die Lider flatterten erneut. Sie öffnete die Augen einen Spaltbreit. Mit leerem Blick starrte sie durch Julia hindurch. Sie schien ihre Umgebung gar nicht wahrzunehmen.

»Miiiiiiaaaa«, krächzte sie und Julia aktivierte sofort die Tonaufnahme auf ihrem Smartphone.

»Ist das Ihr Name? Mia?«, fragte Dr. Liebhard ruhig und umfasste eine Hand der Patientin.

»Miiiiiilllllaaaa«, hauchte die Frau und noch etwas, das Julia nicht verstand.

Dann erschlafften ihre Gesichtszüge und der Kopf fiel zur Seite.

»Mila?« Dr. Liebhard tätschelte sanft die Wangen der Frau und ließ schließlich enttäuscht von ihr ab. »Sie reagiert nicht mehr. Ich denke, das ist alles furchtbar anstrengend für sie.«

»Immerhin haben wir einen Vornamen«, sagte Julia und stoppte die Tonaufnahme. »Lassen wir sie schlafen. Vielleicht erfahren wir in ein paar Stunden Weiteres.«

Julia wartete noch eine Weile ab, und als die Patientin nicht erneut zu sich kam, bedankte sie sich und ging nach draußen zu Florian und Martin Saathoff.

»Wir haben zumindest einen Namen«, verkündete sie zuversichtlich.

Im selben Moment ertönte ein Alarmsignal von einem der Geräte auf der Intensivstation. Stimmen sprachen hektisch. Schritte hallten durch den Raum. Eine Frauenstimme erteilte kurze knappe Anweisungen.

Julia eilte zurück und blieb vor dem Bett stehen.

14

Julia fühlte sich elend. Die Szene im Krankenhaus stand ihr immer noch vor Augen. Der Alarm hallte in ihren Ohren. Sie hatte sofort gewusst, was los war. Der Vorhang, hinter dem man die Frau behandelte, war beiseitegezogen. Mindestens fünf Ärzte und Schwestern wirbelten um die Frau herum. Die hochroten Gesichter der Helfer und Dr. Liebhard, die mit rhythmischen Bewegungen eine Herzmassage durchführte, sagten alles. Das Schlimmste war die glatte Linie auf dem Herzmonitor und der durchdringende Piepton dazu. Eine Schwester eilte mit einem Defibrillator herbei, doch auch der Elektroschock konnte nichts mehr ausrichten. Das Leben hatte die Patientin längst verlassen. Julia kannte den Tod, und sie hatte ihn gesehen, noch bevor die Ärzte die Hoffnung aufgegeben hatten. Abermals übergab sie sich. Mia oder Mila, falls die Frau überhaupt so hieß, hatte es nicht geschafft. Alles, was sie unternommen hatten, war völlig umsonst gewesen. Sie wischte sich über die schweißnasse Stirn und schnappte nach Luft.

»Bist du okay?«, fragte Ulrich Schwarz vor der Badezimmertür.

Julia riss sich zusammen. Sie durfte jetzt nicht schlappmachen.

»Ja, ich habe nur was Falsches gegessen. Ein wenig Übelkeit, sonst nichts«, antwortete sie und bemühte sich, das Zittern in ihrer Stimme zu unterdrücken.

Ihre Eltern sollten von ihren Problemen nichts mitbekommen. Es war Michaels Geburtstagsessen. Sie wollte es nicht ruinieren.

»Das Essen ist gleich fertig«, informierte ihr Vater sie und entfernte sich mit schlurfenden Schritten.

Julia erhob sich, benetzte die Wangen und trank ein paar Schlucke kaltes Wasser. Schon besser, dachte sie und betrachtete die dunklen Schatten unter ihren Augen, die selbst durch ihre Brille nicht verdeckt wurden. Das frühe Aufstehen und der Stress im Institut bekamen ihr nicht. Immerhin gab es Aussicht auf Besserung. Dirk Possnitz machte sich gut. Dr. Neumann hatte sie, als sie auf dem Weg zu ihren Eltern war, angerufen und in den höchsten Tönen von ihm geschwärmt. In zwei, drei Wochen, wenn Possnitz sich eingearbeitet hatte, könnte die Entlastung wirklich spürbar werden. Dann musste sie also nur noch Ersatz für Dr. Abel finden, der für einige Monate ausfiel. Julia hoffte, dass er sich schnell von seiner Bandscheibenoperation erholte. Mit einem Handtuch tupfte sie sich das Gesicht trocken. Anschließend holte sie tief Luft und schob alle störenden Gedanken weit weg. Sie musste jetzt erst einmal das Abendessen hinter sich bringen. Hannelore hatte einen Braten zubereitet und den halben Tag in der Küche gestanden.

Julia ging ins Wohnzimmer und verteilte das Besteck, das ihr Vater auf den Esstisch gelegt hatte. Er kam mit einer Schüssel dampfender Kartoffeln herein und musterte sie.

»Du siehst gut aus«, erklärte er zu ihrem Erstaunen und stellte die Schüssel ab. »Wie läuft es im Institut?«

»Ich konnte einen neuen Arzt einstellen. Also ja, es funktioniert alles«, erwiderte Julia ausweichend.

Ihr Vater schlurfte in die Küche und kehrte mit dem Braten zurück.

»Es freut mich, dass du so strahlst«, sagte er und richtete den Blick auf Michaels Platz. »Deinem Bruder hätte es auch gefallen. Mir fehlt euer gemeinsames Lachen.« Ein dunkler Schimmer verschleierte für einen Moment seine Augen. Dann lächelte er. »Das Leben geht weiter, nicht wahr?«

»Ja, klar.« Julia dachte an die verstorbene Patientin aus dem Krankenhaus. Für sie würde es nicht weitergehen, weil ein Mann sie in den eiskalten Fluss gestoßen hatte.

»Mein Liebling, lass dich drücken.« Julias Mutter kam mit der Sauciere aus der Küche, stellte sie ab und legte die Arme um sie. »Tut mir leid, dass ich eben so kurz angebunden war. Ich hatte Angst, dass mir der Braten anbrennt.« Sie ließ Julia los und klatschte in die Hände. »Ich habe riesigen Hunger, lasst uns anfangen.«

Ulrich Schwarz schnitt den Braten mit einem großen Messer auf und verteilte die Bratenscheiben auf die Teller. Michaels Platz war gedeckt, eine Geburtstagskarte lag auf seinem Teller.

Julia würgte einen Bissen hinunter und verdrängte die erneut aufkeimende Übelkeit. Auf den Braten hatte sie nicht den geringsten Appetit. Sie schluckte schwer, stellte aber erleichtert fest, dass ihr Magen nicht zum Katapult ansetzte. Beim nächsten Stück ging es sogar besser, und tatsächlich schaffte sie es, ihren Braten bis auf den letzten Bissen zu vertilgen. Erst als sie die Gabel hinlegte, spürte sie den lauernden Blick ihres Vaters auf sich.

»Fährst du heute noch zu Florian?«, erkundigte er sich.

Sie nickte. »Ja. Es gibt da einen neuen Fall, zwei Morde, die wir besprechen wollen. Wie ich Florian kenne, hockt er gerade über den Akten.«

»Deshalb hat er dich nicht begleitet?« Ihr Vater ließ sie nicht aus den Augen.

Urplötzlich fühlte Julia sich zurückversetzt in ihre Kindheit, als ob sie etwas ausgefressen hätte und es zu vertuschen versuchte. Doch sie verschwieg ihm ja überhaupt nichts. Warum starrte er sie mit diesem wissenden Blick an? Ihre Mutter erhob sich und begann den Tisch abzuräumen.

Julia nutzte die Gelegenheit und trug die Bratenplatte in die Küche. Normalerweise unterhielt sie sich gerne mit ihrem Vater, aber heute waren ihr seine Fragen unangenehm.

»Ihr könntet ja auch bald mal zusammenziehen, oder nicht?«, hörte sie ihn unvermittelt hinter sich fragen.

Beinahe fiel ihr der Braten aus der Hand. Sie schaffte es gerade noch, die Platte auf den Küchentisch zu schieben.

»Wie kommst du denn jetzt darauf?«, fragte sie und fuhr herum.

Er hob beschwichtigend die Hände.

»Nur so«, erwiderte er und tätschelte ihr die Schulter. »Keine Sorge, ich frage dich nicht weiter aus. Möchtest du einen Kaffee, bevor du wieder fährst?«

Ihre Mutter warf ihr einen scharfen Blick zu. »Du bist doch eben erst gekommen. Du bleibst noch ein bisschen, oder? Ich wollte gerade ein paar Fotos herausholen.« Sie sah Julia an und fügte völlig unnötigerweise hinzu: »Von Michael.«

»Natürlich. Ich trinke dazu einen Kaffee«, antwortete Julia ausweichend. Sie wollte eigentlich zu Florian. Sicherlich hatte er in der Zwischenzeit jede Menge Informationen zu dem Fall zusammengetragen.

Sie wartete, bis ihr Vater den Kaffee zubereitet hatte, und folgte dann ihrer Mutter ins Wohnzimmer, die bereits ein Fotoalbum aufgeschlagen hatte und mit Tränen in den Augen darin blätterte.

»Bestimmt geht es Michael gut da oben im Himmel«, versuchte Julia sie zu trösten. Sie biss sich auf die Unterlippe, weil sie selbst spürte, dass sie jeden Augenblick anfangen würde zu weinen. Sie beschwor Michaels Gesicht im Geist herauf und lächelte die Tränen weg. Er hätte diese Traurigkeit nicht gewollt.

Tapfer schaute sie sich die Fotos an und ließ ihre Mutter im Album blättern. Nach zwanzig Minuten stellte sie die Kaffeetasse auf dem Tisch ab.

»Ich muss jetzt los.«

»Kommst du denn morgen mit an Michaels Grab?«

Julia seufzte. »Ich muss schauen, wie viel Arbeit im Institut anfällt.« Als sie die Enttäuschung in der Miene ihrer Mutter wahrnahm, fügte sie hinzu: »Ich versuche es. Versprochen.«

Sie drückte ihr einen Kuss auf die Wange und umarmte ihren Vater.

»Pass auf dich auf«, nuschelte er.

Als sie wieder in ihrem Golf saß, atmete sie erschöpft durch.

15

Eigentlich lag es ihm fern, sie zu quälen. Aber inzwischen hatte er Geschmack daran gefunden. Sie wusste nicht, was ihr bevorstand. Noch funkelte Hoffnung in ihren Augen. Was sie wohl alles tun würde für das Versprechen, unversehrt zu bleiben? Er betrachtete ausgiebig ihr langes blondes Haar und wickelte eine Strähne um die Fingerspitze.

»Du riechst gut«, gestand er ihr und grinste, als sie ängstlich zurückzuckte.

»Bitte«, flehte sie. »Tu mir nichts.«

Er neigte den Kopf und weidete sich an ihrer Angst. Ob sie jetzt dasselbe fühlte wie die anderen vor ihr?

»Du hättest dich beherrschen sollen«, tadelte er sie und ließ die Haarlocke fallen. Sie gefiel ihm nicht. Sie alle gefielen ihm nicht, denn sie lebten eine Lüge. Sie sollten leiden für das, was sie getan hatten. Sie war genauso schuldig wie der Rest von ihnen. Und sie würde genau das gleiche Schicksal erleiden.

Sie alle verdienten es, weil sie sein Leben zerstört hatten.

Ein kleines blondes Mädchen huschte durch seine Erinnerungen. Sehnsuchtsvoll schloss er die Augen.

»Sei nicht so streng«, schien sie zu sagen, doch er hörte ihr nicht zu. Er schlug die Lider wieder auf und riss die Frau vom Hocker hoch.

»Genug gesessen. Lauf da rüber!«, befahl er und deutete auf die Tür.

Die Frau erreichte im Bruchteil einer Sekunde den Ausgang.

Sie waren alle gleich! Er schüttelte missbilligend den Kopf. Wie konnten sie nur so dumm sein? Glaubten sie wirklich, er machte sich die ganze Mühe, bloß um sie dann nach ein paar Nächten gehen zu lassen? Er hatte Jahre gebraucht, um sie ausfindig zu machen. Stunden hatte er damit zugebracht, sie zu beobachten. Sollte er etwa so tun, als wäre nichts gewesen? Als könnte er mit ihnen Mitleid empfinden? Sie hatten nichts unternommen, um die Katastrophe zu verhindern. Im Gegenteil, sie hatten ihr Leben gelebt. Meist ein gutes Leben.

Er betrachtete ihre gepflegten Haare, die makellose Haut und das hübsche Gesicht. Das alles war nur Fassade. Dahinter lauerte ein egoistisches Wesen ohne jegliches Verantwortungsbewusstsein.

»Du musst noch etwas anziehen«, sagte er und warf ihr den Keuschheitsgürtel zu. Den hatte sie mehr als verdient. Sie war schon immer eine Schlampe gewesen.

»Mach schnell!«

Die Frau zitterte, als sie die Schnalle löste. Sie war so

nervös, dass sie nicht begriff, wie sie den Gürtel anlegen musste.

»Dummes Ding!«, fluchte er. Sie waren wirklich alle gleich. Keine von ihnen hatte es allein geschafft. Er packte sie am Oberschenkel und riss ihn hoch. Dann schnallte er ihr den Gürtel um und schloss ihn ab. Den Schlüssel verwahrte er in seiner Hosentasche.

»Immer schön brav bleiben«, flüsterte er ihr ins Ohr. Er konnte ihre Angst riechen. In seinem besten Stück pochte es heiß. Er würde sie jetzt gleich bestrafen. Hart und schmerzvoll. Als ob sie es ahnen würde, ging sie vor ihm auf die Knie.

»Bitte. Ich hab doch nichts getan. Bitte!«, flehte sie.

Er konnte es nicht mehr hören und legte ihr die Hand auf den Mund.

»Sei still«, zischte er. »Du brauchst deine Kräfte noch.« Er grinste und stieß sie zur Tür hinaus.

16

Florian hatte jeden weiblichen Vornamen mit M in die Vermisstendatenbank eingegeben, der ihm bekannt war. Doch der Erfolg ließ auf sich warten. Er hatte nicht nur die Vermisstenanzeigen durchforstet, sondern auch sämtliche andere Polizeidatenbanken abgefragt. Es war hoffnungslos. Für *Mia*, *Mila*, *Mina* oder *Mira* und etliche weitere Variationen gab es keinen relevanten Eintrag. Niemand vermisste eine Frau mit solch einem Namen. Sie suchten ein verdammtes Phantom. Eine Unbekannte, die erst vor ein paar Stunden gestorben war. Ermordet von einem Killer, der bereits zwei Frauen auf dem Gewissen hatte. Jemand, der seine Opfer durch spitze Glasscherben laufen ließ und ihnen Keuschheitsgürtel umschnallte. Sie jagten einen kranken Perversen.

Sie hatten den Tag damit zugebracht, das Umfeld des ersten Opfers unter die Lupe zu nehmen. Noch einmal hatten sie mit Jana Albrechts Mutter gesprochen und mit ihrer besten Freundin. Immerhin konnte Carolina Brand die Namen von einigen Männern aufzählen, mit denen Jana Albrecht zuletzt kurze Beziehungen eingegangen war. Sie hatten ihr auch ein Foto von der im Krankenhaus verstorbenen Patientin gezeigt und ihr die möglichen Vornamen genannt. Nichts. Carolina Brand hatte diese Frau nie zuvor gesehen.

Die IT-Experten hatten Jana Albrechts Laptop unter die Lupe genommen. Ein Hinweis auf den Täter war nicht zu finden und auch keine Frau, deren Vorname mit M begann. Jana Albrechts Handy blieb verschwunden. Das letzte Mal war es in ihrem Appartement eingeloggt gewesen, weshalb Florian davon ausging, dass der Täter sie möglicherweise dort überfallen hatte. Die fehlenden Einbruchsspuren sprachen allerdings gegen seine Theorie. Blut oder andere Spuren von Gewaltanwendung ließen sich ebenfalls nicht sicherstellen. Ganz im Gegenteil. Die Ordnung in dem kleinen Appartement hatte ihn regelrecht angesprungen. Da Jana Albrecht allein gelebt hatte, konnten sie keine Mitbewohner befragen. Die beiden Nachbarn, zwei blasse Physik-Studenten, hatten sich offenkundig nicht sonderlich für Jana Albrecht interessiert. Außer dem Namensschild schienen sie nichts von ihr zu kennen. Florian seufzte. Er hatte das Gefühl, sich in eine Sackgasse manövriert zu haben. Sein Partner war ebenfalls ratlos, wenngleich er mit der Situation gelassener umging. Vielleicht lag das auch nur an Lenjas Reaktion auf seinen Blumenstrauß. Seit ihrem Besuch im Krankenhaus ging er wie auf Wolken durch die Welt.

Doch Florian fand keine Ruhe. Der Killer empfand offenbar Vergnügen daran, seine Opfer zu quälen. Vermutlich würde er nach zwei ermordeten Frauen nicht mit dem Töten aufhören. Er wühlte sich durch die Akte und blieb bei seinen Notizen zu den Keuschheitsgürteln stehen. Leider gab es diese Gürtel bei fast jedem Erotikanbieter zu kaufen. Es machte nicht viel Sinn, hier weitere Anstrengungen zu unternehmen.

Und dann war da noch die Sache mit den Glasscherben. Er war mit Martin in der Gegend im Niehler Hafen herumgekurvt. Aber natürlich waren sie dort nicht auf einen Haufen Scherben gestoßen. Sie hatten beschlossen, sich nach Flaschencontainern umzusehen. Ebenfalls Fehlanzeige. Solche Container fanden sich hauptsächlich in Wohngebieten. Und falls es in dem Industriegebiet welche gab, waren sie wahrscheinlich nicht öffentlich zugänglich.

Florian überflog den Obduktionsbericht ein weiteres Mal. Jana Albrecht hatte sich mehr als zwanzig Splitter eingetreten. Er betrachtete ein Foto von ihren Fußsohlen und verzog entsetzt die Miene. Die Haut war regelrecht zerfetzt. Auch die Füße der Unbekannten waren von Glasscherben zerschnitten gewesen, und Florian legte seine Hand dafür ins Feuer, dass es sich um ähnliche Verletzungen wie bei Jana Albrecht handelte. Doch warum tat der Täter seinen Opfern solche Qualen an? Und was hatten die Glasscherben mit dem Keuschheitsgürtel zu tun? Noch schwerer fiel es Florian, eine Verbindung zu dem eiskalten Rheinwasser zu finden. Aber es musste einen Zusammenhang geben. Der Mörder verübte seine Taten aus einem bestimmten Grund.

Florian betrachtete die Abschiedsbriefe, die bis auf die Handschrift absolut identisch waren. Gleiches Papier, scheinbar derselbe Stift und beide Briefe waren in Folie eingeschweißt. Die Spurensicherung hatte lediglich die Fingerabdrücke der Opfer auf dem Papier sicherstellen können.

Ich bin schuldig und kann so nicht weiterleben. Es tut mir leid.

Die Worte ähnelten denen der im Krankenhaus verstorbenen Frau, die von der Ärztin aufgezeichnet worden waren. Gerade als Florian die Tonaufnahme erneut abspielen wollte, klingelte es an der Tür. Sein Herz hüpfte vor Freude. Das musste Julia sein. Endlich. Er sprang auf und eilte zur Wohnungstür.

»Tut mir leid, dass ich so spät bin«, erklärte Julia und ließ sich von ihm in den Arm nehmen.

»Ich hätte dich auch begleiten können«, flüsterte Florian und schloss die Tür hinter ihr. »Es war sicherlich wieder belastend.«

»Das stimmt. Ehrlich gesagt war es schrecklich wie jedes Jahr. Ich werde nie darüber hinwegkommen, was Michael passiert ist.«

Florian nahm Julia den Mantel ab. »Du bist ja eiskalt. Ist die Heizung in deinem Wagen kaputt?«

»Nein. Ich brauchte einfach frische Luft und hab das Seitenfenster heruntergekurbelt.«

Er betrachtete Julia nachdenklich. Sie wirkte mitgenommen.

»Ich mache uns erst mal einen Tee«, schlug er vor und bugsierte sie zur Couch. »Du ruhst dich aus. Es muss ein verdammt anstrengender Tag gewesen sein.«

»Habt ihr die Identität der Frau herausgefunden?«, fragte Julia ungeduldig.

»Leider nicht«, rief Florian und ging in die Küche. Er stellte den Wasserkocher an und öffnete eine Dose mit Früchtetee. Es dauerte nur ein paar Minuten, bis er mit dem heißen Tee wieder bei ihr war.

Julia lag auf der Couch und schlief tief und fest.

17

»Wunderbar. Genau so machen wir es.« Julia legte auf. Ein ungutes Gefühl nagte an ihr. Hätte sie Dr. Tobias Walther von der Uni Bonn nicht sagen müssen, dass der Arzt, den sie ihm gerade empfohlen hatte, von der Polizei in einem Mordfall befragt wurde? Ihr alter Studienfreund hätte sicherlich wenig Verständnis dafür, wenn Julia einen Kriminellen in seine renommierte Klinik vermitteln würde.

Sie rieb sich müde die Schläfen und betrachtete Ferdinand Meisner wieder durch den Einwegspiegel des kleinen Nebenzimmers, in dem sie Platz genommen hatte. Meisner lehnte gelassen auf dem harten Holzstuhl, fast so, als handelte es sich um einen bequemen Sessel. In seiner Miene zeigten sich keine Anzeichen von Nervosität. Seine Hände ruhten still auf den Oberschenkeln und auch mit den Füßen zappelte er nicht. Er wartete seit zwanzig Minuten auf den Beginn der Befragung. Florian setzte dieses Mittel gerne ein. Wachsende Ungeduld schlug sich schnell auf die Nerven nieder und verführte so manchen Befragten dazu, Dinge zu erzählen, die er lieber für sich behalten hätte. Meisner machte allerdings nicht den Eindruck, als würde diese Methode bei ihm Wirkung zeigen.

Die Tür des Vernehmungsraums öffnete sich. Florian trat gefolgt von Martin Saathoff ein. Sie nahmen mit dem Rücken zu Julia Platz, genau so, dass sie weiter Meisners Gesicht beobachten konnte. Wenn Julia ehrlich war, hielt sie nicht sonderlich viel davon. Meisner wusste nicht, dass sie hinter der verspiegelten Scheibe saß. Sie kam sich ein wenig vor wie eine Verräterin. Schließlich war er immer noch ihr Mitarbeiter. Allerdings hatten Florian und Saathoff sie eindringlich darum gebeten, die Befragung zu begleiten, weil sie Meisners Reaktionen möglicherweise besser einschätzen konnte. Da Meisner ein wichtiger Zeuge war und ihr seine Aktion in der Kühlkammer nach wie vor reichlich merkwürdig vorkam, hatte sie letztendlich eingewilligt.

Florian stellte sich und Martin Saathoff kurz vor und kam direkt auf den Punkt.

»Sie haben angegeben, dass Sie Jana Albrecht vor etwa einer Woche zuletzt gesehen hätten. Könnten Sie das bitte näher ausführen?«

»Natürlich.« Ferdinand Meisner richtete sich sogleich im Stuhl auf und erzählte detailliert von seinem letzten Treffen mit ihr.

»Inzwischen sind ziemlich genau zehn Tage vergangen. Wir waren zum Abendessen verabredet. Es war bereits unser zweites Date und ich hatte einen sehr guten Italiener ausgesucht. Wir teilten uns eine Lasagne und Saltimbocca, tranken zwei Gläser Wein und sind ungefähr gegen halb zwölf nachts aus dem Restaurant gegangen. Ich wollte Jana noch nach Hause fahren, aber sie lehnte ab. Sie hatte es nicht weit und ging zu Fuß.«

In Julias Kopf ratterte es. Die Tote hatte mehr als ein Promille im Blut gehabt. Mit zwei Gläsern Wein konnte sie diesen Alkoholspiegel unmöglich erreicht haben. Zudem war heute Morgen der Laborbericht angekommen. Im Blut des Opfers war Ecstasy nachgewiesen worden. Die Menge an Alkohol und Drogen dürfte Jana Albrecht lahmgelegt haben. Im eiskalten Rheinwasser hatte sie in ihrem Zustand keine Chance. Julia rechnete nach. Jana Albrechts Leichnam war vor vier Tagen gefunden worden. Zu diesem Zeitpunkt war sie bereits drei Tage tot gewesen. Der Alkoholpegel konnte demnach unmöglich von dem Abend mit Ferdinand Meisner stammen. Falls er der Letzte war, der sie lebend gesehen hatte, wäre sie drei Tage in der Gewalt des Täters gewesen. Das war eine verdammt lange Zeit. Julia dachte an die zerschnittenen Fußsohlen der Frau und plötzlich brach völlig unerwartet eine Welle der Übelkeit über sie herein. Sie presste die Hand auf den Mund und versuchte sich nicht zu übergeben. Mit letzter Beherrschung gelang es ihr. Sie schluckte die bittere Flüssigkeit hinunter und trank schnell ein wenig Wasser. Nur mit halbem Ohr lauschte sie weiter Meisners Befragung.

»Das heißt, Sie haben Jana Albrecht vor diesem Restaurantbesuch erst ein Mal getroffen?«, fragte Florian.

»Physisch ja. Natürlich haben wir vorher ein paarmal telefoniert und uns Nachrichten geschickt. Wir haben uns über eine Datingplattform kennengelernt. Das ist ungefähr zwei Monate her.«

»Und was war nach Ihrem Abendessen? Haben Sie sich erneut verabredet?«, wollte Martin Saathoff wissen.

»Nein. Sie hat sich nicht mehr bei mir gemeldet.« Ferdinand Meisner ließ den Kopf hängen und zuckte mit den Achseln. »Ich habe mehrfach versucht sie anzurufen, aber sie ging nicht ran, und später kam sofort die Mailbox. Ich habe sie dann erst im rechtsmedizinischen Institut wiedergesehen. Es … es war ein Schock.« Er fuhr sich durch die Haare und blickte Florian zerknirscht an. »Der Abend war ziemlich gut gelaufen. Ich dachte, es hätte zwischen uns gefunkt. Dass sie anschließend den Kontakt abgebrochen hat, fand ich echt schade. Ich konnte es mir nicht erklären.«

»Und Sie sind nicht misstrauisch geworden? Hatten Sie keine Sorge, dass ihr etwas passiert sein könnte? Schließlich ist sie in der Nacht ganz allein nach Hause gegangen.« Florian klopfte mit dem Kugelschreiber auf die Tischplatte.

Auf Ferdinand Meisners Stirn erschienen ein paar Falten. »Ich habe mir nichts dabei gedacht. Wir hatten zwei Dates. Es kam schon öfter vor, dass sich Frauen nicht mehr bei mir gemeldet haben. Ich wäre nicht im Traum darauf gekommen, dass ihr etwas zugestoßen sein könnte. Aber als ich dann ihren Leichnam gesehen habe ...« Er sprach den Satz nicht zu Ende, sondern richtete seinen leeren Blick auf das verspiegelte Fenster, sodass Julia für einen Moment das Gefühl hatte, er schaute ihr direkt in die Augen.

Florian lehnte sich zu Meisner über den Tisch.

»Sie wussten doch, dass es sich um einen Mordfall handelt. Warum haben Sie uns nicht umgehend informiert, dass Sie die Tote kannten?«

Ferdinand Meisner schien zu schrumpfen. »Ich weiß es nicht. Ich war einfach zu schockiert. Ich wusste nur noch, dass ich sie nicht obduzieren kann.«

»Aber Sie haben sich trotzdem die Akte über Jana Albrecht besorgt?«

»Ja. Es hat mich interessiert, wie sie zu Tode gekommen ist. Ich mochte sie und hatte gehofft, dass sie nicht allzu sehr leiden musste.«

Martin Saathoffs Rückenmuskeln spannten sich an. »Und obwohl Sie der Akte entnehmen konnten, dass die Identität der Toten ungeklärt war, hielten Sie es nicht für notwendig, uns oder wenigstens Ihrer Vorgesetzten den Namen mitzuteilen?« Er schüttelte energisch den Kopf. »Wissen Sie was, Herr Meisner, das hört sich offen gestanden ziemlich an den Haaren herbeigezogen an. Hatten Sie womöglich einen Grund, uns zu verschweigen, dass Sie die Frau kannten?«

Im Raum breitete sich eine unangenehme Stille aus, die sogar Julia im Nebenzimmer erfasste. Die Spannung war zum Greifen nahe. Hinter Meisners Stirn arbeitete es. Offenbar suchte er nach Worten. Sein

Mund öffnete sich, doch es kam kein Ton heraus. Erst eine Weile später fragte er: »Sollte ich mir einen Anwalt nehmen?«

»Das müssen Sie entscheiden«, erwiderte Florian freundlich und nahm die Schärfe aus dem Gespräch. »Wenn Sie mit dem Mord nichts zu schaffen haben, brauchen Sie keinen Anwalt.«

»Natürlich habe ich Jana nicht getötet. Ich war drauf und dran, mich in sie zu verlieben.« Verzweifelt rieb sich Ferdinand Meisner die Schläfen. »Wahrscheinlich habe ich tief in mir drin gespürt, dass ich ihretwegen in Schwierigkeiten geraten könnte, und deshalb nichts gesagt.«

»Wie hat Jana Albrecht denn an dem letzten Abend auf Sie gewirkt? War sie nervös oder hat sie Ihnen von irgendwelchen Problemen erzählt?«

»Nein. Wir hatten einen tollen Abend ... Moment mal.« Ferdinand Meisner tippte sich an die Stirn. »Sie hat jemanden erwähnt, der sie immer wieder anrief. Ich glaube, sein Name war Mike.«

»Hat dieser Mike auch einen Nachnamen?«, fragt Martin Saathoff in einem Tonfall, der keinen Zweifel daran ließ, dass er Meisner diese Geschichte nicht glaubte.

»Sie hat nur von Mike gesprochen, einem Studenten aus ihrem Semester. Sie war einmal mit ihm aus und wollte die Beziehung zu ihm nicht weiter vertiefen. Er hat sie jedoch immer wieder angesprochen, und sie hat mir erzählt, dass sie solche Typen nicht ausstehen kann. Deshalb habe ich ja auch keinen Versuch unternommen, als sie sich nach unserem Essen nicht mehr bei mir gemeldet hat.«

Florian notierte sich den Namen des Studenten. Julia kritzelte ihn ebenfalls auf einen Zettel. Wenn sie sich nicht irrte, hatte Florian diesen Namen schon einmal erwähnt. Die Freundin des Opfers hatte ihn genannt.

Florian legte ein Foto von der Verstorbenen aus dem Krankenhaus auf den Tisch.

»Kennen Sie diese Frau?«

In Meisners Gesicht zuckte es. »Gibt es eine weitere Tote? Himmel! Nein. Ich habe sie noch nie gesehen.«

»Sind Sie sicher?«, fragte Martin Saathoff trocken. »Wenn wir im Nachhinein feststellen, dass Sie sich irren, könnte es Schwierigkeiten geben.«

Meisner griff nach dem Foto und betrachtete es lange. Dann nickte er langsam.

»Ja. Diese Frau kenne ich nicht.«

Florian nahm das Bild wieder an sich. »Können Sie mir den Profilnamen von Jana Albrecht sagen, den sie auf der Datingplattform benutzt hat?«

»Natürlich. *Jana 333*.«

»Danke. Wir haben momentan keine weiteren Fragen an Sie. Sollte Ihnen etwas Wichtiges in den Sinn kommen, kontaktieren Sie uns bitte sofort.«

Ferdinand Meisner erhob sich umständlich und wurde an der Tür von einem Beamten in Empfang genommen, der ihn zum Ausgang begleiten würde. Julia verließ den Nebenraum. Sie betrat im selben Moment den Flur wie Florian.

»Und? Was denkst du?«, fragte sie ihn neugierig.

»Zumindest haben die beiden sich recht gut gekannt, und unsere IT-Experten haben festgestellt, dass Jana Albrecht nach diesem Abend nicht mehr an ihrem Computer war. Da ihr Handy verschwunden ist, konnten wir nicht prüfen, auf welchen Plattformen sie damit unterwegs war. Wir wissen nur, dass sie zuletzt mit diesem Gerät in ihrer Wohnung eingeloggt war. Deshalb werden wir eine Anfrage bei der Datingplattform stellen und darum bitten, uns ihre letzten Log-in-Daten zukommen zu lassen.«

Martin Saathoff schlurfte an ihnen vorbei und gähnte.

»Na los, worauf wartet ihr? Ich will mir das Profil von *Jana 333* ansehen«, verkündete er und winkte sie mit sich.

Keine fünf Minuten später hockten sie vor Florians Computer und musterten die bildhübsche Frau, die sich als lebensfroh und als Single ausgab. Sie war auf der Suche nach intensiven Gesprächen und Zärtlichkeit. Das Konto auf der Plattform hatte sie bereits vor drei Jahren angelegt. Florian klickte durch die zahlreichen Fotos, die Jana Albrecht von sich hochgeladen hatte. Keines wirkte anzüglich oder sexuell aufgeladen. Ganz im Gegenteil, sie lächelte eher zurückhaltend und zeigte sich in langer Kleidung.

»Einen Keuschheitsgürtel trägt sie jedenfalls auf keinem Bild«, stellte Florian fest. »Und irgendwelche außergewöhnlichen sexuellen Wünsche äußert sie auch nicht.«

Martin Saathoff zwirbelte an seinem Schnauzer und prustete: »Hast du erwartet, sie stünde auf Spezielles und hat sich deshalb einen Keuschheitsgürtel angelegt?«

Florian sah seinen Partner ratlos an. »Es wäre zumindest eine Erklärung gewesen.«

»Sollten wir uns da nicht besser auf einem Erotikportal umsehen?«, schlug Julia vor. »Auf dieser Plattform geht es doch eher ums schnelle Treffen, vielleicht einen One-Night-Stand und weniger um das Ausleben irgendwelcher Fantasien.«

Auf Florians Stirn zeigte sich eine kleine Falte zwischen den Brauen. Er öffnete den Mund, zögerte jedoch kurz, bevor er mit spitzer Stimme fragte: »Kennst du denn die gängigen Portale?«

Julia schluckte. Sie hatte das Gefühl, von Florian und auch Martin Saathoff mit Röntgenaugen durchbohrt zu werden.

»Ihr kennt doch bestimmt diese Sugar-Daddy-Seiten«, sagte sie und spürte, wie ihr die Hitze ins Gesicht schoss.

Saathoff räusperte sich. »Es gibt Hunderte, wenn nicht gar Tausende solcher Portale. Laut unserer IT war Jana Albrecht nicht auf so einer Seite angemeldet, aber ich frage zur Sicherheit noch einmal nach.« Er nahm sein Handy und entfernte sich ein Stück.

»Sugar Daddy?«, raunte Florian ihr ins Ohr. »Ich hoffe, ich bin dir nicht zu jung.« Er grinste und griff nach ihrer Hand.

»Du Spinner!«, erwiderte Julia und stupste ihn gegen die Schulter. »Ich besuche solche Seiten nicht.«

Florian verzog spöttisch die Lippen, sagte jedoch nichts mehr, weil Martin Saathoff zu ihnen zurückkehrte.

»Wie vermutet Fehlanzeige«, verkündete er. »Sie war lediglich bei dem einen Datingportal angemeldet. Ansonsten noch auf zwei Portalen für soziale Kontakte. Dort war sie hauptsächlich mit ihren Kommilitonen verknüpft. Wir bekommen gleich eine Aufstellung zugeschickt. Dann können wir prüfen, ob dieser Mike auch dabei ist.«

Im selben Augenblick kündigte ein Piepton den Eingang einer E-Mail an. Florian öffnete sie und sah sich den Anhang an.

»Hier gibt es einen Mike Neuhausen.« Er klickte auf den Link zu dessen Profil. Ein junger Mann mit schütterem Haar blickte sie ernst von seinem Profilbild an.

Julia überflog die knappen Profilangaben. Neuhausen war achtundzwanzig Jahre alt und studierte wie das Opfer Biologie.

»Könnte ein Treffer sein«, merkte sie an und tippte auf eine Angabe auf dem Bildschirm. »Seht euch das mal an. Er belegt offenbar zwei Studiengänge, neben Biologie auch Chemie. Ich denke da nur an die Drogen in Jana Albrechts Blut. Es wäre nicht der erste Chemiestudent, der sich einen Drogencocktail mixt. Zumindest ist nicht ausgeschlossen, dass er über entsprechende Kenntnisse verfügt.«

»Wir sollten mit ihm sprechen.« Florian druckte

Neuhausens Profil aus und befestigte es am Whiteboard.

Die Tür des Büros öffnete sich und eine blasse Kollegin steckte den Kopf herein.

»Es gibt ein Problem«, sagte sie und blickte unruhig zwischen Florian und Martin Saathoff hin und her. »Unten beim Empfang steht eine Frau. Sie ist auf der Suche nach Rafaela Dombert, ihrer Tochter. Das Krankenhaus hat sie hierhergeschickt, und sie weigert sich, eine Vermisstenanzeige aufzugeben. Sie besteht darauf, mit einem von Ihnen beiden zu sprechen.«

18

Durch Julias Gedanken schwebten die letzten Worte, die der sterbenden Frau im Krankenhaus über die Lippen gekommen waren. *Mia* oder *Mila* hatte sie gerufen. Wie passte das mit ihrem Namen, Rafaela Dombert, zusammen?

Julia betrachtete Rafaela Domberts Mutter. Die Ähnlichkeit war nicht abzustreiten. Das blonde Haar, die schmale Nasenpartie und die Augen glichen denen ihrer Tochter. Julia versuchte den Namen Rafaela mit Mia übereinzubringen, indem sie ein paar Buchstaben wegließ. Doch egal, welche Kombination sie ausprobierte, die Namen stimmten nicht überein.

»Wer hat Sie denn zu uns geschickt?«

Rita Dombert seufzte. »Was spielt das für eine Rolle? Sagen Sie mir, ob es meine Tochter war, die Sie aus dem Rhein gefischt haben, oder nicht?«

Florian setzte ein verständnisvolles Gesicht auf. »Ich verstehe Ihre Aufregung. Das ginge mir ebenso. Aber bitte, bevor ich Ihnen ein Foto zeige, muss ich wissen, wer von den Angestellten im Krankenhaus Ihnen diese Auskunft erteilt hat.«

Rita Dombert zögerte, als müsste sie ein großes Geheimnis offenbaren. Schließlich lehnte sie sich zu ihnen über den Tisch und flüsterte: »Es war eine gute Bekannte aus der Nachbarschaft. Sie heißt Monika Schürhoff und ist Krankenschwester auf der Intensivstation. Erst heute Morgen, als ich sie zufällig traf und ihr erzählte, dass Rafaela sich seit drei Tagen nicht gemeldet hat, berichtete sie mir von der Unbekannten auf der Station. Sie wusste natürlich nicht, ob es Rafaela war, aber ich habe da so ein Gefühl.« Rita Dombert faltete die Hände wie zum Gebet. »Bitte, ich muss wissen, ob meiner Tochter etwas zugestoßen ist.«

Florian öffnete die Akte und schob ein Foto der Frau zu Rita Dombert hinüber. Innerhalb einer Sekunde veränderte sich der Ausdruck in ihrem Gesicht. Dort, wo eben noch Hoffnung schimmerte, befanden sich jetzt zwei stumpfe schwarze Pupillen. Ein gähnender Abgrund, aus dem es kein Zurück mehr gab. Rita Dombert fummelte an ihrer Handtasche und zog zitternd ein Foto hervor.

»Das ist meine Rafaela«, wisperte sie und senkte den Kopf. Tränen tropften auf die Tischplatte und Florian hielt ihr schnell ein Taschentuch hin.

»Das tut uns wirklich sehr leid«, brummte er betreten und betrachtete das Bild, das eindeutig die unbekannte Frau aus dem Krankenhaus zeigte.

Florian wartete, bis sich Rita Dombert einigermaßen

gefasst hatte, und fragte: »Wann ist Ihnen Rafaelas Verschwinden aufgefallen?«

»Vor sechs Tagen«, wiederholte sie und schluchzte heftig. »Sie meldet sich sonst von Zeit zu Zeit. Ich hatte das Gefühl, dass es wieder so weit wäre, und fing an, mich zu wundern. Und gestern habe ich versucht, sie anzurufen, aber ihr Handy ist abgeschaltet. Ich habe ihr eine Nachricht geschrieben, und heute Morgen wollte ich zu dem Supermarkt, in dem sie arbeitet, und nach ihr schauen. Auf dem Weg bin ich Monika begegnet und anschließend sofort hierhergekommen. Unterwegs habe ich im Supermarkt angerufen. Rafaelas Chef hat mir bestätigt, dass sie seit fünf Tagen unentschuldigt fehlt. In diesem Moment wurde mir klar, dass etwas Schreckliches passiert sein muss. Monika hat mir erzählt, dass die Frau auf der Station erst im Koma gelegen hat und dann gestorben ist.«

Rita Dombert tupfte sich die Tränen mit dem Taschentuch ab und blickte abwechselnd Julia und Florian an. »Was ist ihr denn zugestoßen? Sie war doch so ein gutes Mädchen. Immer nett und hilfsbereit.«

»Wir stehen noch am Anfang der Ermittlungen. Bisher vermuten wir nur, dass sie jemand in den Rhein gestoßen hat. Trotz all unserer Bemühungen lag sie zu lange im eiskalten Wasser …« Florian sprach den Satz nicht zu Ende. »Können Sie uns sagen, ob Ihre Tochter einen Freund hatte?«

Rita Dombert nickte. »Ja, sie war seit ein paar Wochen mit Luca zusammen. Er arbeitet im selben Supermarkt im Lager. Sie war hin und weg von ihm.«

Sie schlug plötzlich die Hand vor den Mund und ihr Blick verdunkelte sich. »Glauben Sie, dass er es war?«

»Wir wissen es nicht«, beschwichtigte sie Florian. »Gab es Streit mit Luca oder jemand anderem? Hatte Ihre Tochter Feinde?«

Rita Domberts Augen verengten sich zu schmalen Schlitzen. »Ich weiß, auf wen Sie anspielen. Diese Fabia, die ist auf alles neidisch, was Rafaela hat. Insbesondere auf ihren Freund.«

* * *

Der Supermarkt befand sich unweit von Rafaelas Adresse. Die Spurensicherung hatte sich auf das Appartement gestürzt und ein IT-Experte untersuchte das Tablet des Opfers. Einen Computer oder einen Laptop hatte die Verkäuferin nicht besessen. Rafaela Dombert war siebenundzwanzig Jahre alt und hatte in einem bescheiden eingerichteten Ein-Zimmer-Apartment im Erdgeschoss eines riesigen Wohnblocks gelebt. Während die Spurensicherung dort beschäftigt war, begaben sie sich zunächst zum Arbeitsplatz des Opfers.

Als Florian auf den Parkplatz einbog, traute Julia ihren Augen nicht.

»Du liebe Güte«, stieß sie aus und deutete auf eine attraktive Blondine, die sich vor dem Eingang platziert hatte. »Da ist Lenja.«

Martin Saathoff entfuhr ein undefinierbarer Grunzlaut und er begann hektisch seinen Bart zu zwirbeln.

»Hast du ihr von dem Supermarkt erzählt?«, fragte

Florian und warf Julia einen kurzen Blick über die Schulter zu.

»Ja«, gestand sie. »Lenja ist noch krankgeschrieben und ich halte sie auf dem Laufenden. Ich hätte nur nicht damit gerechnet, dass sie hier auftaucht. Sie sollte sich lieber schonen.«

Florian lachte und parkte den Wagen an einer Laterne. »Irgendwie scheint ihr euch in einigen Dingen zu ähneln«, bemerkte er und öffnete für Julia die Wagentür.

Martin Saathoff war schneller als sie. Wie eine Rakete stürmte er auf Lenja zu und begrüßte sie. Ihre Assistentin grinste fröhlich, und bevor Julia sie erreichte, waren die beiden bereits im Supermarkt verschwunden.

»Lass sie doch«, raunte Florian ihr zu und hielt ihr die Tür auf. »Warum soll sie sich zu Hause langweilen? Ihr habt sicherlich nicht vor, heute noch schwimmen zu gehen, oder?« Er zwinkerte ihr zu und holte Lenja und Martin Saathoff ein.

Sie durchquerten den Supermarkt und ließen sich von einer Mitarbeiterin zu einer Tür führen, hinter der die Büros und das Lager angrenzten.

Das Büro des Marktleiters stand weit offen. Am Schreibtisch hockte ein stämmiger Mann mit vollem schwarzem Haar und einer randlosen Brille auf der Nase. Als er sie bemerkte, nickte er ihnen freundlich zu.

»Schwermer mein Name. Wie kann ich den Herrschaften behilflich sein?«

Florian reichte ihm die Hand und zeigte ihm anschließend seinen Dienstausweis.

»Wir haben Fragen zu einer Ihrer Mitarbeiterinnen«, begann er und setzte sich an den kleinen runden Tisch in der Mitte des Büros. »Wann haben Sie Rafaela Dombert zuletzt gesehen?«

Auf dem Gesicht des Marktleiters traten ein paar Falten zutage.

»Ihr ist doch hoffentlich nichts passiert? Heute Morgen hat mich ihre Mutter ganz aufgeregt angerufen, und jetzt kommen Sie von der Kripo. Du liebe Güte. K-r-i-p-o.« Das letzte Wort sprach er lang gezogen aus und dann schien ihm die Luft zum Weitersprechen zu fehlen. Er griff sich an die Brust, und Julia befürchtete schon, er würde einen Herzinfarkt erleiden. Doch der kräftige Mann fasste sich wieder.

»Sie war bis Mittwoch letzter Woche hier. Seit Donnerstag fehlt sie. Sie ist sonst eigentlich sehr zuverlässig. Deshalb habe ich nicht gleich etwas unternommen, als sie die Krankschreibung nicht innerhalb von drei Tagen eingereicht hat. Ich hätte bis morgen gewartet, weil ich dachte, es wäre ihr entfallen oder das Schreiben wäre nicht angekommen.« Der Marktleiter kratzte sich umständlich am Kopf und fluchte: »Verdammt. Ich hätte anders reagieren müssen. Sie ist gar nicht krank, richtig? O nein. Ihr ist etwas zugestoßen.« Er schwieg und starrte sie aus glühenden Augen an.

»Wir müssen Ihnen leider mitteilen, dass Rafaela Dombert gestern im Krankenhaus ihren schweren Verletzungen erlegen ist.«

»Tot?« Mehr brachte er nicht hervor. Blass und zusammengeschrumpft saß er da und rührte sich nicht.

»Können Sie uns ein paar Fragen beantworten? Wenn es nicht geht, kommen wir später wieder.«

»Geht schon«, stieß der Marktleiter aus und richtete sich ein wenig auf.

»Wir haben gehört, dass der Freund von Rafaela hier im Lager tätig ist. Stimmt das?«

»Ja, Luca Schwermer arbeitet hier. Sie verdächtigen ihn doch nicht etwa?« Seine Stimme geriet ins Schlingern.

»Sollten wir nicht?«, fragte Florian irritiert.

Der Marktleiter deutete auf das Namensschild auf seiner Brust. »Karl Schwermer«, sagte er. »Luca ist mein Sohn.«

»Und er hat sich ebenfalls nicht über Rafaelas Fehlen gewundert? Hatten Sie in der ganzen Zeit keinen Kontakt?« Florian sah ihn durchdringend an.

Karl Schwermer zog den Kopf ein und wirkte noch kleiner als gerade eben.

»Sie hatten Streit«, nuschelte er und begann nervös die Finger zu kneten.

»Worüber denn?«, fragte Martin Saathoff dazwischen und kritzelte etwas auf seinen Notizblock.

»Keine Ahnung. Sie wissen doch, wie diese jungen Leute heutzutage sind. Ständig wechselnde Partner. Mal hier auf einer Party, mal da. Ganz ehrlich, ich komme da schon längst nicht mehr mit. Sie können aber gerne selbst mit Luca sprechen.«

Florian nickte und der Marktleiter griff zum Telefon.

Kurz darauf erschien die jüngere Ausgabe des Marktleiters im Türrahmen.

»Setz dich«, forderte Karl Schwermer ihn auf und erklärte ihm, dass er die Fragen der Kriminalpolizei beantworten müsse.

Luca Schwermers Blick huschte unruhig zwischen ihnen hin und her.

»Wann haben Sie zuletzt Kontakt zu Rafaela Dombert gehabt?«, wollte Florian wissen.

»Ach, um Rafaela geht es?« Luca Schwermer plusterte sich auf. »Was will mir die Tussi anhängen? Behauptet sie etwa, ich hätte sie vergewaltigt? Es war alles freiwillig. Ich ...« Er verstummte mitten im Satz, weil sein Vater den Zeigefinger auf die Lippen legte.

»Rafaela Dombert lebt nicht mehr. Sie ist gestern verstorben«, erklärte Florian mit ruhiger Stimme. »Beantworten Sie deshalb bitte unsere Fragen.«

Luca Schwermers Augen weiteten sich. Sein Unterkiefer klappte herunter und er benötigte eine Weile, um zu antworten.

»Ja, also ... ich ...«, stotterte er und griff sich mit beiden Händen an den Schädel. »Ich denke vor drei Tagen. Nein, es muss länger her sein. Es war Mittwochabend, da habe ich sie zum letzten Mal gesehen und am nächsten Morgen ist sie nicht zur Arbeit erschienen. Ich ging davon aus, dass sie sich krankgemeldet hatte.«

»Und weshalb?«

»Wir haben uns gestritten wegen Fabia. Rafaela war eifersüchtig auf sie, dabei hatte ich nichts Ernstes mit ihr. Sie hat mit mir Schluss gemacht. Ich dachte, in ein paar Tagen kommt sie wieder zurück. So läuft das immer zwischen uns.« Er korrigierte sich: »Ich meinte, lief.«

»Und Sie haben nicht mal probiert, sie anzurufen?«

»Doch, aber sie ist nicht rangegangen und dann war ihr Telefon aus. Ich bin davon ausgegangen, dass sie mich blockiert hat.« Luca Schwermer verzog das Gesicht. Offenbar versuchte er krampfhaft, nicht zu weinen. »Ich habe sie geliebt«, flüsterte er und wischte sich mit dem Handrücken über die Augen. »Was ist mit ihr passiert?«

»Wir hatten gehofft, das von Ihnen zu erfahren. Gut möglich, dass Sie die letzte Person waren, mit der Rafaela Kontakt hatte. Wo hatten Sie sich denn an diesem Abend getroffen?«

»Bei mir zu Hause. Ich habe eine größere Wohnung als sie. Nach dem Streit ist sie abgehauen. Ich rief sie an, aber sie ging nicht ans Telefon. Ich habe es drei- oder viermal probiert und dann aufgegeben. Warten Sie.« Luca Schwermer zog sein Handy aus der Tasche und wischte über das Display. »Hier sehen Sie meine Anrufe. Sie hat sie nicht angenommen oder zurückgerufen. Ich habe es jeden Tag versucht.«

Schwermer zeigte Florian die Anrufliste und reichte ihm schließlich sein Handy. »Na los, überprüfen Sie es.«

Florian scrollte die Liste hinunter und fragte: »Haben Sie auch Nachrichten verschickt?«

Luca Schwermer rollte mit den Augen. »Klar, aber darauf hat sie nicht geantwortet. Sie hat sie noch nicht einmal gelesen. Überall sind die Haken nur grau.«

Florian sah sich die Textnachrichten an und gab Luca Schwermer das Handy zurück.

»Was haben Sie gemacht, nachdem Rafaela gegangen war?«

»Ich bin zu Hause geblieben. Es war ja schon Abend, ungefähr neunzehn Uhr.«

»Kann das jemand bezeugen?« Florian schrieb sich die Uhrzeit auf.

Julia wusste, warum. Kurze Zeit später hatte sie mit Lenja versucht, Rafaela Dombert aus dem Rhein zu ziehen. Sie würden genau prüfen, ob Luca Schwermer genug Zeit gehabt hätte, um von seiner Wohnung zum Rheinhafen zu fahren. Seine Statur glich jedenfalls der des Mannes, den sie am Hafen an dem Abend gesehen hatten. Allerdings würden Tausende andere Männer genauso in dieses Schema passen.

»Ja, ich«, stieß Karl Schwermer aus. »Er war in seiner Wohnung. Ich kann das versichern. Und auch an allen anderen Abenden war er entweder bei sich zu Hause oder bei uns.«

»Vater«, rief Luca Schwermer verärgert, doch er wurde mit einer jähen Handbewegung zum Schweigen gebracht.

»Du sagst jetzt nichts mehr, Junge. Wir nehmen uns erst einen Anwalt.«

19

»In meinen Erinnerungen sehe ich eine Frau vor mir. Ich glaube, ich sehe mich selbst, wie ich durch die Dunkelheit hetze. Gejagt von einem Mann, der mir wehtun will.«

»Ich denke, er hat dir wehgetan«, erwiderte Alex und zog Thea sanft in die Arme. »Es tut mir leid, dass ich nicht nett zu dir gewesen bin. Manchmal überkommt mich die Schuld so sehr, dass ich es an anderen auslasse. Aber du hast das nicht verdient.«

Thea lächelte. Das hatte Dr. Schönfelder auch gesagt. Sie hatten die Hypnosesitzungen für zwei Tage gestoppt. Sie sollte sich erholen, weil sie in der letzten Sitzung auf etwas gestoßen waren, das sie heftig erschüttert hatte.

»Ich kann mich überhaupt nicht mehr erinnern«, gestand sie. »Ich bin damals im Krankenhaus aufgewacht. Das ist über zehn Jahre her. Die Ärzte sagten mir, dass ich überfallen worden wäre. Die Polizei war bei mir und wollte eine Aussage. Ich sollte ihnen erzählen, wie der Mann ausgesehen hatte. Doch ich konnte mich nicht entsinnen. Alles ist wie weggeblasen. Ich weiß noch, wie der Tag angefangen hat, aber dann löst er sich in nichts auf. Ich musste für eine Prüfung lernen ... Ich weiß nicht mehr ... alles ist einfach fort, bis zu dem Moment, wo ich im Krankenbett aufwache und Geräte um mich herum piepen.«

»Und hilft Doktor Schönfelder dir? Ich meine, kannst du dich inzwischen an diesen Mann erinnern? Er ist doch noch auf freiem Fuß oder nicht?«

Thea schüttelte den Kopf. »Er wurde nie festgenommen. Dieser Mann ist ein Schatten, der mich verfolgt. Ich sehe weder sein Gesicht noch sonst irgendwas.«

»Aber Doktor Schönfelder glaubt, dass du dich erinnern könntest, nicht wahr?«

Sie nickte. »Er sagt, wenn ich mich erinnere, dann stehen meine Chancen gut, wieder ein normales Leben zu führen. Frei von Ängsten und Depressionen.«

Alex lehnte sich zurück und betrachtete sie. »Vor allem wenn dieser Mistkerl endlich gefasst wird. Dann könntest du aufatmen.«

Thea war sich dessen nicht so sicher. »Dieses Wissen macht die Geschehnisse von damals nicht rückgängig. Es steht ja alles in meiner Patientenakte, auch wenn ich mich nicht erinnern kann. Genauso wie bei deiner Schwester. Nichts kann sie ins Leben zurückholen.«

Alex' Blick verdüsterte sich. »Stimmt«, murmelte er und rieb sich die Stirn. »Doktor Schönfelder versucht mich von meinen Schuldgefühlen zu befreien. Doch das kann er nicht, denn ich habe es getan.«

»Aber nicht mit Absicht.« Thea taten ihre Worte leid. Sie wollte nicht, dass das Gespräch in die falsche Richtung abdriftete. Deshalb beeilte sie sich zu sagen: »Du hast recht, wenn ich den Täter hinter Gitter bringen könnte, ginge es mir bestimmt wieder besser. Doktor Schönfelder weiß, was er tut, und auch dir würde es besser gehen, wenn du endlich diese Schuld loslassen und erkennen könntest, dass es nur ein Unglücksfall war.«

Erleichtert bemerkte sie, wie sich Alex' Miene wieder aufhellte. Für den Bruchteil einer Sekunde stellte sie sich vor, wie sie beide zusammen ein ganz normales Leben führten. Vielleicht wären sie da draußen ja sogar mehr als Freunde. Sie musterte ihn unauffällig. Er gefiel ihr. Das Funkeln in seinen Augen brachte ihr Herz zum Lachen. Und sie hatte so lange nicht mehr gelacht. Jahrelang hatte sie Tabletten gegen ihre Depression geschluckt. War von einem Arzt, von einer Klinik zur andern gegangen, ohne dass ihr jemand helfen konnte. Niemand ging wirklich auf sie ein, bis sie endlich Dr. Schönfelder getroffen hatte. Ein halbes Jahr lebte sie nun schon in dieser Klinik. Immerhin verletzte sie sich innerhalb dieser Mauern nicht so häufig selbst wie zuvor. Sie schielte zu Alex. In seiner Gegenwart würde ihr das auch nicht passieren.

»Versuche doch, dich an den Kerl zu erinnern«, flüsterte er ganz nah an ihrem Ohr. »Wir können es ja zusammen probieren. Natürlich nur, wenn du magst.«

»Okay«, hauchte sie und verlor sich in seinen blauen Augen. »Ich bemühe mich.«

»Du musst für eine Prüfung lernen. Erzähl von diesem Tag. War es draußen warm oder kalt? Schien die Sonne?«

»Es war Sommer und heiß.« Erstaunlicherweise sprang Theas Kopfkino sofort an.

»Ich trug ein helles Kleid mit bunten Tupfen darauf.« Sie konnte den leichten Stoff regelrecht auf der Haut spüren.

»Mir war viel zu warm zum Lernen. Ich brauchte dringend eine Abkühlung, ich habe am Schreibtisch ein Eis nach dem anderen verschlungen.« Auch das konnte Thea jetzt fühlen. Jedoch nur ganz kurz. Ein dunkler Punkt erschien plötzlich vor ihr und er wurde immer größer und größer. Er sog alles in sich auf, was er berührte. Er schwoll so weit an, dass Thea nichts mehr sah außer Schwärze. Und dann war da auf einmal diese Frau vor ihr. Sie. Sie rannte und schaute sich dabei ständig um. Baumkronen rauschten hoch über ihr. Irgendwo aus der Ferne wehte der Beat eines bekannten Musikstücks herüber. Sie konnte die Melodie beinahe greifen, doch sie entschwand ihr so schnell, wie sie gekommen war.

Die Frau stürzte vor einem Glascontainer. Thea wurde weggerissen von einer Welle aus Blut und Schmerz. Sie raffte sich mühsam auf und lief mit brennenden Füßen weiter. Der Fremde verfolgte sie. Ihr Herz raste und sprang ihr fast aus der Brust. Das Atmen fiel ihr schwer und dann schmatzte auch schon dunkles

Wasser tief unter ihr. Thea schrie auf, als der Mann sie packte.

»Hey, komm zu dir. Verdammt, Thea!«

Die Dunkelheit brach über ihr zusammen. Jemand drückte ihr schmerzhaft auf die Schulter.

»Thea, bitte! Bitte, komm zu dir!«

Ein Lichtpunkt schwebte auf sie zu, während ihre Körpermitte zerriss. Sie hörte ein Schnaufen. Sie roch schlechten Atem.

»Wie ist sie in Hypnose geraten?«

»Ich weiß es nicht. Das war sie selbst.«

»Machen Sie mir mal Platz.«

Jemand berührte einen Punkt auf ihrer Stirn.

»Drei, zwei, eins. Sie wachen jetzt auf!«

Nichts.

Keine Gefühle mehr.

Keine Dunkelheit.

Einfach nur graue Leere.

Thea schlug die Augen auf.

»Himmel, haben Sie uns erschreckt.«

Sie lächelte. Es tat so gut, Dr. Schönfelders sorgenvolle Miene zu sehen. Er strich ihr eine Strähne aus dem Gesicht.

»Wie fühlen Sie sich?«

»Gut«, krächzte sie und richtete sich auf. Irgendwie war sie vom Sessel gefallen. Sie hockte auf dem Boden und starrte Alex' Schuhspitzen an. Ihr Blick wanderte zu seinem Gesicht hinauf. Auch er sorgte sich um sie.

»Sie dürfen nicht ohne mich in die Hypnose gehen«, erklärte Dr. Schönfelder ruhig und betrachtete sie.

Er wandte sich zu Alex und seine Stimme wurde hart. »Wir erlauben an dieser Klinik den Austausch zwischen stationär untergebrachten Patienten und ambulanten Tagespatienten. Wenn Sie Thea noch einmal in eine solche Lage bringen, muss ich den Kontakt jedoch unterbinden.«

»Tut mir leid«, murmelte Alex. »Ich wollte nur helfen.«

Dr. Schönfelder erwiderte nichts. Er griff Thea unter die Arme und zog sie auf die Füße.

»Wir sprechen morgen über diesen Vorfall. Gehen Sie nun auf Ihr Zimmer und ruhen sich aus.«

20

Die Sonne hatte am Vormittag die dicke Wolkendecke hin und wieder durchbrochen, doch jetzt schien ihr die Kraft zu fehlen. Es war kurz nach eins und Julia bewegte sich fröstelnd auf das Friedhofstor zu. Ihr fielen diese Besuche sehr schwer. Der graue Himmel hob die Stimmung ebenfalls nicht an. Offenbar hatte sich die Sonne vor dem bevorstehenden Ereignis verkrochen. Julia stieß das Tor auf und schlich den schmalen Weg entlang. Michael lag ganz hinten am anderen Ende des Friedhofs. Schon von Weitem erblickte sie ihre Eltern. Ihre Mutter winkte ihr zu, wobei die Bewegung seltsam kraftlos wirkte. Julias Magen krampfte sich ruckartig zusammen. Die Übelkeit, die sie in den letzten Tagen häufiger geplagt hatte, brach abermals durch, sodass sie noch langsamer ging. Am liebsten hätte sie einfach kehrtgemacht. Doch es gab Dinge im Leben, vor denen durfte man nicht davonlaufen.

Obwohl sie jeden Tag mit Toten zu tun hatte, verkraftete sie die Vorstellung, dass die Überreste ihres kleinen Bruders in ungefähr einem Meter Tiefe unter der Erde verrotteten, nicht. Sie kannte die Verwesungsabläufe in allen Details. Michael lag seit achtzehn Jahren in seinem Grab. Mehr als Knochen dürften nicht übrig sein. Sie schob den Gedanken an all die Tiere, die sich von ihm ernährt hatten, hastig beiseite. Sie schluckte und hatte das Gefühl, sich wieder übergeben zu müssen.

»Geht es dir nicht gut? Du wirkst so blass.« Hannelore musterte sie mit dem prüfenden Blick einer Mutter, der nichts entging. »Hast du heute schon etwas gegessen?« Ohne eine Antwort abzuwarten, hielt sie Julia einen Müsliriegel hin. »Hier, das sollte fürs Erste helfen.«

Julia unterdrückte einen weiteren Brechreiz. Bei dem Gedanken an den Riegel rumorte ihr Magen bedrohlich. Trotzdem riss sie die Folie ab und biss hinein. Sie hatte bis auf ein paar Schlucke Kaffee tatsächlich noch nichts zu sich genommen. Selbst der Kaffee war ihr irgendwie nicht bekommen. Der Riegel hingegen tat ihr gut. Bereits nach dem ersten Bissen verschwand die Übelkeit. Vermutlich war sie bloß unterzuckert gewesen.

»Schön, dass du es geschafft hast«, brummte Ulrich Schwarz. Er legte ihr den Arm um die Schulter und zog sie an sich. »Ich weiß, dass dich diese Besuche sehr belasten.«

Die nächsten Sätze kannte Julia bereits auswendig, denn ihr Vater sagte sie jedes Jahr.

»Vielleicht kann Michael uns ja hören oder sogar sehen. Hier an seinem Grab wartet er darauf, uns wiederzusehen.«

Julia korrigierte ihren Vater nie. Sie glaubte nicht daran, dass es nach dem Tod noch eine Verbindung von Seele und Körper gab. Doch jeder ging anders mit einem Verlust um. So wie sie lieber ein Foto von Michael betrachtete und dabei das Gefühl hatte, ihm näher zu sein, so beruhigte ihre Eltern offenbar ein Besuch seines Grabes.

Ihre Mutter legte einen dicken Blumenstrauß ab und zündete eine Kerze an. Sie bekreuzigte sich und sprach leise ein Gebet. Ihr Vater stimmte mit ein. Nur Julia stand einfach stumm da und versuchte sich Michael als erwachsenen Mann vorzustellen. Nachdem einige Minuten vergangen waren, verabschiedeten sie sich, und auf dem Rückweg fühlte Julia, wie die Schwere von ihren Schultern glitt. Ein Vogel zog über ihnen seine Kreise. Sie beobachtete ihn einen Moment lang und stieg dann ins Auto.

»Ich melde mich«, rief sie ihren Eltern zu und gab Gas. Sie schüttelte die Trauer ab und beruhigte sich mit der Vorstellung, dass es Michael gut ging, egal wo er jetzt war.

Bis sie das rechtsmedizinische Institut erreicht hatte, waren die Gedanken an den Friedhof verflogen. Sie parkte ein und stellte den Motor ab, als ihr Handy klingelte. Es war Florian. Neugierig hob sie ab.

»Es gibt Neuigkeiten zum Fall«, begann Florian ohne Vorrede. »Luca Schwermer ist wegen sexueller Belästigung und Körperverletzung zu einer Jugendstrafe verurteilt worden. Er kam mit einer Bewährungsstrafe von anderthalb Jahren davon. Das ist jetzt drei Jahre her.«

»Wow«, entfuhr es Julia. »Weder der Vater noch der Sohn haben das im Gespräch erwähnt. Das spricht ja wirklich Bände.«

»Wir warten darauf, dass der Anwalt sich meldet. Dann setzen wir die Befragung fort. Ich gehe jedenfalls davon aus, dass Luca Schwermer für die Tatzeit kein Alibi hat. Wir haben Lenja und Rafaela gegen zwanzig Uhr aus dem Rhein gefischt. Er hätte also eine Stunde Zeit gehabt, Rafaela zum Niehler Hafen zu fahren.«

»Vielleicht hat er Jana Albrecht ja auch gekannt. Dann gäbe es eine Verbindung zu beiden Opfern«, sagte Julia.

»Wir überprüfen das gerade. Sobald ich etwas habe, melde ich mich bei dir. Was ist mit der Obduktion von Rafaela Dombert? Findet die heute noch statt?«

»Ich versuche es«, versprach Julia und verabschiedete sich. Eine Sache war ihr weiterhin unklar: Warum hatte Rafaela den Namen Mia oder Mila gesagt? Hatte sie im Delirium nur undeutlich geredet? Julia versuchte die Namen verzerrt auszusprechen, während sie das Institut betrat und eilig in ihr Büro marschierte.

»Doktor Schwarz?«, rief eine tiefe Stimme und Julia blieb abrupt stehen.

Dirk Possnitz sah sie erstaunt an. In seiner Miene

spiegelte sich deutliche Verwunderung. Vermutlich hatte Julia zu laut vor sich hin gesprochen.

»Kann ich Ihnen helfen?«, fragte er unsicher und lächelte verkrampft.

»Ja, natürlich«, erwiderte Julia. »Ich muss eine Obduktion durchführen. Haben Sie Zeit?«

»Ja, für Sie immer.«

Julia deutete auf die Tasche in seiner Hand. »Wollten Sie nicht gerade nach Hause gehen?«

»Schon. Doktor Neumann hatte heute keine Verwendung mehr für mich. Aber wenn Sie mich brauchen, stehe ich selbstverständlich zur Verfügung.« Er rieb sich am Hals. »Ich meine, es würde mich freuen.«

»Gut. Kommen Sie.« Julia legte ihre Sachen im Büro ab und zog sich einen Kittel über. Sie ging zum Kühlraum und wartete, bis sich Dirk Possnitz wieder umgezogen hatte. Lenja hatte am Morgen gefragt, ob sie bei der Autopsie assistieren könne. Doch Julia hatte sie nach der Befragung im Supermarkt nach Hause geschickt. Sie war noch krankgeschrieben und durfte sich im Institut schon aus versicherungstechnischen Gründen nicht blicken lassen. Julia hatte ihr jedoch versprochen, sie auf dem Laufenden zu halten.

Sie überflog die Liste am Eingang zum Kühlraum. »Der Leichnam liegt in Schrank acht, Kühlfach zweiundzwanzig.«

Eifrig beförderte Dirk Possnitz die Leiche auf die fahrbare Liege. Sie schoben Rafaela Dombert in den Autopsiesaal und begannen zügig mit der äußeren Leichenschau. Die Kleidung der Toten befand sich bereits im Labor und wurde insbesondere auf DNS-Spuren untersucht. Sie war direkt aus dem Krankenhaus dorthin gebracht worden.

Wie bei dem ersten Opfer fanden sich kaum Spuren von äußerer Gewalteinwirkung bei der Toten. Nur die völlig zerschnittenen Fußsohlen zeugten von den Schmerzen, die Rafaela Dombert vor ihrem Tod erlitten haben musste.

»Können Sie mir einen Gefallen tun und bei Doktor Liebhard nach den Ergebnissen der Blutuntersuchung fragen? Es wurde auf Drogen untersucht. Wir haben es hier vermutlich mit einem zweifachen Mord zu tun. Das erste Opfer hatte eine Mischung aus Alkohol und Ecstasy im Blut.«

Als Dirk Possnitz den Saal verlassen hatte, fuhr Julia mit der Untersuchung fort. Im Grunde wusste sie jetzt schon, wie es in den Organen der Toten aussehen würde. Eine völlig gesunde Frau war einfach so aus dem Leben gerissen worden. Sie hätte noch viele Lebensjahre vor sich gehabt. Julia fragte sich, ob Luca Schwermer ihr das angetan hatte. Als die Tür zum Autopsiesaal sich wieder öffnete, wurde sie jäh aus ihren Gedanken gezogen.

»Ecstasy«, rief Dirk Possnitz aufgeregt. »Sie hat dieselben Drogen im Blut.« Er wedelte mit einem Blatt Papier. »Ich habe es gleich überprüft. Ihre Sekretärin war so nett, den Bericht für mich auszudrucken.«

Julia lächelte zufrieden. Dirk Possnitz gefiel ihr immer mehr. Er befolgte also nicht nur Anweisungen, sondern dachte sogar mit.

»Starten wir mit der inneren Leichenschau«, sagte sie und streckte ihm ein Skalpell entgegen.

Sie arbeiteten exakt nach Protokoll und führten alle erforderlichen Untersuchungen durch, ohne dabei jedoch auf irgendwelche Auffälligkeiten zu stoßen. Die Befunde glichen denen von Jana Albrecht bis aufs Haar.

»Ich danke Ihnen«, sagte Julia, als sie knapp zweieinhalb Stunden später fertig waren und den Leichnam von Rafaela Dombert wieder ins Kühlfach verfrachtet hatten. »Sie haben heute erneut gute Arbeit geleistet. Genießen Sie jetzt Ihren Feierabend.«

Dirk Possnitz strahlte und verabschiedete sich. Julia machte das Licht im Autopsiesaal aus und ging in ihr Büro. Sie setzte sich an den Schreibtisch und atmete durch. In letzter Zeit fühlte sie sich irgendwie schlapp. Die ganze Aufregung um Lenja und den neuen Fall und dazu noch der Geburtstag ihres Bruders – das war einfach zu viel auf einmal. Sie lehnte sich zurück und schloss die Augen.

Ein Geräusch ließ sie hochschrecken. Sie schoss von ihrem Stuhl hoch und lauschte. Irgendetwas passierte im Sekretariat direkt hinter ihrer Bürotür. Julia warf einen Blick auf die Uhr. Es war Viertel vor acht. Niemand dürfte mehr im Institut sein. Eine Gänsehaut überzog sie. Vielleicht stöberte Ferdinand Meisner schon wieder in irgendwelchen Akten oder war es diesmal ein Einbrecher? Sie drehte sich um und nahm den Briefbeschwerer vom Schreibtisch. Mit dem schweren Teil in der Hand begab sie sich zur Tür und stieß sie mit einem heftigen Ruck auf. Tatsächlich wühlte jemand in den Unterlagen des Sekretariats. Julia blinzelte und ließ den Briefbeschwerer sinken.

»Frau Brandt? Was machen Sie denn noch hier?«

Ihre Sekretärin blickte nicht auf, sondern holte ein Blatt nach dem anderen aus einem Karton, in dem sie Dokumente aufbewahrte.

»Ich habe mein Handy verloren, und ich glaube, dass es mir hier hereingefallen ist, als ich heute Morgen eine Akte gesucht habe. Das soll am Freitag alles ins Archiv.« Kerstin Brandt schaute auf. »Könnten Sie mich vielleicht kurz anrufen? So finde ich es vermutlich am schnellsten. Der Akku müsste noch voll sein.«

Julia wählte Kerstin Brandts Nummer und sofort begann etwas im Karton zu vibrieren.

»Da ist es ja«, rief ihre Sekretärin erfreut und fischte das Handy heraus. Sie drückte eine Taste und das Vibrieren verstummte. Während sie es in ihre Handtasche steckte, sah sie Julia plötzlich merkwürdig an.

»Eigentlich wollte ich Sie von zu Hause anrufen. Aber ich habe Ihre Nummer nur in meinem Handy gespeichert und das war noch hier.«

Julia kräuselte die Stirn. »Ist etwas passiert?«

»Ja«, entgegnete Kerstin Brandt und stieß einen tiefen Atemzug aus. »Sie hatten mich doch gebeten, ein Auge auf Ferdinand Meisner zu werfen. Das habe ich gemacht. Ich bin heute Nachmittag an seinem Büro vorbeigegangen und er war nicht da. Doktor Neumann teilte mir daraufhin mit, dass Meisner sich krankgemeldet habe. Ich wollte dann zurück ins Büro, und dabei fiel mir auf, dass die Tür gegenüber vom Kühlraum aufstand. Sie wissen schon, das kleine Lager, wo wir die Kleidung und persönlichen Gegenstände der Verstorbenen bis zur Übergabe ans Labor oder die Angehörigen zwischenlagern.« Sie machte eine bedeutungsvolle Pause. »Dort stand er und kramte in einer Kiste herum. Ich wusste nicht, was ich tun sollte, und habe mich ganz leise verhalten. Er holte eine Strumpfhose aus der Kiste und schnüffelte daran. Als er sie zurücklegte, bin ich schnell in den Kühlraum geschlüpft, damit er mich nicht sieht. Nachdem er weg war, habe ich nachgesehen. Es war die Kiste mit der Kleidung von Jana Albrecht.«

Julia fehlten die Worte. Sie konnte nicht glauben, was sie da hörte.

»Er hat an ihrer Strumpfhose gerochen?«

Kerstin Brandt nickte heftig. »Ja, und zwar eine halbe Ewigkeit lang. Ich sage Ihnen was, Frau Schwarz. In all den Jahrzehnten, die ich hier arbeite, ist mir derartig Widerliches noch nie untergekommen. Dieser Mann ist ein Perverser, und ich bin froh, wenn er endlich seinen letzten Tag hat und aus unserem Institut verschwindet.«

»Ich habe ihn einem Bekannten an der Uni-Klinik Bonn empfohlen. Himmel!« Julia fasste es nicht. Warum zum Teufel tat Ferdinand Meisner so etwas? Hatte ihm die Befragung durch die Polizei nicht gereicht? Eine plötzliche Kälte breitete sich in ihrem Innersten aus. Was, wenn Meisner doch mehr als nur ein Zeuge war?

21

»Zieh deine Strumpfhose aus!«, befahl er und weidete sich an ihrer Angst. Sie hielt noch immer die Hose in der Hand und wollte sie nicht loslassen. Als ob ihr das etwas nützen würde. Sie war ihm völlig ausgeliefert. Das sollte ihr endlich klar sein.

»Bitte. Ich habe nichts getan«, bettelte sie. Er konnte es nicht mehr hören. Wie oft hatte sie diesen Satz heute schon gesagt? Sie hob die Jeans wie einen Schutzschild vor ihren mageren Körper.

Ihm reichte es. Er riss die Hose an sich und schleuderte sie wütend durch den Raum.

»Runter damit, und zwar schnell!«, zischte er und deutete auf die dünne Nylonstrumpfhose, die sie trug.

Zitternd zog sie die Strumpfhose aus. Er grinste und ergötzte sich an ihrer nackten Haut. Sie hielt sich schützend die Hände vor den Schoß. Er wusste, was sie dachte, und leckte sich langsam über die Unterlippe, sodass sie es genau mitbekam. Dann packte er die Strumpfhose und roch ausgiebig daran. Ein paar Tränen kullerten ihre Wangen hinab. Sie sah einfach erbärmlich aus. Sie war ein Miststück wie die anderen auch und er würde ihr das Böse austreiben.

»Los«, zischte er und deutete auf die Tür. »Wir machen einen Ausflug.«

Der Blick in ihren Augen entschädigte ihn für so vieles, das er in den letzten Jahren durchgemacht hatte.

»Du gehst so, wie du bist«, knurrte er. »Mach dir keine Sorgen, dass jemand deinen knochigen Hintern sieht. Draußen ist es stockdunkel.«

Er trieb sie vor sich her und öffnete die Tür. Sie schlich mit zusammengezogenen Schultern hinaus, langsam wie eine verdammte Schnecke. Das verdarb ihm den Spaß.

»Schneller«, verlangte er und boxte ihr in den Rücken.

Sofort beschleunigte sie ihr Tempo.

»Geht doch«, brummte er böse und öffnete die nächste Tür, die in den Garten führte.

Ein kalter Luftzug brachte ihre winzigen Brustwarzen zum Vorschein. Er hatte beschlossen, dass sie nur ein Hemdchen tragen durfte. Die anderen hatten ihren Mantel angehabt. Das bereute er im Nachhinein. Er hätte gerne ihre Brüste gesehen, während sie über die Scherben liefen.

Als ob die dürre Frau seine Gedanken gehört hätte, blieb sie stehen und kreischte panisch.

»Halt die Klappe!« Er riss ihren Kopf zurück und

machte kurzen Prozess. Die dumme Kuh würde noch die Nachbarn misstrauisch machen. Er legte ihr Klebeband über den Mund und drückte es fest.

»Du bist selbst schuld. Jetzt wird es viel schwieriger für dich. Ich habe dich gewarnt, aber du wolltest nicht hören. Es ist deine Schuld.«

Er stieß sie vorwärts und hörte das Knirschen der Scherben, die er vor ihr ausgebreitet hatte. Fünf Meter hin und fünf Meter zurück.

»Sieh zu, dass du nicht auch noch hinfällst«, knurrte er. »Hol mir die Flasche, die da drüben am Ende steht, und bringe sie her. Wenn sie dir runterfällt und kaputt geht, bist du tot.«

Die Frau schrie durch das Klebeband hindurch. Doch ihre Stimme drang nur gedämpft an sein Ohr. Niemand würde sie hören.

»Na los, jetzt beweg dich endlich!«, befahl er, als sie stehen blieb. Er holte seine Pistole hervor und richtete den Lauf auf sie. »Nun geh schon!«

Die Frau lief zitternd weiter. Es knirschte, und er ergötzte sich an der Vorstellung, wie sich die Scherben tief in ihre Fußsohlen schnitten. Wahrscheinlich glaubte die dumme Kuh, danach hätte sie es überstanden. Doch da irrte sie sich. Er würde sie eines Besseren belehren.

22

Lenja hatte fröstelnd die Arme um sich geschlungen. Der dickste Wintermantel konnte die Kälte der frühen Morgenstunden nicht abhalten. Jedes Mal, wenn Julia ausatmete, erschien eine Nebelwolke vor ihrem Gesicht. Sie hatte Lenja wie erwartet nicht davon abbringen können, am Fundort zu erscheinen.

»Du bist krankgeschrieben. Glaubst du nicht, die Ärzte haben sich etwas dabei gedacht?«

Ihre Frage wurde mit einem frechen Lächeln beantwortet.

»Ich bin selbst Ärztin«, erklärte Lenja. Als sie Julias sorgenvollen Blick bemerkte, fügte sie hinzu: »Es geht mir gut. Wirklich.«

Sie standen am Rheinufer auf der Kaimauer und sahen zu, wie die Einsatzkräfte einen menschlichen Körper aus den Tiefen des Hafenbeckens fischten. Es war nicht einfach, weil sich die Tote unter einem schmalen Steg in einem Tau verfangen hatte. Zwei Männer hatten die Person gegen sechs Uhr morgens entdeckt und versucht, sie an Land zu ziehen. Ihren Angaben zufolge hatte das Opfer zu dieser Zeit noch gelebt. Doch die Bergung gestaltete sich schwierig. Obwohl die beiden eine lange Eisenstange in das Hafenbecken gehalten hatten, war es der Frau nicht gelungen, sich festzuhalten. Julia korrigierte sich stumm: der Person. Bisher hatten sie keine Bestätigung, dass es sich wirklich um eine Frau handelte. Nach allem, was sie wussten, gingen sie jedoch davon aus, dass der Täter erneut zugeschlagen hatte. Die Umstände sprachen dafür, auch wenn sie sich dieses Mal etwas weiter südlich am Mühlheimer Hafen befanden.

Als die beiden Männer die Frau nicht aus dem Wasser bekamen, wählte einer von ihnen den Notruf. Bis die Einsatzkräfte eintrafen, war sie ohnmächtig geworden und untergegangen. Die Feuerwehr hatte Taucher anfordern müssen, weil sie die Frau in dem trüben Rheinwasser nicht finden konnten. Zudem musste sie von dem Tau unter dem Steg befreit werden. Sie brauchten eine gefühlte Ewigkeit, bis sie endlich mit dem Opfer an der Wasseroberfläche auftauchten.

»Sie haben sie«, sagte Florian und deutete auf die leblose Frau, die gerade in eines der Schlauchboote gehievt wurde.

Kurz darauf lag sie auf der Kaimauer, umringt von Rettungssanitätern und einem Arzt. Mehrere grelle Lichtstrahlen von Taschenlampen tasteten sich über den reglosen Körper. Ein Strahl verharrte auf dem zu einer Maske erstarrten Gesicht. Eine junge Frau, eingehüllt in einen schwarzen Mantel, blickte mit leeren Augen in den langsam heller werdenden Morgenhimmel. Sie würde die Sonne nie wiedersehen. Trotzdem wickelten die Sanitäter die Frau aus ihrer Kleidung und entblößten ihren Oberkörper. Julia streckte einen Finger aus, um an ihrem Hals zu tasten. Die Haut war eiskalt und schien die winterlichen Temperaturen des Wassers angenommen zu haben. Der Notarzt, der neben dem Kopf des Opfers hockte, presste ernüchtert die Lippen zusammen.

»Wir können nichts mehr für sie tun«, stellte er fest und erhob sich betrübt. »Ich übergebe an Sie, Doktor Schwarz.«

Der Notarzt verschwand mit den Rettungssanitätern. Sie blieben mit der Streifenpolizei, den beiden Zeugen und den Helfern von der Feuerwehr, die ihre Rettungsmittel wieder zusammenpackten, zurück.

Ein großer Mann näherte sich mit eiligen Schritten und fliegenden Haaren. Martin Saathoff hatte es offenbar nicht schnell genug aus dem Bett geschafft. Er keuchte, als er sie erreichte, und griff sich an die Brust.

»Verdammt. Ich hatte eine Autopanne und habe ewig auf ein Taxi gewartet. Sorry, Partner.« Sein Blick wanderte von Florian zu Lenja.

»Sind Sie wieder fit?«, fragte er und schaute demonstrativ auf seine Armbanduhr. »Es ist ziemlich früh. Ist Ihnen nicht kalt?«

»Ich bin in Ordnung und aus meiner Heimat Finnland bin ich ganz andere Temperaturen gewohnt«, erwiderte Lenja etwas kratzbürstig, woraufhin Martin Saathoff abwehrend die Hände hob. »Entschuldigung. Ich meinte es nur gut.«

Lenja rollte mit den Augen und deutete auf die Tote am Boden.

»Der Täter hat erneut zugeschlagen. Er mordet immer auf dieselbe Art und Weise.«

Julia streifte sich ein paar Gummihandschuhe über und durchsuchte die Manteltaschen der Toten. Sie zog ein in Folie eingeschweißtes Papier heraus. Jeder von ihnen kannte den Text bereits auswendig.

Ich bin schuldig und kann so nicht weiterleben. Es tut mir leid.

Keine Anrede und kein Name unter dem Abschiedsbrief. Die Handschrift variierte erneut. Vermutlich hatte der Täter auch dieses Opfer gezwungen, die Worte niederzuschreiben.

»Wir sollten gleich mit den beiden Zeugen sprechen. Vielleicht hat einer von ihnen den Täter gesehen«, schlug Florian vor. »Und wir müssen unbedingt die Alibis von Luca Schwermer, Mike Neuhausen und Ferdinand Meisner überprüfen.«

Als Florian Meisners Namen nannte, überlief es Julia eiskalt. Sie hatte Florian von der Strumpfhose erzählt. Obwohl Meisner keine Verbindung zum zweiten Opfer zu haben schien, blieb er vorerst auf der Liste der Verdächtigen. Er hatte in seiner Befragung Jana Albrechts Mitstudenten Mike Neuhausen ins Visier der Polizei gerückt. Doch die Ermittlungen hatten ergeben, dass Neuhausen sich im möglichen Tatzeitraum hundert Kilometer entfernt bei seinen Eltern aufgehalten hatte. Da es sonst niemanden gab, der das bezeugen konnte, fiel er erst einmal nicht aus dem Kreis der Verdächtigen. Jedoch lag das Augenmerk zunächst stärker auf den anderen beiden Kandidaten.

Florian winkte die Zeugen heran.

»Es tut mir leid, dass Sie noch eine Weile in der Kälte ausharren müssen, aber wir hätten ein paar dringende Fragen an Sie.«

»Kein Problem«, erwiderte der Ältere, dessen Haar an den Schläfen bereits ergraut war. Der jüngere Mann, hochgewachsen und dunkelhaarig, nickte freundlich, sagte jedoch nichts.

»Können Sie mir Ihre Namen nennen und berichten, wer von Ihnen die Frau zuerst gesehen hat?«

»Also, das war ich«, meldete sich der Jüngere zu Wort. »Mein Name ist Carsten Schleyer. Ich jogge hier oft entlang, und als ich heute Morgen hier ankam, hörte ich einen Hilfeschrei. Ich bin sofort an die Kante des Hafenbeckens, und als ich hinunterschaute, bemerkte ich die Frau im Wasser. Dann kam auch schon Herr Nunn dazu.«

»Ja, richtig«, ergänzte der Ältere. »Ich heiße Uwe Nunn und war mit meinem Hund unterwegs. Er will in letzter Zeit immer früher raus.« Nunn drehte sich um und deutete auf einen schwarzen Dobermann, der von einem Streifenpolizisten an der Leine gehalten wurde. »Mein Hund liebt diese Strecke am Wasser entlang. Bereits aus der Ferne sah ich Herrn Schleyer am Rand der Kaimauer knien. Ich dachte mir gleich, da stimmt etwas nicht. Ich bin zu ihm gerannt und habe auch diese arme Frau im Wasser gesehen. Mir kam die Idee, ihr die Eisenstange runterzureichen, damit sie sich festhalten kann. Aber sie war schon so schwach, dass sie es nicht geschafft hat. Sie klammerte sich ein oder zwei Minuten daran. Wir haben versucht, sie herauszuziehen, doch plötzlich ließ sie los und sank in die Tiefe. Ich habe sofort den Notruf gewählt. Es hat sehr lange gedauert, bis die Feuerwehr endlich eintraf, und dann mussten sie noch Taucher organisieren.« Er zuckte mit den Schultern und schüttelte frustriert den Kopf. »Sie ist einfach untergegangen und kam nie mehr hoch. Das ist einfach schrecklich. Wir machen uns große Vorwürfe. Einer von uns hätte hinterherspringen müssen.«

»Nein, nein«, warf Florian sofort ein. »Bei der Kälte hätten Sie nicht viel ausrichten können. Außerdem ist das Hafenbecken tückisch. Es ist sechs Meter tief und man kann sich nirgendwo festhalten. Vermutlich wären Sie ebenfalls ertrunken.«

Die beiden Zeugen schwiegen bedrückt. Julia sah ihnen an, dass sie die Frau unbedingt hatten retten wollen. Sie dachte an Rafaela Dombert, die trotzdem den Kampf um ihr Leben verloren hatte.

»Haben Sie jemanden gesehen? Ich meine außer der Frau. War hier noch jemand am Ufer?«, fragte Martin Saathoff.

»Also ich kam ja erst später dazu. Hier war niemand und mein Hund hat auch nicht angeschlagen«, antwortete Uwe Nunn und richtete seinen Blick auf Carsten Schleyer.

»Nein, hier war niemand. Ich dachte, die Frau wäre ausgerutscht. Es gibt doch immer häufiger die Berichte von Selfies, die schiefgehen. Ich nahm an, es wäre so etwas wie eine Mutprobe.«

»Können Sie uns bitte genau die Stelle zeigen, wo Sie die Frau im Wasser entdeckt haben?«, bat Florian. »Falls sie ein Handy dabeihatte, liegt es womöglich noch irgendwo. Haben Sie denn gesehen, wie die Frau hinuntergefallen ist?«

Schleyer schüttelte den Kopf. »Nein. Ich habe nur einen Schrei gehört. Da war sie schon im Wasser.«

»Das heißt, wir wissen im Grunde nicht, wo sie hineingefallen ist.«

»Das stimmt«, erwiderte Carsten Schleyer. »Es ist denkbar, dass sie bereits ein Stückchen hierhergetrieben war.«

Florian leuchtete den Uferbereich ab, an dem die beiden Zeugen die Frau entdeckt hatten. Doch da lag kein Handy.

»Ich danke Ihnen schon einmal, meine Herren. Sie dürfen jetzt gehen. Die Kollegen haben Ihre Kontaktdaten aufgenommen. Es ist gut möglich, dass Sie in den nächsten Tagen von uns hören, falls sich neue Fragen ergeben.«

Julia sank auf die Knie, öffnete die Hose der Toten und zog sie ein Stückchen herunter. Ein weiterer Keuschheitsgürtel kam zum Vorschein. Sie schob die Hose wieder hinauf, weil sie die Frau nicht unnötig entblößen wollte. Das hatte Zeit bis zur Autopsie. Julia entfernte die Schuhe und besah sich die Fußsohlen.

Entsetzt verzog sie die Miene, als sie die Scherben entdeckte, die sich tief ins Fleisch gebohrt hatten.

»Es ist definitiv derselbe Täter«, erklärte sie und ließ Lenja ein paar Fotos machen. »Wir werden sie gleich obduzieren. Ich fürchte nur, dass ich keine neuen Erkenntnisse liefern kann, es sei denn, wir finden DNS-Spuren wie Haare oder Hautpartikel unter ihren Nägeln, die uns zu ihrem Mörder führen könnten.«

»Ich fordere eine Hundestaffel an, die hier die Gegend absuchen soll. Wer weiß, womöglich wittern die Suchhunde etwas, das uns auf die Fährte des Killers bringt.« Florian fuhr sich mit der Hand durchs Haar. »Ich befürchte, er wird nicht eher aufhören, bis wir ihn stoppen. Das ist jetzt schon die dritte Frau. Wir brauchen dringend eine heiße Spur, damit er nicht noch eine weitere Frau tötet.«

»Er scheint es jedenfalls auf junge Frauen abgesehen zu haben«, brummte Saathoff. »Vielleicht liegt ja vor uns diese Mia oder Mila. Kann doch sein, dass das letzte Opfer von ihr gesprochen hat.«

Florian betrachtete die Tote nachdenklich. »Wir werden es bald wissen«, sagte er schließlich und trat beiseite, damit die Bestatter die Leiche abtransportieren konnten. »Irgendetwas übersehen wir in diesem Fall, und ich komme einfach nicht darauf, was es sein könnte.« Er sah zu Julia und sie bemerkte die Verzweiflung in seinem Blick. »Als Erstes knüpfen wir uns Luca Schwermer vor und dann noch einmal Ferdinand Meisner und diesen Mike Neuhausen. Wir legen sofort los.«

* * *

Sie hatten sich aufgeteilt. Dieses Mal wollte Julia nicht unbemerkt zusehen. Sie saß Ferdinand Meisner direkt gegenüber, Florian neben sich. Meisner hatte ohne Zögern ihrer Teilnahme zugestimmt. Im benachbarten Verhörraum führte Martin Saathoff die Befragung von Luca Schwermer durch. Eine dritte Kollegin befragte Mike Neuhausen. Lenja beobachtete Meisner vom Nebenraum aus durch den Einwegspiegel. Sie hatte sich wie erwartet geweigert, nach Hause zu gehen.

»Herr Meisner, Sie wissen vermutlich, warum wir uns hier so schnell wiedersehen?«, begann Florian.

In Ferdinand Meisners Miene zeichnete sich Verwirrung ab. »Nein. Ich habe ehrlich gesagt nicht die geringste Ahnung.« Sein Blick wanderte zu Julia. »Mir ist auch überhaupt nicht klar, was Sie hier machen, Doktor Schwarz. Habe ich irgendwie Mist gebaut, ohne es zu bemerken?«

»Das könnte man so sagen«, erwiderte Julia und beugte sich zu Meisner vor. »Ich habe Sie an der Uniklinik in Bonn empfohlen. Mein Kollege würde gerne einen Termin mit Ihnen vereinbaren. Ich fürchte nur, daraus wird nun nichts mehr.«

Meisners Augen weiteten sich entsetzt. »Wie … wie meinen Sie das?«, stotterte er.

»Erzählen Sie es mir. Denken Sie nach. Was könnte gestern im Institut schiefgelaufen sein?«

»Ich war krank«, erwiderte Ferdinand Meisner.

Julia schwieg mit eiskaltem Blick.

»Ich bin kurz im Institut gewesen«, gab Meisner nach einer Weile zu. »Ich habe mich bei Doktor Neumann krankgemeldet. Und ...« Er sprach nicht weiter, sondern zupfte sich mehrfach am rechten Ohr. »Wie soll ich es sagen?« Er machte ein Gesicht, als müsste er sich übergeben. »Ich habe mich noch im Lager umgeschaut. Ist es das, was Sie meinen?«

»Interessant«, sagte Julia. »Es wäre wirklich hilfreich, wenn wir Ihnen nicht alles aus der Nase ziehen müssten. Ich habe mich für Sie eingesetzt.« Sie musterte die undurchdringlichen Augen ihres Mitarbeiters und war sich nicht sicher, ob er sich absichtlich so anstellte oder einfach nur ungeschickt kommunizierte.

Auf Meisners Hals erschienen rote Flecken. »Ich ... ich wollte eigentlich noch einmal nach Jana schauen. Aber ich habe mich nicht mehr in den Kühlraum getraut. Stattdessen bin ich ins Lager und habe mir ihre Sachen angesehen.«

Julia runzelte die Stirn. Realisierte dieser Mann nicht, dass er in einem Verhörraum der Kriminalpolizei saß? Er wusste doch, dass seine Aussagen mitgeschnitten wurden.

Meisner starrte sie an. Sein Blick huschte zu Florian und wieder zu ihr zurück.

»Ich ... Ja, also ... Ich habe die Sachen nicht nur angeschaut. Ich habe sie aus der Kiste geholt. Genauer gesagt bloß die Strumpfhose. Verstehen Sie mich nicht falsch. Mir ist ja klar, dass sich das merkwürdig anhören muss. Aber ich wollte ihr einfach nahe sein. Irgendwie fühle ich mich schuldig, weil ich sie an jenem Abend nicht nach Hause begleitet habe.«

Ferdinand Meisners Wortwahl erinnerte Julia unangenehm an den Abschiedsbrief, den sie bei allen drei Opfern gefunden hatten. Trotzdem musste sie einräumen, dass seine Erklärung nachvollziehbar klang. Immerhin hatte er sich vom Kühlraum ferngehalten. Florian allerdings schien die Sache anders zu sehen.

»Können Sie uns sagen, wo Sie sich von gestern Abend bis heute zu unserem Gespräch aufgehalten haben?«, fragte er in unterkühltem Tonfall.

»Ich war in meiner Wohnung.«

»Kann das jemand bezeugen?«

Meisner zuckte mit den Achseln. »Nein. Ich lebe alleine. Vielleicht hat ein Nachbar gesehen, wann ich zu Ihnen gefahren bin oder dass ich seit gestern früh zu Hause war. Wie gesagt, ich fühlte mich krank.«

Florian machte sich Notizen. Dann holte er ein Foto des dritten Opfers hervor, dessen Namen sie noch nicht kannten, und legte es vor Meisner hin.

»Kennen Sie diese Frau?«

»Nein. Tut mir leid.«

»In Ordnung. Das war es erst einmal«, sagte Florian und verabschiedete Ferdinand Meisner. Als dieser den Raum verlassen hatte, fragte er: »Traust du ihm die Morde zu, Julia?«

Sie zögerte, schüttelte jedoch schließlich entschieden den Kopf.

»Ich kann es mir nicht vorstellen. Er ist Arzt und hat einen hypokratischen Eid abgelegt. Er ist immer freundlich und nie aggressiv. Nein. Ich denke, so etwas könnte er nicht. Außerdem hat er Schwierigkeiten mit Leichen.« Julia zögerte erneut. »Faktisch kann ich es natürlich nicht ausschließen. Er hat kein Alibi und er könnte uns auch was vormachen.«

»Genau«, sagte Florian. »Manchmal möchten wir glauben, dass ein Mensch, mit dem wir täglich zu tun haben, kein Mörder sein kann. Aber wir können anderen nicht hinter die Stirn blicken. Wir müssen uns an die Fakten halten und das fehlende Alibi schlägt eindeutig gegen ihn aus.«

Es klopfte und Martin Saathoff erschien in der Tür.

»Ich habe Neuigkeiten«, posaunte er. »Luca Schwermer hatte über eine Partnerbörse im Internet Kontakt zu Jana Albrecht. Die IT hat es mir eben mitgeteilt. Und der Kerl hat sich gerade in meiner Befragung trotz seines Anwalts um Kopf und Kragen geredet.«

23

»Und es gibt keinen Zweifel?«, fragte Florian erfreut und kreiste den Namen Luca Schwermer mit rotem Marker auf dem Whiteboard ein.

»Nein. Ich habe es schriftlich. Das Labor hat an der Kleidung von Rafaela Dombert mehrere Haare gefunden. Eines davon gehört definitiv Luca Schwermer. Da er vorbestraft ist, konnten wir seine DNS problemlos identifizieren«, erklärte Anna Schubert und wedelte mit einem Schriftstück.

»Und was ist mit Jana Albrecht? Haben wir bei ihr ebenfalls DNS-Spuren von Schwermer sichergestellt?« Florian tippte auf ihren Namen, vor dem die Zahl eins als Kennzeichnung für das erste Opfer stand.

»An der Kleidung haben wir nichts mehr gefunden. Sie hat einfach zu lange im Rhein gelegen«, erwiderte die Leiterin der Spurensicherung und drehte sich zu

Julia um. »Was ist mit Hautpartikeln unter den Fingernägeln?«

Julia schüttelte den Kopf. »Wir haben bei allen drei Opfern Finger- und Zehennägel sowie die gesamte Haut untersucht. Es fanden sich weder fremde Hautpartikel noch Abwehrspuren an den Unterarmen. Der Täter hat die Frauen mit Alkohol und Drogen ruhiggestellt.«

Sie hatte das dritte Opfer vor wenigen Stunden obduziert und war anschließend zur Besprechung ins Polizeirevier gefahren. Zwar lag der Laborbericht frühestens am folgenden Tag vor, doch im Magen der Frau hatte sie große Mengen an Alkohol gefunden. Sie war wie die beiden ersten Opfer ertrunken. Der Täter ging offenbar immer exakt nach dem gleichen Muster vor.

»Wissen wir inzwischen, wer das dritte Opfer ist?«, fragte sie in die Runde. Neben Florian und Anna Schubert waren auch Martin Saathoff und Lenja anwesend.

»Bisher gibt es keine Vermisstenanzeige, die auf die Tote passt.« Florian machte ein zerknirschtes Gesicht. »Luca Schwermer hat in der Befragung behauptet, er würde die Frau nicht kennen.«

»Reicht nicht für eine Verhaftung, dass er kein Alibi hat und dass von ihm ein Haar an Rafaela Domberts Kleidung haftete?«, wollte Lenja wissen.

»Leider nein. Wir brauchen handfeste Beweise. Dass wir seine DNS sicherstellen würden, war zu erwarten. Die beiden waren ein Paar. Auch wenn wir seine oder ihre Wohnung durchsuchen, werden wir seine DNS an ihren Sachen finden und umgekehrt. Immerhin haben wir noch etwas aufgespürt, was ihn belasten wird«, sagte Florian und zwinkerte Martin Saathoff zu.

»Richtig«, erwiderte Saathoff und legte einen Ausdruck auf den Tisch. »Wir haben seine Chats mit Jana Albrecht. Und zwar von jenem Abend, an dem sie mit Ferdinand Meisner beim Italiener essen war.«

Julia las die Nachrichten, die Jana Albrecht und Luca Schwermer ausgetauscht hatten.

»He, du siehst sehr hübsch aus. Lust auf ein Essen? Ich lade dich ein. Wie wäre es morgen Abend?«

»Klar doch. Ich gehe sehr gerne italienisch essen.« Hinter dem Satz hing ein Smiley.

Julia betrachtete die Uhrzeit. Die Nachricht hatte Jana Albrecht kurz nach zwanzig Uhr verschickt, zu einem Zeitpunkt, als sie mit Ferdinand Meisner im Restaurant gegessen haben musste.

»Interessant. Jana Albrecht hat sich für den nächsten Tag mit Luca Schwermer verabredet. Er könnte demnach der Letzte gewesen sein, der sie lebend gesehen hat.« In Julias Kopf ratterte es. »Sie hat sich offenbar mit mehreren Männern gleichzeitig getroffen. Gibt es noch weitere Kandidaten?«

»Laut IT waren Ferdinand Meisner und Luca Schwermer ihre beiden einzigen Bekanntschaften. Vor einem Monat hatte sie mit einem gewissen Heiko Kontakt und es kam ebenfalls zu zwei Treffen. Seitdem ist die Kommunikation jedoch abgebrochen«, erklärte Martin Saathoff. »Außerdem behauptet Luca Schwermer, dass Jana Albrecht zu der Verabredung nicht erschienen ist.«

»Trotzdem sieht es ganz so aus, als hätten wir unseren Mann. Wir sollten ihn aus dem Verkehr ziehen und vorläufig festnehmen. Ich spreche mit dem Chef.« Florian nahm den Telefonhörer in die Hand. Im selben Moment ging die Tür auf.

Ein stämmiger Kollege mit roten Wangen trat ein.

»Die Hundestaffel ist bereit. Wir können loslegen.«

Florian ließ den Hörer wieder fallen und sprang auf. »Ich erledige das von unterwegs«, sagte er und warf sich den Mantel über.

Sie folgten dem kräftigen Polizisten zu den Einsatzfahrzeugen, die hinter dem Gebäude auf sie warteten. Auf der Fahrt zum Rhein kreisten die Gedanken in Julias Kopf. Ob das dritte Opfer Mia oder Mila hieß? Noch immer konnte sie sich keinen Reim auf die letzten Worte von Rafaela Dombert machen. Es war zu schade, dass sie ihren Mörder vor ihrem Tod nicht mehr hatte preisgeben können. Julia sah sich im Wagen um. Lenja wirkte so blass, dass sie auf einer Couch besser aufgehoben wäre als in dem rumpelnden Einsatzwagen. Sie näherten sich der Stelle am Rhein, wo die beiden Zeugen das neue Opfer gefunden hatten.

Uwe Nunn und Carsten Schleyer erwarteten sie schon mit einem Team der Spurensicherung, das sich ebenfalls bereit gemacht hatte. In der Nacht hatte es geregnet. Das würde die Arbeit der Hundestaffel erheblich erschweren. Aber sie mussten einfach jede Möglichkeit nutzen. Mit halbem Ohr bekam Julia mit, wie Florian mit Hermann Meier telefonierte. Seine Miene sprach Bände. Offenbar konnte er seinen Chef von der Festnahme nicht überzeugen. Die Beweislage gegen Luca Schwermer war noch zu dünn. Bisher lagen ihnen lediglich Indizien vor, die jedoch ziemlich deutlich auf Schwermer als Täter deuteten. Ferdinand Meisner hingegen schien entlastet. Trotzdem überkamen Julia Zweifel. Sie wusste, dass Trauer einen Menschen zu vielerlei merkwürdigen Reaktionen treiben konnte. Aber dass ein Rechtsmediziner an der Strumpfhose eines Opfers roch, das kam ihr doch reichlich ungewöhnlich vor. Vielleicht sollte sie auch Dr. Walther in Bonn zumindest darauf hinweisen. Andererseits ruinierte Julia ihm damit den neuen Start schon, bevor er dort überhaupt einen Fuß in die Tür gesetzt hätte. Sie seufzte und verschob diese Entscheidung auf später. Sie musste sich jetzt auf die Ermittlungen konzentrieren.

Die Türen des Einsatzwagens öffneten sich mit einem lauten Ratschen. Zuerst sprang Martin Saathoff hinaus. Er reichte Lenja die Hand und lächelte sie mit verklärtem Blick an. Als Nächstes stieg Florian aus.

»Du Idiot. Du weißt doch, dass sie einen Freund hat!«, hörte Julia Florian leise zischen.

Sie verkniff sich ein Grinsen. Irgendwie fand sie Saathoffs Verhalten sympathisch. Trotzdem war er alles andere als Lenjas Typ. Er war gut zwanzig Jahre älter und außerdem schien ihre Beziehung mit Marcel zu funktionieren. Sie hatte sich in letzter Zeit jedenfalls nicht mehr über ihn beschwert. Vor ein paar Monaten hatte es Probleme mit der Ex-Freundin von Marcel gegeben. Zu diesem Zeitpunkt hätten die Chancen für Saathoff vielleicht etwas besser gestanden.

»Guten Morgen«, begrüßte Florian die Zeugen. »Wir würden gerne zu Beginn die Szene nachstellen. Die Hunde werden das Ganze begleiten und wir hoffen auf eine brauchbare Fährte. Herr Schleyer, Sie waren zuerst vor Ort, gehen Sie doch bitte zu der Stelle, an der Sie sich hingekniet haben.«

Carsten Schleyer sah sich eifrig um und legte dabei die Hand wie einen Schirm an die Stirn.

»Ich bin von da drüben gekommen. Der Pfad ist meine Joggingstrecke. Und hier vorne habe ich den Hilfeschrei gehört.« Er begab sich zu der Stelle, deutete ein paar Laufschritte an und ging dann am Rand des Hafenbeckens in die Hocke. »Hier müsste es gewesen sein.«

Ein Hundeführer mit einem großen, dunklen Schäferhund umkreiste Carsten Schleyer. Der Hund schnüffelte wie ein verhungerndes Raubtier und erstarrte, als sein Hundeführer ihm den Befehl dazu erteilte. Der andere Zeuge, Uwe Nunn, hatte sich in der Zwischenzeit auf seine Position begeben. Sein Hund war nicht dabei, aber ein zweiter Hundeführer begleitete ihn in Richtung Hafenbecken, nachdem dessen Hund an einem Kleidungsstück des Opfers Witterung aufgenommen hatte.

»Bleiben Sie bitte an der Stelle stehen, an der Sie Herrn Schleyer das erste Mal wahrgenommen haben«, forderte ihn der Leiter der Hundestaffel auf.

Uwe Nunn machte unsicher ein paar Schritte. Sicherlich wirkte bei Tag alles völlig anders als in der Nacht. Er stoppte in dreißig Meter Entfernung, und Julia fragte sich, ob er bei Dunkelheit wirklich so weit sehen konnte. Der Leiter der Hundestaffel schien denselben Zweifel zu hegen.

»Gehen Sie näher ran, es war Nacht und die Laterne steht ziemlich weit entfernt«, rief er und winkte Nunn heran.

Der machte wiederum ein paar zögerliche Schritte und hob schließlich hilflos die Hände.

»Ehrlich gesagt weiß ich es nicht mehr genau. Vielleicht war es hier oder noch ein Stückchen näher. Mein Hund lief voraus. Ich bin ihm hinterhergeeilt.«

»In Ordnung. Laufen Sie einfach langsam auf den anderen Zeugen zu und lassen Sie den Hund die Fährte aufnehmen.«

Uwe Nunn tat, wie ihm geheißen. Der Hund scharwenzelte um ihn herum, ohne anzuschlagen. Erst als Nunn sich Carsten Schleyer bis auf ungefähr einen Meter genähert hatte, wurde der Hund unruhig. Beide Hundeführer ließen ihre Tiere von der Leine. Innerhalb weniger Sekunden waren die Hunde davongeprescht. Ihre Führer liefen hinterher. Florian und Julia folgten ihnen in einiger Entfernung, während Saathoff und Lenja mit den Zeugen zurückblieben.

Zunächst führte sie die Strecke über einen befestigten Weg. Sie kamen an ein paar Industriehallen vorbei. Nach zweihundert Metern erreichten sie einen großer Parkplatz, auf dem gerade einmal eine Handvoll Autos standen.

»Such!«, befahl einer der Hundeführer, nachdem er sein Tier zurückgepfiffen hatte und es erneut an den Sachen des Opfers schnüffeln ließ.

Der Schäferhund nahm abermals Witterung auf. Er tänzelte ein paar Meter voran, kehrte dann jedoch wieder zurück. Ein weiterer Versuch schlug ebenfalls fehl. Auch das zweite Tier schien die Fährte verloren zu haben.

»Möglicherweise hat der Täter hier geparkt und dort stand sein Auto.« Der Hundeführer zeigte auf einen fast leeren Parkplatz.

Florian dirigierte Martin Saathoff und die Zeugen dorthin.

»Hat einer von Ihnen hier seinen Wagen abgestellt?«, fragte er, doch die Männer schüttelten den Kopf.

»Ich bin von zu Hause losgelaufen«, erklärte Carsten Schleyer und Uwe Nunn nickte wie zur Bestätigung.

»Ich ebenfalls.«

Der jüngere von beiden deutete auf einen Wagen, der ein wenig abseits parkte und dessen heller Lack trotz des trüben Wetters strahlte.

»Dieses Auto sieht aus, als käme es frisch aus der Waschanlage.«

Tatsächlich waren die restlichen Wagen mit einem dunklen Schleier aus Dreck überzogen.

Julia näherte sich dem roten Kleinwagen, der auf den ersten Blick einer Frau zu gehören schien. Sie schaute durch die Beifahrerseite ins Innere und verharrte überrascht.

»Da liegt eine Handtasche auf dem Sitz.«

Sie zog an der Tür, doch es war abgeschlossen. Florian sah durch die Fenster der gegenüberliegenden Seite.

»Alle anderen Sitze sind leer. Ich lasse das Kennzeichen prüfen.« Er telefonierte, während einer der Hundeführer seinen Schäferhund um den Wagen führte. Das Tier schnüffelte aufgeregt, schlug jedoch nicht an.

Die Hunde beschnüffelten jedes Fahrzeug auf dem Parkplatz und wurden einmal außen herumgeführt. Sie konnten allerdings keine erneute Fährte aufnehmen.

»Der Kleinwagen ist auf eine Mareike Hohmann zugelassen. Achtundzwanzig Jahre alt, hat mit achtzehn den Führerschein gemacht«, brummte Florian und beäugte den Wagen misstrauisch. »Ich lasse mir ein Foto vom Führerschein oder Personalausweis schicken.« Er entfernte sich ein Stück und telefonierte abermals.

»Ich mache mal das Auto auf«, verkündete Anna Schubert. Sie entnahm ihrem Koffer ein schwarzes Aufpumpkissen und einen langen Draht. Innerhalb weniger Sekunden hatte sie die Tür geöffnet.

»Wow«, sagte Julia. »Woher kennen Sie denn diesen Trick?«

Anna Schubert lächelte verschwörerisch. »So macht das jede Pannenhilfe. Gehört zum Standardrepertoire.« Sie zog sich Latexhandschuhe an, packte die Handtasche und holte ein Portemonnaie hervor. »Wollen wir doch mal sehen, wer schneller ein Foto besorgen kann.« Sie fischte einen Personalausweis heraus. »Na bitte. Mareike Hohmann ist also schon mal richtig, und wenn ich mich nicht irre, könnte sie unsere unbekannte Tote sein.« Schubert hielt Julia den Ausweis vor die Nase. »Was meinen Sie?«

»Das ist sie. Definitiv.« Julia rief sich das Gesicht der Toten ins Gedächtnis. Es gab keinen Zweifel. Nur wie kam ihr Wagen hierher? War sie selbst gefahren? Oder hatte der Täter sie hier irgendwo in der Nähe überfallen oder gar festgehalten? Fragen über Fragen stürzten auf Julia ein. Anna Schubert hatte noch eine mögliche Erklärung auf Lager.

»Vielleicht hat der Mistkerl sie in ihrem eigenen Auto hierhergefahren. Die Tasche lag auf dem Beifahrersitz und der Fahrersitz ist ziemlich weit zurückgeschoben. Ich könnte mir vorstellen, dass er dort gesessen hat.« Anna Schubert ging ums Auto und öffnete die Fahrertür. Sie holte weitere Utensilien aus ihrem Koffer und untersuchte das Lenkrad auf Fingerabdrücke.

»Wenn wir doch nur in diesem Wagen DNS von Luca Schwermer sicherstellen könnten«, brummte sie und nahm sich als Nächstes den Sitz vor.

Florian kehrte zurück und staunte.

»Ich wusste gar nicht, dass Sie unter die Autoknacker gegangen sind.«

Anna Schubert warf ihm einen schelmischen Blick zu.

»Haben Sie schon ein Foto? Sonst können Sie

einfach in ihrem Ausweis nachschauen. Steckt im Portemonnaie in der Handtasche.«

Florian nickte anerkennend.

»Sie ist es«, sagte Julia, bevor Florian den Ausweis in der Hand hatte. »Jetzt müssen wir nur noch herausfinden, ob Luca Schwermer sie wirklich nicht kannte.«

24

Dr. Schönfelder warf Thea einen kritischen Blick zu.

»Sie wirken heute ziemlich angespannt. Lehnen Sie sich einfach zurück und machen Sie ein paar tiefe Atemzüge.«

Thea ließ sich in ihren Sessel sinken, konnte sich jedoch nicht entspannen. Dr. Schönfelder schien sauer auf sie zu sein. Natürlich würde er das nie zu ihr sagen, aber sie konnte es spüren. Sie hatte ihn sogar darauf angesprochen, doch er hatte es abgestritten. Bestimmt dachte er nun, sie würde Alex mehr vertrauen als ihm.

»Vielleicht hilft das«, sagte Dr. Schönfelder sanft und legte ihr ein erwärmtes Kirschkernkissen auf den Bauch. »Lassen Sie sich fallen, Thea. Wir sind so weit vorangekommen. Ich bin mir sicher, dass wir Ihre Erinnerungen an den Überfall bald aktivieren können. Die Tür zu diesem Teil Ihres Gedächtnisses haben wir jedenfalls aufgestoßen. Wir müssen jetzt nur noch hineingehen, und dann werden Sie jedes Detail, das damals passiert ist, wieder abrufen können.«

Das warme Kissen tat ihr gut. Sie seufzte und schloss die Augen. Dr. Schönfelder nahm ihre Hände und legte sie auf das Kissen. Die Hitze stieg ihre Fingerspitzen hinauf und breitete sich über die Unterarme bis in ihren Kopf aus.

»Können Sie mir sagen, was Sie von Alex erwarten?«

Die behagliche Wärme benebelte sie ein wenig.

»Ich weiß nicht«, erwiderte sie unsicher.

»Was fühlen Sie, wenn Sie in Alex' Nähe sind?«

Thea dachte nach. Da waren viele verschiedene Gefühle.

»Freundschaft und Verbundenheit«, antwortete sie wahrheitsgemäß. »Ich mag ihn.«

»Mehr nicht?« Dr. Schönfelders Stimme hatte einen leicht zweifelnden Tonfall angenommen. War Dr. Schönfelder etwa eifersüchtig?

»Lieben Sie ihn?«, fragte er wie zur Bestätigung.

»Vielleicht«, erwiderte Thea. »Aber vermutlich wäre es zu kompliziert.«

»Es liegt mir fern, mich in Ihre Beziehungswelt einzumischen, aber Sie sind meine Patientin. Alex ist in einer ähnlichen Situation wie Sie und kann Ihnen derzeit keinen Halt geben. Ich habe Ihnen das schon einmal gesagt. Ich möchte nicht, dass Sie Ihre neu gewonnene Stabilität wieder verspielen. Versuchen Sie doch erst einmal auf Distanz zu bleiben. Sie brauchen nach meiner Einschätzung noch Zeit, bis Sie sich wieder völlig auf jemanden einlassen können.«

Thea stöhnte. »Ich weiß.« Dr. Schönfelder hatte es ihr bereits erklärt. Sie verliebte sich ständig in Männer, die ihr nicht guttaten. Und wenn alles schiefging, ritzte sie sich die Unterarme auf. Aber Alex war anders. Das konnte sie spüren. Nur Dr. Schönfelder schien das nicht zu sehen.

»Finden Sie erst einmal sich selbst. Dann können Sie einen weiteren Menschen suchen. Jemanden, der mit beiden Beinen im Leben steht, mental stabil ist und Ihnen Halt geben kann.«

»Jemanden wie Sie?«, platzte es aus Thea heraus und schon im selben Moment tat es ihr leid. Dr. Schönfelder schwieg. Stattdessen tauschte er das Kirschkernkissen gegen ein neues aus und legte das abgekühlte beiseite.

»Lassen Sie uns zurückgehen zu jenem Abend. Zu der Stelle, an der Sie vor dem Glascontainer standen. Erzählen Sie mir genau, was dann passiert ist.«

25

Julia hockte noch immer vor dem Bildschirm und rieb sich die Augen. Es war bereits sehr spät und alle Mitarbeiter des Institutes im wohlverdienten Feierabend. Julia hatte heute viel Zeit bei den Ermittlungen verbracht, doch sie durfte das Institut nicht vernachlässigen. Sie blätterte durch die Unterlagen einiger Bewerber, die Frau Ludwig aus der Personalabteilung akquiriert hatte. Jemand von ihnen sollte Dr. Abel in der Zeit seiner Abwesenheit ersetzen. Vielleicht gab es sogar eine Möglichkeit, den Kandidaten anschließend dauerhaft einzustellen. Schließlich stiegen die zu bearbeitenden Fälle von Jahr zu Jahr an. Mit der immer gleichbleibenden dünnen Besetzung waren die Aufgaben schlicht nicht mehr zu bewältigen.

Julia ordnete die Bewerber nach ihrer Qualifikation und ihrer Erfahrung und schrieb Frau Ludwig eine E-Mail, in der sie ihr darlegte, mit welchen Kandidaten sie gern ein Gespräch führen würde. Danach schweiften ihre Gedanken abermals zu den Mordfällen und zum letzten Opfer Mareike Hohmann. Der Name Mareike hatte mit Mia oder Mila so gut wie keine Ähnlichkeit. Egal wie sehr sie ihn verdrehte. Sie notierte sich die einzelnen Buchstaben und würfelte sie immer wieder neu zusammen. Doch sie fand keine überzeugende Variante. Florian hatte jede verfügbare Polizeidatenbank nach einer Mia oder Mila auf den Kopf gestellt. In den Kontakten der anderen Opfer gab es ebenfalls keinen Hinweis auf einen solchen Namen und die Angehörigen wussten genauso wenig damit anzufangen. Luca Schwermer behauptete standfest, niemals von einer Mareike Hohmann gehört zu haben. Das Gleiche galt für Ferdinand Meisner und Mike Neuhausen, die beide für den möglichen Tatzeitraum kein Alibi vorweisen konnten.

Florian und Martin Saathoff kümmerten sich inzwischen nicht mehr um Rafaela Domberts letzte Worte, aber Julia ließen sie einfach keine Ruhe. Die letzten Worte eines sterbenden Menschen hatten immer eine Bedeutung. Sie waren endgültig. Sie blieben im Gedächtnis all derer hängen, die sie gehört hatten. Sie glaubte weiterhin daran, dass Rafaela Dombert ihnen damit etwas sagen wollte. Etwas, das sie zum Täter führte. Julia konnte es nur nicht beweisen.

Während sie sich noch einmal Tee kochte, kam ihr doch eine Idee. Sie gab die Namen Mia und Mila in die Suchmaske des rechtsmedizinischen Institutes ein. Sämtliche Obduktionen und auch andere Fälle, wie beispielsweise Vergewaltigungen oder schwere Körperverletzungen, die in den letzten zwei Jahrzehnten im Institut begutachtet worden waren, wurden in einer eigenen Datenbank erfasst.

Der Computer warf ihr fünfmal den Namen Mia aus und zweimal eine Mila. Julia studierte die Angaben konzentriert. Die erste Mia war erst fünf Jahre alt gewesen, als sie bei einem Verkehrsunfall ums Leben kam. Die nächste starb an einer Überdosis Drogen und anschließend stieß Julia auf einen Suizid durch Erhängen. Bei der vierten Mia handelte es sich tatsächlich um ein Mordopfer. Julia markierte den Namen und überprüfte die restlichen Mias und Milas. Am Ende hatte sie zwei Mordfälle, aber nur einer stand mit Wasser im Zusammenhang. Der Fall lag zehn Jahre zurück. Eine junge Frau war von einem Unbekannten von einer Rheinbrücke in den Fluss gestoßen worden. Die Leiche wurde erst drei Wochen später entdeckt und der Täter nie gefasst. Julia notierte sich das Aktenzeichen auf einem Zettel und zögerte. Der Mord war vor einer Ewigkeit verübt worden. Sie würde für den vollständigen Obduktionsbericht ins Archiv gehen müssen, denn vor zehn Jahren hatte man im Institut noch nichts digitalisiert. Sie überlegte, ob sie sogar selbst an der Autopsie teilgenommen haben konnte. Doch ihre Erinnerungen reichten nicht so lange zurück. Damals hatte sie im Institut während ihres Studiums ausgeholfen. Sie klickte sich durch ihren Kalender, der tatsächlich alle vergangenen Daten enthielt. Am Tag dieser Obduktion hatte Julia bei der Begutachtung eines Vergewaltigungsfalls geholfen. Julia schickte eine kurze Nachricht an

Florian. Sie würde später zu ihm kommen. Dann wappnete sie sich mit einer Taschenlampe, steckte den Zettel mit dem Aktenzeichen ein und trat den Weg zum Archiv ins Kellergeschoss an.

Julia öffnete die schwere Feuerschutztür und hielt den Atem an. Ein Schwall abgestandener muffiger Luft kam ihr entgegen. Sie schaltete das Licht ein. Die schwache Beleuchtung über ihrem Kopf flackerte unregelmäßig. Sie folgte einem kleinen Schild, das in Augenhöhe an der Wand angebracht war und auf dem in fetten Buchstaben Archiv stand. Sie überlegte, wann sie hier das letzte Mal etwas gesucht hatte. Es musste Jahre her sein. Für einen Moment wünschte sie sich Kerstin Brandt an ihre Seite. Ihre Sekretärin würde die alte Akte blitzschnell hervorzaubern. Julia hingegen müsste erst einmal den richtigen Raum finden.

Sie schlich durch den schmalen Gang, an dessen Decke etliche Rohre verliefen. Ein permanentes Klopfen drang aus ihnen hervor. Julia hatte das Gefühl, unter einem Abwasserrohr entlangzugehen, und war froh, als sie endlich eine Stahltür erreichte, auf der ein großes Schild das Archiv auswies. Sie drückte die Klinke herunter und schlug sich sogleich mit der flachen Hand gegen die Stirn. Sie hatte den Schlüssel vergessen. Die Tür war selbstverständlich abgeschlossen.

Julia fluchte und trat den Weg zurück an. Das Klopfen in den Rohren kam ihr jetzt irgendwie noch lauter vor. Vermutlich bildete sie sich das aber bloß ein. Es war spät und sie rannte mutterseelenallein durch einen muffigen Keller. Sie stieß die Feuerschutztür auf und eilte die Treppe hinauf. Sämtliche Schlüssel lagen in der obersten Schreibtischschublade ihrer Sekretärin. Nur gut, dass Kerstin Brandt alle Schlüssel ordentlich beschriftet hatte. Julia nahm den fürs Archiv an sich und hastete wieder nach unten. Sie ignorierte die klopfenden Rohre und das flackernde Licht. Atemlos erreichte sie die Archivtür und schloss sie auf. Regalreihen, die bis zur Decke reichten, türmten sich vor ihr auf. Julia öffnete den Stahlschrank, in dem sich das Register befand, und suchte nach dem Aktenzeichen. Dann durchkämmte sie die Regalreihen und wurde am anderen Ende des Archivs fündig. Die Akte stand im obersten Fach. Julia stellte sich auf die Zehenspitzen und streckte den Arm aus. Sie kam dennoch nicht ran. Fluchend sah sie sich nach einem Tritt um und fand einen ganz vorn am Eingang. Mit dem Tritt in beiden Händen eilte sie zurück zu dem Regal und stieg hinauf.

Ohne Vorwarnung überfiel sie wieder einmal die Übelkeit. Julia griff sich an den Bauch und schwankte. Noch bevor sie nach der Akte greifen konnte, hörte sie ein Geräusch. Schritte.

Jemand war hier.

Julia wollte vom Tritt steigen, verpasste jedoch eine Stufe und krachte auf den Boden. Ein heftiger Schmerz zog sich vom Fuß hoch durch ihr Bein. Die Schritte kamen näher. Julia tastete nach der Taschenlampe, die sie mitgenommen hatte. Unmittelbar vor ihr, wo die Regalreihe endete, tauchte auf dem Boden ein Schatten auf. Sie umfasste die Taschenlampe fester, bereit, sich zu wehren.

»Julia?«

Lenja stürzte auf sie zu. »Was machst du denn hier im Keller mitten in der Nacht? Hast du dich verletzt?«

»Du hast mich vielleicht erschreckt«, stieß Julia aus. »Verdammt. Ich bin vom Tritt gestürzt und habe mir vermutlich den Knöchel verstaucht.«

Lenja ignorierte ihren Vorwurf und zog sie auf die Füße. Sie musterte Julia von oben bis unten.

»Du siehst blass aus«, stellte sie fest und sah sich Julias Knöchel an.

»Der könnte tatsächlich verstaucht sein. Kannst du auftreten?«

»Ja. Ist nicht schlimm«, log Julia, weil die Übelkeit viel heftiger in ihr tobte als der Schmerz in ihrem Bein. Ganz plötzlich fiel ihr der Kalender wieder ein. Sie horchte in sich hinein und erschrak. Sie hatte eine wichtige Sache vergessen. Es war ihr im Alltagsstress völlig entgangen. Sie wollte jedoch nicht, dass Lenja oder sonst irgendwer davon erfuhr.

»Ich habe gerade einen alten Obduktionsbericht herausgesucht«, erklärte Julia und lenkte vom Thema ab. Sie deutete auf den Zettel mit dem Aktenzeichen. »Aber vorher will ich wissen, warum du eigentlich hier bist. Du bist doch noch krankgeschrieben. Wir bekommen Ärger mit der Versicherung, wenn du dich trotzdem an deinem Arbeitsplatz aufhältst.«

Lenja verdrehte die Augen. »Gilt das auch für Zeiten nach einundzwanzig Uhr?«

Julia nickte. »Natürlich. Also, was machst du hier?«

Lenja stieg auf den Tritt und zog die Akte raus. »Ich

wollte mich auf dem Laufenden halten«, gestand sie. »Ich dachte, um diese Uhrzeit ist kein Mensch mehr hier. Aber dann bist du plötzlich auf dem Flur erschienen. Du warst so in Eile, dass du mich gar nicht bemerkt hast. Ich bin dir gefolgt, aber ich wollte dich nicht erschrecken. Tut mir echt leid, dass du meinetwegen gestürzt bist.« Sie drückte Julia die Akte in die Hand. »Was soll da drin stehen? Das Ding ist zehn Jahre alt.«

»Ich weiß noch nicht, ob uns dieser Fall weiterbringt. Ich habe in unserem System nach Mia oder Mila gesucht und bin auf diesen alten Mord gestoßen.« Julia klemmte sich das Dokument unter den Arm und verließ mit Lenja das Archiv. Glücklicherweise hörte der Schwindel auf, sobald sie es aus der muffigen Luft hinausgeschafft hatten.

Zurück im Büro schlug Julia die Akte auf und überflog mit Lenja die knappen Angaben. Mia Wildenbrock hatte nach einem Diskothekenbesuch im *Cats* vor etwas mehr als zehn Jahren ihr Leben verloren. Sie war auf dem Weg nach Hause von einem Unbekannten über das Geländer einer Brücke gestoßen worden. Laut Autopsiebericht hatte sie sich beim Aufprall einen Genickbruch zugezogen und war sofort tot gewesen.

Julia öffnete die Suchmaschine auf ihrem Computer und tippte ein paar Stichworte ein. Augenblicklich erschien ein alter Zeitungsbericht. Demnach war der Täter von einem Taxifahrer beobachtet worden, der zwar zu Hilfe geeilt war, aber nichts mehr tun konnte, außer den Notruf zu wählen. Die Polizei hatte Zeugen aus der Diskothek nach Mia Wildenbrock befragt. Einer

Zeugin war ein Mann aufgefallen, der Mia Wildenbrock außerhalb der Diskothek verfolgt hatte. Sie beschrieb den Mann als groß, kräftig und dunkelhaarig. Zudem hatte sie sich einen Teil des Kennzeichens von seinem Wagen gemerkt. Allerdings bekam sie nur die letzten drei Ziffern zusammen und konnte keine Angaben zum Fahrzeugmodell machen. Anhand der Ziffern konnte die Polizei den Besitzer des Wagens nicht ermitteln. Die Morduntersuchung verlief komplett im Sande, vielleicht auch weil Mia Wildenbrocks Leiche erst Wochen später aus dem Rhein geborgen wurde. Der Fall galt bis dahin als Vermisstenfall.

Julia warf einen erneuten Blick auf den Autopsiebericht. Die Tote hatte etliche Verletzungen am Körper aufgewiesen, die im Wesentlichen auf die lange Zeit im Rheinwasser zurückzuführen waren. Drogen oder Alkohol konnten nicht mehr nachgewiesen werden.

»Sie hatte keine Schnittwunden an den Fußsohlen«, murmelte Julia und zog Fotografien des Leichnams aus der Akte. Die Füße wirkten lädiert und aufgeschwemmt, zeigten jedoch weder Schnitte noch Glasscherben. Der nächste Eintrag machte Julia allerdings stutzig.

»Lenja, schau mal. An den Knien der Frau wurden Glassplitter entdeckt und auch an ihren Händen.«

»Sieht aus, als wäre sie gestürzt«, bemerkte Lenja. »Glaubst du, dieser Fall hängt mit unserem zusammen? Das Opfer war viel jünger, gerade erst achtzehn Jahre alt. Außerdem trug sie keinen Keuschheitsgürtel und hatte auch keinen Abschiedsbrief bei sich.«

»Es gibt Unterschiede, ich weiß. Aber da sind auch

etliche Gemeinsamkeiten. Hinzu kommt, dass Rafaela Dombert diesen Vornamen genannt hat. Klar, es könnte eine andere Mia sein. Doch was, wenn diese Frau das erste Opfer unseres Serienkillers war?«

»Du meinst, der Täter hat Mia Wildenbrock ermordet und dann zehn Jahre gewartet, bis er mit drei neuen Frauen weitermacht?« Lenjas Miene wirkte skeptisch. Sie ging zum Stadtplan, der an der Wand in Julias Büro hing, und fuhr mit dem Finger den Rheinverlauf entlang.

»Das *Cats* befand sich damals im nördlichen Stadtgebiet. Ganz abwegig ist es vielleicht nicht«, stellte sie fest.

Julia gab den Namen Mia Wildenbrock in die Suchmaske des Internetbrowsers ein. Falls sie jemals ein Profil bei Facebook oder auf einer anderen Plattform besessen hatte, war es inzwischen bestimmt gelöscht worden.

Das Einzige, was Julia fand, war in der Tat die Traueranzeige. Sie klickte die Seite einer regionalen Wochenzeitung an und las die traurigen Worte von Mia Wildenbrocks Eltern, ihrer Schwester, den Großeltern und der Schulklasse. Irgendetwas ploppte in ihrem Gedächtnis auf. Sie öffnete die Akte von Mareike Hohmann und überflog sie, allerdings ohne auf eine Gemeinsamkeit zu stoßen.

»Kannst du den Namen dieser Schule suchen?«, bat sie Lenja und drückte ihr die Akte von Jana Albrecht in die Hand. Julia selbst nahm sich die Unterlagen zu Rafaela Dombert vor. Als sie die Schule, auf die sie gegangen sein musste, nicht fand, suchte sie abermals im Internet.

»Hier steht nichts«, erklärte Lenja nach einer Weile.

»Ich habe auch nichts«, sagte Julia frustriert. Trotzdem gab sie der Vollständigkeit halber den Namen des ersten Opfers noch einmal in die Suchmaschine ein.

»Vielleicht haben wir doch etwas gefunden«, verkündete Julia und spürte, wie ihr Puls in die Höhe schoss.

26

Er strich das Gesicht auf dem Foto mit einem dicken schwarzen Filzstift durch. Erledigt, dachte er und stellte das Bild zufrieden zurück ins Regal. Nur noch drei weitere Frauen lächelten ihm entgegen. Es würde ihnen bald vergehen. Sie hatten sein Leben ruiniert und nun würde er ihnen ihres nehmen. Sie alle trugen die Schuld an seinem Schicksal und dafür mussten sie bezahlen.

Ein Blick auf die Uhr verriet ihm, dass er losmusste. Sein nächstes Opfer machte jeden Augenblick Feierabend. Gut gelaunt griff er zur Kamera und zu den Autoschlüsseln. Mit der neuen Frau würde er es leicht haben. Sie arbeitete als Krankenschwester und schob des Öfteren Nachtschichten. Sie fuhr dann mit dem Fahrrad durch den Park nach Hause. Er hatte sie bereits mehrfach beobachtet. Sie nahm immer denselben Weg und benutzte sogar stets dieselbe Straßenseite. Diese Frau war ein totales Gewohnheitstier. Er freute sich darauf, sie endlich in seine Gewalt zu bringen. Lange hatte er überlegt, wo er sie schnappen könnte. Letztendlich hatte er sich für den schmalen Pfad entschieden, in den sie abbiegen musste, um zu ihrer Wohnung zu gelangen.

Er parkte den Wagen auf der anderen Seite des Parks. Sicherheit ging vor und er wollte keinesfalls erwischt werden. Zwar hatte er nach Überwachungskameras Ausschau gehalten und keine entdeckt, doch er wollte auch vermeiden, dass ein Zufall ihn überführte. Heutzutage zückte jeder sofort sein Smartphone und nahm ein Video für den nächsten Beitrag in irgendwelchen Social-Media-Plattformen auf. Er hingegen betrat das Internet ausschließlich anonym und nutzte es hauptsächlich für seine Recherchen. Die Vorstellung, die Polizei könnte seine IP-Adresse zurückverfolgen, gruselte ihn. Natürlich kam es vor, dass er eine Frau über das Netz ausfindig machte und kontaktierte. Die meisten waren so dumm, ihr Privatleben samt Anschrift ohne viel nachzufragen preiszugeben. Das Netz war ein Paradies für Jäger wie ihn.

Unauffällig schritt er durch den Park und blieb überwiegend abseits der breiten Wege. Die Frau war nicht das einzige Gewohnheitstier. Sämtliche Hundebesitzer kamen hinzu. Täglich marschierten sie ohne Abweichung dieselbe Route zur gleichen Zeit. Einige von ihnen waren extrem neugierig und hielten nach allem Ausschau, was von der Normalität abwich. Ein Mann, vermummt mit einer Skimaske, wäre eine Attraktion, besonders zu dieser frühen Stunde.

Er strich die Maske glatt, damit er besser sehen konnte. Hinter einem Baum neben dem schmalen Pfad stoppte er und packte einen dünnen Draht aus. Er zögerte, bevor er ihn in Brusthöhe um den Baumstamm legte, ihn über den Weg zog und am gegenüberliegenden Baum befestigte. Im Sommer hätte er diese Aktion nicht gewagt. Viel zu groß war die Gefahr, dass er den falschen Fahrradfahrer vom Rad holte. Aber zu dieser Jahreszeit um kurz nach sechs konnte er sichergehen, dass niemand sonst diesen Pfad benutzte. Er hoffte, dass die Frau nicht zu schnell fuhr. Er mochte sie nicht verletzen. Nicht jetzt. Schmerzen konnte andere Schmerzen überlagern. Er wollte jedoch, dass sie jede einzelne Scherbe unter ihren Fußsohlen spürte, wenn er sie darüber führte. Sie sollte leiden, und zwar so intensiv wie möglich. Sie hatte Schuld auf sich geladen und musste sie sühnen.

Aus der Ferne vernahm er ein Geräusch. Hastig versteckte er sich hinter dem Baumstamm und lauschte. Sie näherte sich. Er hörte ein gleichmäßiges Surren und sah das spärliche Licht einer Fahrradlampe, die den Weg nur schlecht beleuchtete. Den Draht würde sie niemals sehen. Zufrieden stellte er fest, dass sie nicht besonders schnell fuhr. Müde trat sie in die Pedale. Ihre Atemluft verwandelte sich in feinen Nebel. Die langen Haare flogen unterhalb der Mütze durch die Dunkelheit. Das Licht flackerte und im gleichen Moment krachte es. Die Frau stürzte vom Rad, das ungebremst weiterfuhr, ins Schlingern kam und vor dem nächsten Baum umfiel. Sie stieß einen überraschten Schrei aus und blieb stöhnend auf dem Boden liegen. Er wartete einen Moment, bis er hinter dem Baum hervorkam.

»Geht es Ihnen gut?«, fragte er und bot ihr helfend die Hand an.

Sie stöhnte und ließ sich von ihm hochziehen.

»Ich bin gestürzt«, keuchte sie und humpelte ein paar Schritte auf ihr Fahrrad zu.

»Ich kann Sie und Ihr Rad nach Hause bringen, wenn Sie möchten. Mein Wagen steht nicht weit von hier.«

»Nein, danke. Ich schaffe das schon. Ich habe es nicht weit«, erwiderte sie und löste ihre Hand aus seiner.

»Das Rad ist demoliert. Damit können Sie nicht mehr fahren«, erklärte er rasch und baute sich vor ihr auf.

Sie wand sich an ihm vorbei und versuchte, ihr Fahrrad hochzuziehen. Ihren Willen hatte er völlig unterschätzt.

»Ich glaube, ich könnte doch Hilfe gebrauchen«, bat sie, und in ihrer Stimme lag etwas, das ihn zögern ließ. Die Art, wie sie sprach, erinnerte ihn an jemanden. Vielleicht war es das Beste, das dämliche Rad von hier fortzuschaffen. Falls man nach ihr suchte, könnte es ein Indiz für die Polizei sein. Besser, niemand erfuhr, wann und wie sie verschwunden war.

»Gerne«, sagte er und hob das Fahrrad für sie auf. Er knipste seine Taschenlampe an und leuchtete das Rad ab.

»Sehen Sie, damit kommen Sie nicht weit«, stellte er

fest und schob das Tuch mit dem Betäubungsmittel schnell zurück in die Manteltasche. »Das Vorderrad ist verbeult und muss ausgetauscht werden.«

»O nein«, stieß die Frau aus.

»Ich kann Sie nach Hause fahren. Das Rad nehmen wir mit«, schlug er abermals vor und dieses Mal stimmte sie dankbar zu.

27

Julia kam sich vor wie ein Teenager, der etwas Verbotenes tat. Sie blickte unauffällig nach links und rechts. Als sie sich unbeobachtet fühlte, fischte sie eine kleine Packung aus dem Regal. Sie ging durch die Drogerie und wartete ein Stückchen von der Kasse entfernt, bis eine alte Dame endlich genügend Kleingeld aus der Geldbörse gefummelt hatte und sie allein und ohne neugierige Blicke bezahlen konnte. Sie hastete auf die Verkäuferin zu, legte den Test auf das Band und mied jeglichen Blickkontakt. Immer wieder überlegte sie, ob sie sich vielleicht irrte. Doch der Blick in den Kalender am Abend zuvor hatte nicht nur ein mögliches weiteres Opfer des Täters ans Licht gebracht, er hatte auch noch etwas anderes zutage befördert. Julias Periode hätte vor einer Woche einsetzen müssen. Sieben ganze Tage waren vergangen ohne einen einzigen Tropfen Blut und ihr war es nicht einmal aufgefallen. Sie hatte die morgendliche Übelkeit auf das frühe Aufstehen geschoben. Dabei war sie Ärztin und hätte das Ausbleiben der Regel sofort bemerken müssen.

»Drei Euro fünfzig«, sagte die Kassiererin.

Julia gab ihr einen Zehn-Euro-Schein und ließ den Test in der Handtasche verschwinden. Sie sammelte das Wechselgeld ein und eilte aus der Drogerie zu ihrem Golf. Sie durfte über das Testergebnis gar nicht nachdenken. Immer wieder rechnete sie zurück. Es konnte nicht sein. Sie hatte verhütet. Jedes Mal. Die Wahrscheinlichkeit, dass etwas schiefgegangen war, schätzte sie als äußerst gering ein. Trotzdem, da war diese Übelkeit, insbesondere morgens, und die fehlende Blutung.

Das Erste, was sie heute im Institut aufsuchen würde, wäre die Toilette. Die Blase drückte wie ein kleiner, fester Ball gegen ihre Bauchdecke. Sie hatte es sich nach dem Aufstehen verkniffen, aufs Klo zu gehen. Sie brauchte den ersten Urin des Morgens. Wenn sie schon einen Test machte, dann wenigstens mit der größtmöglichen Genauigkeit.

Julia gab Gas. Keine fünf Minuten später parkte sie am Institut und marschierte durch den Eingang des Gebäudes bis zur Damentoilette. Sie rupfte die Verpackung auf und holte den Test heraus. Ungeduldig überflog sie die Gebrauchsanleitung und erleichterte sich, wobei sie den Teststreifen in den Urinstrahl hielt. Ihr Puls raste und die Zeit bis zur Anzeige des Ergebnisses wollte einfach nicht vergehen. Jemand kam herein und benutzte die Nachbartoilette. Julia zog die Knie an und hoffte, nicht bemerkt zu werden. Als die Frau wieder draußen war, leuchtete sie mit der Taschenlampe ihres Smartphones auf den Test. Bisher zeigte er nur an, dass er funktionierte. Für eine Schwangerschaft gab es keine Anzeichen. Julia blickte auf die Uhr. Noch eine Minute. Unruhig legte sie den Test auf den Toilettendeckel und trat von einem Bein aufs andere. Sie zählte die Sekunden und hatte das Gefühl, ihr Herz setzte aus. Sie sah erneut nach. Mehrmals musste sie blinzeln, weil sie ganz sichergehen wollte, dass sich das Resultat nicht mehr veränderte.

Julia wusste nicht, ob sie sich freuen sollte oder etwa doch nicht. Sie schob den Test zurück in die Verpackung und steckte ihn ein. Dann eilte sie aus der Toilette, und auf dem Weg ins Büro nahm sie sich vor, vorerst nicht weiter über das Thema nachzudenken.

Sie nickte Kerstin Brandt freundlich zu und bat sie, alle vergangenen Fälle herauszusuchen, bei denen Frauen sich an Glasscherben geschnitten hatten. Danach ging sie zum Schreibtisch und wählte Florians Nummer.

»Hast du die Akte?«, fragte sie und bemühte sich, möglichst gelassen zu klingen.

»Ja, jedoch nur im Papierformat. Der Fall ist uralt. Wenn du reinschauen willst, komm doch vorbei und wir gehen sie zusammen durch. Martin Saathoff hat sich krankgemeldet, verdorbener Magen. Ich könnte deine Hilfe gebrauchen.«

Julia hatte Florian noch am gestrigen Abend von ihrem Fund berichtet. Die vor zehn Jahren ermordete Mia Wildenbrock passte zwar nicht hundertprozentig ins Schema, aber sie hatte eine Gemeinsamkeit mit einem der aktuellen Opfer. Sie war mit Jana Albrecht auf dieselbe Schule gegangen. Julia hatte einen Eintrag im Internet gefunden. Julia warf einen kurzen Blick in ihren Kalender und stellte fest, dass ihr ein paar Stunden Zeit blieben bis zur nächsten Obduktion.

»Okay. Ich mache mich auf den Weg«, sagte sie und freute sich auf ein wenig Ablenkung.

Als sie eine halbe Stunde später in Florians Büro ankam, saß er stirnrunzelnd über einem Aktenordner.

»Und?«, fragte Julia neugierig. »Konntest du etwas rausfinden?«

Florian zuckte mit der Schulter. »In dieser Akte steht nicht sehr viel mehr als in dem Kurzbericht, der dir im Institut vorliegt. Ich habe mir die Dokumentation der Spurensicherung durchgelesen. Weil die Leiche von Mia Wildenbrock drei Wochen lang im Wasser getrieben war, gab es da leider kaum noch etwas zu analysieren. Die Polizei ging damals von einem Zufallsopfer aus. Die Achtzehnjährige wankte wohl auf die Brücke und wurde von einem Mann hinuntergestoßen. Ein Taxifahrer auf der anderen Straßenseite hat es gesehen. Und dann gab es eine weitere Zeugin, die mitbekommen hat, dass Mia Wildenbrock von einem Mann beobachtet und verfolgt wurde, als sie die Diskothek verließ.« Er blätterte um und seufzte. »Keine Ahnung, ob wir die Zeugen überhaupt noch aufspüren können nach über zehn Jahren.«

»Und was ist mit der Schule? Vielleicht sind die

anderen Opfer auch dorthin gegangen«, wollte Julia wissen.

»Die Polizei hat sich damals an Mia Wildenbrocks Schule umgehört. Viele Schüler haben an jenem Abend in der Diskothek gefeiert. Ich kann gerne die Schülerlisten durchgehen. Fragt sich nur, ob sich der Aufwand lohnt.« Florian warf ihr einen zögerlichen Blick zu. »Ich denke, wir sollten uns besser auf Luca Schwermer konzentrieren. Wir konnten ihn zwar bisher nicht festnehmen, aber ich werde ihn heute Nachmittag erneut vernehmen. Vielleicht gesteht er die Morde ja.«

Julia nickte. Für Schwermer als Täter sprach einiges. Trotzdem sah sie in der zehn Jahre alten Tat diverse Parallelen. Die Scherben, das Ertränken im Fluss. Die Zeugen hatten damals berichtet, dass Mia Wildenbrock angetrunken wirkte. Es war gut möglich, dass sie vollkommen danebenlag, doch faktisch durften sie diesen alten Fall nicht einfach links liegen lassen. Immerhin hatten sie eine Verbindung zwischen den Opfern entdeckt.

»Wir können auch rasch die Angehörigen anrufen«, sagte sie und öffnete entschlossen die Akte von Rafaela Dombert. Sie suchte die Nummer der Mutter heraus und rief sie an.

»Guten Morgen, Frau Dombert. Hier spricht Doktor Schwarz von der Rechtsmedizin Köln. Wie geht es Ihnen?«

»Wir trauern«, erwiderte Rita Dombert mit zitternder Stimme. »Haben Sie den Kerl gefunden, der ihr das angetan hat?«

»Wir sind dran und in diesem Zusammenhang habe ich eine Frage an Sie. Können Sie mir sagen, auf welche Schule Ihre Tochter gegangen ist, als sie siebzehn oder achtzehn war?«

»Natürlich. Sie hat das Gymnasium in der Nachbarschaft besucht. Wie hieß es gleich noch einmal? Ich glaube Erich Kästner.«

»Danke«, erwiderte Julia und legte auf. Sie sah Florian an. »Rafaela Dombert ist in dieselbe Schule gegangen wie Jana Albrecht und das frühere Mordopfer Mia Wildenbrock.«

Sie schritt zum Whiteboard und deutete auf Luca Schwermers Namen. »Auf welcher Schule war der Verdächtige?«

Florian schüttelte den Kopf. »Ich habe die Schülerliste gerade überflogen. Sein Name taucht nicht auf. Kein Wunder, denn Schwermer ist in einem anderen Stadtteil von Köln aufgewachsen. Auf der Liste sind Jana Albrecht und Rafaela Dombert aufgeführt. Laut den Angaben in der Akte hat offenbar damals keine von beiden bemerkt, dass Mia Wildenbrock am fraglichen Abend den Club verlassen hat.«

»War eigentlich das dritte Opfer Mareike Hohmann auch auf derselben Schule?«, fragte Julia.

»Sie steht nicht auf der Schülerliste, war an dem Abend jedoch ebenfalls in dem Club. Zur Sicherheit hake ich bei ihrer Familie noch einmal nach«, erklärte Florian und tippte eine Nummer ins Telefon. Er rief Mareike Hohmanns Mutter an und erkundigte sich nach der damaligen Schule ihrer Tochter.

»Mareike Hohmann war nicht auf dem Kästner-Gymnasium«, sagte er schließlich mit langer Miene. »Sie hat kein Abitur gemacht und Luca Schwermer vermutlich ebenfalls nicht.«

Julia setzte sich enttäuscht auf Martin Saathoffs Drehstuhl. Sie zog die Polizeiakte von Mia Wildenbrock heran und studierte die ersten Seiten, die mit Zeugenaussagen gefüllt waren. Julia überflog die Angaben des Onkels, bei dem Mia Wildenbrock gelebt hatte. Er beschuldigte Mias Ex-Freund, weil sie sich nur wenige Tage vor dem Diskothekenbesuch von ihm getrennt hatte. Allerdings war Sascha Gruber in der fraglichen Nacht weder im *Cats* noch in der Nähe gewesen und die Polizei konnte nichts Gegenteiliges beweisen. Julia blätterte um. Ihr Handy klingelte und riss sie aus ihren Gedanken. Auf dem Display erschien die Nummer ihrer Sekretärin.

»Ich habe mir sämtliche Fälle des Institutes herausgesucht, in denen Glasscherben vorkamen. Meist betrifft es Männer. Die habe ich aussortiert und übrig geblieben sind tatsächlich nur eine Handvoll Tötungsdelikte und ein Vergewaltigungsfall, der allerdings über zehn Jahre zurückliegt. Ich lege Ihnen die Akten auf den Schreibtisch, damit Sie diese in Ruhe studieren können.«

In Julias Ohr blieben ein paar von Kerstin Brandts Worten hängen: zehn Jahre.

»Können Sie mir mehr zu dem Vergewaltigungsfall sagen?«, bat sie und stellte das Telefon auf laut.

»Es handelte sich um eine gewisse Thea Riethausen.

Oh, ich sehe hier, dass Sie bei der Begutachtung dabei waren. Jedenfalls wurde Thea Riethausen von einem Unbekannten in seinem Wagen vergewaltigt und anschließend in einem Naturschutzgebiet im Kölner Norden, dem Worringer Bruch, ausgesetzt. In ihrem Unterarm steckten etliche Glasscherben, die entfernt werden mussten. Sie ist wohl auf der Flucht vor ihrem Vergewaltiger gestürzt. Der hat sie dann in sein Auto gezerrt.« Julia hörte, wie Kerstin Brandt eine Seite umblätterte, bevor sie weitersprach. »Ich überfliege gerade den Laborbericht. Die Frau hatte einiges an Alkohol im Blut. K.-o.-Tropfen oder sonstige Drogen konnten nicht nachgewiesen werden. Kein Wunder, denn sie hat erst mehr als einen Tag später Anzeige erstattet. Eine Spaziergängerin hat sie völlig verwirrt aufgelesen und ins Krankenhaus gebracht. Es dauerte ein paar Tage, bis ihre Identität feststand, weil sie sich nicht an ihren Namen erinnern konnte. Spermaspuren gab es übrigens keine, da der Täter offenbar ein Kondom benutzt hatte. Auch an ihrer Kleidung fanden sich keine DNS-Spuren. Das war es im Wesentlichen.«

»Ich danke Ihnen«, sagte Julia und warf Florian einen nachdenklichen Blick zu. »Vielleicht gibt es sogar noch einen alten Fall, der mit den aktuellen zusammenhängt.«

28

Das schwarze Nass schmatzte gierig unter ihr. Thea war wieder die Frau, die ins Wasser fiel. Sie flog eine schiere Unendlichkeit durch die Luft, bis sie in den dunklen Fluten versank. Hände aus Algen zogen sie auf den Grund. Ihre Lunge füllte sich mit schlammigem Flusswasser. Dr. Schönfelders Stimme drang leise an ihr Ohr und katapultierte sie zurück zu dem Glascontainer, der schon einmal in ihrer Erinnerung aufgetaucht war.

Thea stand da und sah sich selbst. Sie trug ein kurzes Kleid, das ihre schmale Taille betonte. Eigentlich sollte sie triefend nass sein, sie war doch eben in den Fluss gefallen. Aber ihre Kleidung fühlte sich trocken an. Thea blickte an sich hinunter. Blut tropfte von ihren Armen. Der Boden unter ihren Füßen hatte sich dunkelrot gefärbt. Alles war verschmiert. Sie öffnete den Mund, um zu schreien. Sofort legte sich eine kräftige Hand auf ihre Lippen.

»Sei still«, zischte ihr jemand ins Ohr.

»Doktor Schönfelder?«, wollte sie rufen, brachte jedoch nur unverständliche Laute hervor.

Der Mann zerrte sie fort von dem Blut. Er führte sie durch einen Park und zu einem Auto. Ein silberner Kombi. Ehe sie sichs versah, hatte er den Kofferraum geöffnet und sie hineingestoßen. Sie waren eine ganze Weile gefahren. Dann hatte er angehalten und war zu ihr in den Kofferraum gestiegen. Jetzt lag er auf ihr und sie roch seinen stinkenden Atem. Er hatte getrunken. Sie spürte einen unerträglichen Schmerz in der Körpermitte. Die Brutalität, mit der sie auseinandergerissen wurde. Ihre Seele wurde in Stücke zerfetzt. Und als er mit ihr fertig war, fühlte sie nur noch Leere in sich und diesen Schmerz.

»Beschreiben Sie den Mann. Bleiben Sie ganz ruhig. Es ist bloß ein Traum. Nichts ist echt. Entspannen Sie sich und schauen Sie in sein Gesicht.«

Erst jetzt wurde Thea klar, dass sie die Augen geschlossen hielt. Sie roch ihn, aber sie sah ihn nicht. Mit einem Ruck öffnete sie die Lider. Da war er. Ein schwarzer Schatten, der über und in ihr war. Der ihr wehtat.

»Ich kann nicht«, keuchte sie und schlug die Augen wieder zu.

Sie wollte ihn nicht sehen. Sie wollte das alles nicht erneut erleben. Sie hatte es weggeschlossen, genau aus diesem Grund.

»Versuchen Sie es«, drängte Dr. Schönfelder. »Wir sind ganz dicht dran. Sie schaffen das, Thea.«

Plötzlich hörte der Schmerz auf. Stille war um sie herum. Niemand berührte sie. Thea starrte an sich hinunter. Dunkelrot. Überall klebte Blut. An ihren Armen, an ihren Händen und zwischen ihren Beinen. Sie taumelte über eine Wiese. Es war heiß. Vögel kreischten hoch oben in der Luft wie Aasgeier. Sie rannte, weil ein Motorengeräusch sie erschreckte. Auf keinen Fall durfte sie wieder in diesem Kofferraum landen. Das Blut an ihren Fußsohlen hielt sie fest. Sie wollte einen Schritt machen, doch es funktionierte nicht. Sie verlor das Gleichgewicht und stolperte mit den Armen voraus in die Scherben, die um den Glascontainer verstreut herumlagen. Tief drangen sie in ihr Fleisch. Sie schrie auf.

»Drei, zwei, eins. Sie wachen auf!«

Klick.

Die Dunkelheit löste sich auf.

»Wie geht es Ihnen?«

Sie hatte keine Ahnung. Ihr eigener Name fiel ihr nicht mehr ein. Die Zunge klebte ihr trocken am Gaumen, sodass sie kein Wort hervorbrachte.

»Thea?«

Verwirrt öffnete sie die Augen und blickte in das Gesicht eines Fremden.

»Ich bin Doktor Schönfelder und behandle Sie.«

Richtig. Langsam kehrte die Erinnerung zurück.

»Thea, ist alles in Ordnung mit Ihnen?«

Sie nickte geistesabwesend.

»Haben Sie den Mann gesehen, der Sie überfallen hat?«

Wie ein Blitz schoss der Täter durch ihren Geist.

»Er hatte blaue Augen«, stieß sie aus und bemerkte, dass auch Dr. Schönfelder solche Augen hatte.

»Wissen Sie wieder, was Ihnen passiert ist?«

Thea schüttelte den Kopf. Trotzdem hielt Dr. Schönfelder ihr eine Packung mit bunten Stiften hin.

»Suchen Sie sich eine Farbe aus und malen Sie, was Ihnen in den Sinn kommt. Lassen Sie Ihren Gefühlen freien Lauf und beginnen Sie am besten sofort. Noch ist alles in Ihrem Gedächtnis.«

Thea riss den Stift aus der Packung und stieß ihn heftig wie eine Lanze durch das Papier.

29

Florian saß seufzend am Schreibtisch und starrte zur Tür, durch die Julia vor wenigen Augenblicken verschwunden war. Er hatte sie nicht davon abhalten können, zum Institut zu fahren, um sich den damaligen Vergewaltigungsfall genauer anzuschauen. Zweifelnd blätterte er zum hundertsten Male durch die Akten. Sollten die drei aktuellen Mordfälle tatsächlich mit diesem uralten Fall zusammenhängen? Wesentliche Merkmale wie der Keuschheitsgürtel und vor allem der Abschiedsbrief fehlten. Und dann die Vergewaltigung. Die Frau lebte vermutlich noch und war nicht in den Rhein gestoßen worden. Zumindest fand er hierüber nichts in der Akte. Er schob das Dokument seufzend zur Seite. Die Bürotür flog auf und Martin stürmte herein.

»Ich dachte, du bist krank?« Florian musterte ihn erstaunt. Sein Partner wirkte ungewöhnlich blass um die Nase.

»Geht wieder«, brummte Martin. »Ich war beim Arzt und habe mich mit Medikamenten vollstopfen lassen. Hatte wohl was Falsches gegessen, also kein Drama. Es gibt aber wichtige Neuigkeiten. Mike Neuhausens Alibi ist futsch.« Er schwenkte sein Handy durch die Luft und lächelte triumphierend. »Seine Mutter hat mich gerade angerufen. Er war am fraglichen Tag überhaupt nicht bei ihnen. Er ist demnach keine hundert Kilometer vom Tatort entfernt gewesen und hätte den Mord an Jana Albrecht theoretisch begehen können. Laut seiner Mutter war er alleine in seiner Wohnung. In letzter Zeit war er wohl sehr reizbar, und sie hielt es für nicht vertretbar, ihn weiter zu decken.«

»Wow«, stieß Florian aus und sprang auf. Er nahm den Whiteboard-Schwamm und wischte das Fragezeichen hinter Neuhausens Namen weg.

»Mike Neuhausen hat für keinen der drei Morde ein Alibi. Wir sollten mögliche Verbindungen zwischen ihm und den anderen beiden Opfern prüfen.« Er schnappte sich erneut die Akte. »Am besten, wir bestellen ihn zur Befragung ins Revier. Dann kann er uns erklären, was er in den fraglichen Tatzeiträumen tatsächlich gemacht hat.«

»Ich kümmere mich darum«, knurrte Martin.

»Trotzdem erscheint mir die weitere Ermittlung bei Luca Schwermer im Moment dringender. Ich wette mit dir, dass Karl Schwermer seinem Sohn ebenfalls ein falsches Alibi verschafft hat.«

Martin machte eine finstere Miene. »Das denke ich auch. Zu dumm, dass Hermann Meier seine Festnahme nicht durchgewunken hat. Was, wenn der Mistkerl wieder zuschlägt?«

Florian nickte und berichtete Martin kurz von Julias zehn Jahre altem Mordfall und der Vergewaltigung. Dann sah er auf die Uhr.

»In einer Viertelstunde trifft Luca Schwermer mit seinem Anwalt ein. Ich hoffe, heute macht er endlich den Mund auf.« Er hatte sich vorgenommen, den Verdächtigen mit den neuen Beweisen zu konfrontieren. Sorgfältig ordnete er seine Unterlagen, während seine Gedanken zu Julia abschweiften. In letzter Zeit wirkte sie irgendwie verändert, wobei er sich nicht erklären konnte, woran das lag. Heute Morgen zum Beispiel, als sie zu ihm ins Büro kam, war sie vor seiner Berührung zurückgeschreckt und ihm ausgewichen. Und eben konnte sie gar nicht schnell genug nach draußen kommen. Sie hatte sogar vergessen, ihm einen Kuss zu geben. Er fragte sich langsam, ob er sich Sorgen um ihre Beziehung machen müsste. Natürlich war ihm von Anfang an klar gewesen, dass Julia eine unabhängige und starke Frau war. Doch manchmal kam er sich vor, als wäre er gar kein wesentlicher Bestandteil ihres Lebens, sondern nur irgendein Anhängsel. Er wollte endlich einen Schritt weitergehen und ihre Liebe festigen. Vielleicht könnten sie zusammenziehen. Allerdings wurde er das Gefühl nicht los, dass Julia diese Sache ganz anders sah.

Martins Stimme riss ihn aus seinen Gedanken. Er stand vor ihm und pochte auf seine Armbanduhr.

»Na los. Luca Schwermer und sein Anwalt sind schon da. Ich kann es kaum erwarten.«

Florian griff seine Unterlagen und folgte Martin zwei Stockwerke nach unten. Sie eilten mit großen Schritten zum Verhörraum. Eine Kollegin erwartete sie vor der geschlossenen Tür.

»Die beiden sitzen bereits im Raum«, verkündete sie und drückte die Türklinke herunter.

Sie traten ein und nahmen gegenüber von Luca Schwermer und seinem Anwalt Platz. Der Anwalt, ein hagerer Typ mit randloser Brille und spärlichem Kopfhaar, stellte sich kurz vor und pochte dann auf den Aktenordner, den er mitgebracht hatte.

»Bitte berücksichtigen Sie, dass die Jugendstrafe, die mein Mandant als Minderjähriger erhalten hat, Ihre Ermittlungen nicht beeinflussen darf.«

»Wir ermitteln immer neutral, Herr Gröning«, erwiderte Florian und legte ein Foto von Mareike Hohmann auf den Tisch. »Kennen Sie diese Frau, Herr Schwermer?«

Luca Schwermer verzog das Gesicht. »Das habe ich doch schon gesagt. Nein. Ich habe sie noch nie gesehen.«

Völlig unbeeindruckt platzierte Florian eine Aufnahme von Rafaela Dombert vor seine Nase. »Und was ist mit ihr?«

»Das war meine Freundin«, brummte Schwermer genervt. Er deutete auf das verbliebene Foto, das noch vor Florian lag. »Und die da kenne ich auch. Ich war zwei- oder dreimal mit ihr aus.«

»Nach unseren bisherigen Erkenntnissen waren Sie der Letzte, der Jana Albrecht lebend gesehen hat«, erklärte Florian. »Das ist übrigens der Grund für unser heutiges Gespräch. Sie hatten sich mit ihr verabredet.«

Schwermer schüttelte den Kopf. »Das stimmt, aber sie ist nicht erschienen.«

»Das behaupten Sie«, erwiderte Florian ruhig und blätterte durch seine Unterlagen, obwohl es dort überhaupt nichts gab, was er Schwermer oder seinem Anwalt hätte vorlegen können. Er hoffte einfach nur, den Verdächtigen zum Reden zu bringen.

»O nein!«, schaltete sich der Anwalt ein und funkelte Florian böse an. »Mein Mandant muss hier gar nichts beweisen. Das wissen Sie ganz genau. Sie sind in der Nachweispflicht. Falls er etwas mit diesen Mordfällen zu tun hat, werden Sie das sicher nachweisen können. Doch ehrlich gesagt scheint es fast so, als hätten Sie uns hergebeten, obwohl Sie keine einzige neue Erkenntnis haben.« Der Anwalt zählte Florian und Martin alles auf, was sie bereits wussten.

So kamen sie keinen Schritt weiter. Ohne ein Geständnis konnten sie Schwermer nicht festnehmen, denn weder die DNS-Spuren noch die Verabredung waren hinreichende Indizien. Florian blickte Luca Schwermer durchdringend an. Doch der hatte sich lässig zurückgelehnt und spielte mit dem Schnürsenkel seines rechten Turnschuhs. Florian wäre am liebsten um den Tisch gesprungen und hätte ihn geschüttelt.

»Wir kennen Ihre Argumente«, merkte Martin an und pochte auf das Foto von Mareike Hohmann. »Sind

Sie sich wirklich sicher, dass Sie diese Frau nicht kennen? Sollten wir das Gegenteil herausfinden, sähe das nicht gut für Sie aus.«

Der Anwalt stöhnte und wandte sich an seinen Mandanten. »Also, Herr Schwermer, bestätigen Sie den Herren doch bitte noch einmal, dass Sie die Person auf dem Bild nie zuvor gesehen haben.«

Luca Schwermer nickte. »Das ist richtig.«

Der Anwalt warf Martin einen finsteren Blick zu. »Sind wir dann für heute fertig?« Er schaute demonstrativ auf seine Uhr. »Ich habe noch eine Menge anderer Termine vor mir. Herr Schwermer hat für den Zeitraum, in dem Rafaela Dombert getötet wurde, ein Alibi und Sie haben nichts gegen ihn in der Hand, was auch nur im Ansatz relevant wäre. Damit wäre alles gesagt.« Er erhob sich und bedeutete seinem Mandanten mitzukommen. Sie verließen den Verhörraum mit einem knappen Nicken und ließen Florian und Martin zurück wie ein paar dumme Schuljungen. So jedenfalls fühlte Florian sich.

»Verdammt!«, schimpfte Martin, als die Tür hinter Luca Schwermer und seinem Anwalt zugeschlagen war. »Das dürfen wir uns nicht gefallen lassen. Der Typ hat vermutlich drei Frauen auf dem Gewissen und marschiert hier einfach so wieder raus.«

»Wir sollten ihn überwachen. Falls Hermann Meier uns kein Budget dafür genehmigt, übernehme ich das selbst«, erklärte Florian.

Martin nickte. »Wir teilen uns auf.« Er deutete mit

der Fingerspitze auf die Tür, durch die Schwermer gerade verschwunden war. »Ich habe bei diesem Typen ein ganz schlechtes Gefühl!«

30

Die psychiatrische Klinik erfüllte jedes Klischee. Kleine dunkle Fenster blickten wie hundert Augen auf Julia und Lenja herab. Sie hatten eine ganze Weile gebraucht, bis sie endlich den heutigen Aufenthaltsort von Thea Riethausen herausgefunden hatten.

Als Julia aus dem Wagen stieg, knirschte der Kies unter ihren Schuhen. Die kahlen Zweige einer riesigen Trauerweide wehten im Wind. Eine rabenschwarze Krähe flatterte heran und ließ sich in der Krone nieder. Die knopfgroßen schwarzen Augen musterten sie eindringlich. Julia wandte den Blick ab und verschloss ihr Auto. Sie gingen langsam auf das alte Backsteingebäude zu. Teile der Fassade hatten sich dunkel gefärbt und zeigten Risse. Die Dachziegel waren von Moos besiedelt und eine Stufe am Eingang war herausgebrochen.

Lenja schritt voraus und zog die doppelflügelige Tür

auf, die quietschend ihre Ankunft verkündete. Sie durchquerten die große Halle, die mit dunkelgrünen Fliesen ausgestaltet war, die aus den Siebzigerjahren stammen mussten. Die Frau hinter dem hölzernen Tresen trug die Haare zu einem strengen Dutt zusammengebunden und musterte sie kritisch.

»Kann ich Ihnen helfen?«, brummte sie missmutig, so als wollte sie Julia und Lenja so schnell wie möglich wieder loswerden.

»Mein Name ist Julia Schwarz. Wir kommen vom rechtsmedizinischen Institut Köln. Das ist meine Kollegin Lenja Nielsen. Wir möchten mit Doktor Schönfelder sprechen.« Als sich die Miene der Frau verschloss, fügte Julia eilig hinzu: »Er erwartet uns.«

Die Frau legte ungläubig die Stirn in Falten, erwiderte jedoch nichts. Sie hob den Telefonhörer und sagte: »Hier sind zwei Damen für Doktor Schönfelder. Ist er da?«

Sie verzog das Gesicht, während sie der Antwort lauschte, und knallte schließlich den Hörer auf den Tisch. Sie machte eine Kopfbewegung nach rechts. »Dort entlang, immer den Gang runter. An der Tür hängt ein Schild. Aber klopfen Sie erst an.«

Julia nickte und begab sich mit Lenja in die genannte Richtung. Der Flur verströmte den strengen Geruch von Desinfektionsmittel. Ihre Schuhe quietschten auf dem Linoleum. Die grauen Türen, die beiderseits abgingen, erinnerten sie an Gefängniszellen.

»Da ist es«, stieß Lenja aus und klopfte an die Tür,

auf der ein Plastikschild mit Dr. Schönfelders Namen klebte.

»Herein«, rief eine tiefe Stimme.

Hinter einem wuchtigen Eichenschreibtisch saß ein dunkelhaariger Mann mit kantigem Kinn.

»Sie müssen Frau Schwarz und Frau Nielsen sein.« Er sprang auf und streckte ihnen die Hand entgegen. »Nehmen Sie doch Platz.« Dr. Schönfelder deutete auf zwei Stühle vor seinem Schreibtisch. »Kann ich Ihnen etwas zu trinken anbieten? Einen Kaffee oder ein Wasser vielleicht?«

»Nein, danke«, sagte Julia und Lenja schüttelte ebenfalls den Kopf. »Wie schon kurz am Telefon besprochen, sind wir auf der Suche nach Informationen zu Thea Riethausen.«

Dr. Schönfelder nickte und tippte auf einen Ordner, der vor ihm lag. »Ich habe im Vorfeld mit der Patientin geredet. Sie ist übrigens einverstanden, dass ich mit Ihnen über sie spreche. Die arme Frau ist seit einer Vergewaltigung vor zehn Jahren traumatisiert. Seitdem hat sie viel Zeit in unterschiedlichen Kliniken verbracht. Die Ausbildung, die sie nach der zehnten Klasse begonnen hatte, musste sie abbrechen. Ihr Leben ist seit der Vergewaltigung komplett aus den Fugen geraten. Sie neigt dazu, sich selbst zu verletzen, und wird deshalb bei uns stationär therapiert.« Er seufzte. »Was genau brauchen Sie denn?«

»Wir müssten wissen, ob sie ihren Vergewaltiger beschreiben kann. Die Ermittlungen sind seinerzeit erfolglos eingestellt worden. Es haben sich jedoch neue

Erkenntnisse ergeben, die möglicherweise den Fall wieder aufleben lassen.«

Dr. Schönfelders Augenbrauen schossen in die Höhe.

»Tatsächlich?«, fragte er erstaunt und schlug die Akte auf. »Ich befürchte allerdings, Frau Riethausen kann nicht wirklich etwas zur Aufklärung beitragen. Sie leidet unter massiven Erinnerungsstörungen und kann sich weder an die Vergewaltigung noch an die Zeit davor entsinnen. Manchmal vergisst sie sogar ihren Namen. Es ist, als ob ihr Leben erst am Tag nach dem Überfall begonnen hätte. Davor ist alles wie ausgelöscht. Ich versuche, in Hypnosesitzungen ihr Gedächtnis zu aktivieren. Leider kann die Patientin sich auch im Hypnosezustand nicht richtig entspannen und deshalb lassen die Behandlungsergebnisse zu wünschen übrig. Sie blockiert jegliche Erinnerung. Selbst wenn sie den Täter damals gesehen hat, sie kann ihn nicht im Ansatz beschreiben.«

»Wäre es möglich, mit der Patientin zu sprechen?«

Dr. Schönfelder sah sie bekümmert an. »Ich bin mir ehrlich gesagt nicht sicher, ob sie diese Art von Stress verarbeiten kann. Mir wäre es lieber, Sie würden sich vorerst mit einer Kopie der Patientenakte begnügen. Ich kann Ihnen auch die Bänder der Hypnosesitzungen zur Verfügung stellen. Dann haben Sie im Prinzip auf alles Zugriff.«

»Das wäre schon mal ein erster Schritt. Kann sie sich denn an die Vergewaltigung erinnern? Ich habe mir damals notiert, dass sie völlig traumatisiert und orientierungslos war.«

Dr. Schönfelder bat seine Sekretärin um Kopien der Akte und der Bänder. Dann wandte er sich wieder Julia zu und lächelte. »Ich kenne Ihr Gutachten. Im Grunde hat sich nicht viel geändert. Sie spricht ständig von Wasser, besser gesagt von einem Fluss, in dem sie untergeht. Davon steht in Ihren Unterlagen nichts. Ich kann mir leider immer noch nicht erklären, was diese Assoziation, die offenbar aus Thea Riethausens Unterbewusstsein stammt, zu bedeuten hat.«

Julia wurde hellhörig. »Es gab damals keine Erkenntnisse dazu, dass sie im Wasser war. Das ist höchst interessant. Hat sie denn vielleicht beobachtet, wie jemand anders in einen Fluss gefallen ist?«

»Nein. Sie sieht sich selbst. Sie ertrinkt und sie fühlt sich schuldig. Hören Sie sich die Aufnahmen an. Es ist alles sehr wirr und zeitlich scheint es keine unmittelbaren Zusammenhänge zu geben.«

»Wir danken Ihnen«, sagte Julia und erhob sich.

»Noch etwas«, rief Dr. Schönfelder, als sie bereits die Tür erreicht hatten. »Ich bräuchte einen richterlichen Beschluss, falls auch die Polizei im Rahmen der Ermittlungen Akteneinsicht haben möchte.«

Julia versprach, ihm den Beschluss zu besorgen. Im Nebenzimmer nahm sie die Kopie der Patientenakte und der Bänder von Schönfelders Sekretärin entgegen.

»Was für ein merkwürdiger Mensch«, flüsterte Lenja, als sie durch den Flur zum Ausgang schritten. »Warum lässt er uns nicht einfach mit Thea Riethausen sprechen? Vielleicht würde sie uns ja erzählen, wie der Kerl, der sie vergewaltigt hat, aussah.«

»Er muss natürlich seine Patientin schützen«, erwiderte Julia. »Aber er wirkte trotzdem merkwürdig.«

Julia nickte der Frau hinter der Glasscheibe zum Abschied freundlich zu. »Ich glaube, dass zwischen der Vergewaltigung von Thea Riethausen und dem Mord an Mia Wildenbrock ein Zusammenhang bestehen könnte. Beide Frauen haben sich mit Glassplittern verletzt, und Thea Riethausen glaubt, sie wäre ins Wasser gefallen. Das ist jedoch Mia Wildenbrock geschehen. Ein unglaublicher Zufall, findest du nicht? Vielleicht kannten sich die beiden sogar.«

»Das wäre krass. Meinst du, Thea Riethausen hat beobachtet, wie Mia Wildenbrock über das Brückengeländer gestoßen wurde?«

»Möglich.«

»Dann hätte sie ja den Mörder gesehen.«

Julia nickte und schloss den Wagen auf. »Wir hören uns am besten gleich die Aufnahmen an«, schlug sie vor und schob die erste CD ins Autoradio.

Sofort war Dr. Schönfelders Stimme zu hören. Er erklärte Thea Riethausen den Ablauf der Hypnosesitzung und fing langsam an, sie in Trance zu versetzen. Nach einer Weile begann die Patientin zu erzählen und Julia sah die junge Frau von damals augenblicklich vor sich.

Thea Riethausen sprach von Schuld an dem, was ihr passiert war. Sie redete von lauter Musik und einem Club namens *Cats*. Julia stoppte die Aufnahme.

»Dieser Club, *Cats*, den hat sie damals überhaupt nicht erwähnt. Nirgendwo steht, dass sie vor ihrer Vergewaltigung in einer Diskothek war. Aber ich weiß genau, dass mehrere Zeugen ausgesagt haben, dass Mia Wildenbrock am Abend vor ihrer Ermordung genau in dem Club gefeiert hat.«

»Sie kannten sich«, stieß Lenja aus.

Julia nickte und ließ die Aufnahme weiterlaufen. Thea sprach von Birken, von einem Schatten, der sie verfolgte, und von schwarzem Wasser, in dem sie unterging. Sie erinnerte sich an Glassplitter, aber offenbar nicht an die Vergewaltigung. Dr. Schönfelder schien recht zu haben. Thea Riethausen war auch nach all dieser Zeit noch traumatisiert und nicht in der Lage, sich zu erinnern. Julia stoppte die Aufnahme erneut und wiederholte die Stelle, wo Thea Riethausen von dem Fluss berichtete.

»Hört sich so an, als beobachte sie sich selbst aus der Vogelperspektive. Ist das nicht merkwürdig? Wenn sie beispielsweise den Glascontainer beschreibt, dann sehen wir durch ihre Augen.«

»Julia, ich denke, du hast recht. Thea sieht nicht sich selbst, sondern eine andere Frau«, stimmte Lenja ihr aufgeregt zu. »Sie beobachtet den Mord, weil sie vorher auch im *Cats* war. Gab es da nicht einen Park in der Nähe? Lass uns hinfahren und nach Birkenbäumen Ausschau halten. Wir können ihren Weg von dem Club zur Brücke rekonstruieren.«

Julia war sofort Feuer und Flamme. Sie steuerte den Wagen in Richtung Zoobrücke, wo damals die Diskothek war, die es heute nicht mehr gab. Neben dem heruntergekommenen Gebäude erstreckte sich ein Sportzentrum mit Tennisplätzen und mehreren Hallen. Sie parkte vor dem ehemaligen Club, dessen Außenwände über und über mit Graffiti bedeckt waren. Unkraut überwucherte die Stufen zum Eingang. Die Fenster waren mit Brettern vernagelt und bis auf ein zerkratztes Schild deutete nichts mehr auf die Diskothek hin, die vor einem Jahrzehnt Hunderte von Teenagern angezogen hatte.

Julia rüttelte an der Tür. Sie war verschlossen. Sie versuchte sich vorzustellen, wie Thea hier vor zehn Jahren gestanden hatte. Doch es fiel ihr schwer. Sie hatte keine Ahnung, wie sich ein Teenager damals gefühlt hatte. Lenja gesellte sich zu ihr und ließ den Blick über das Gelände schweifen.

»Also«, begann sie nachdenklich und stieg eine Stufe hinab. »Alle drei kürzlich ermordeten Frauen hatten eine Menge Alkohol und Ecstasy im Blut. Nehmen wir mal an, dass damals zumindest viel Alkohol getrunken wurde.« Lenja tat so, als ob sie ein wenig wanken würde, und torkelte ein paar Schritte vorwärts. Dann drehte sie sich zu Julia um. »Wohin würdest du gehen, wenn dir kotzübel ist und du höchstwahrscheinlich nicht willst, dass deine Freunde es mitbekommen?«

Julia spürte für den Bruchteil einer Sekunde die eigene Übelkeit, verdrängte sie jedoch sofort. Sie deutete auf eine Gruppe Bäume, die an das Gelände angrenzten.

»Ich würde frische Luft schnappen und abwarten, bis es mir wieder besser geht.«

»Okay. Das hätte ich auch gemacht.« Lenja stiefelte voraus und spazierte zwischen den Bäumen hindurch.

Julia folgte ihr. »Wenn Thea Riethausen tatsächlich von der Brücke gestürzt wäre oder jemanden dabei beobachtet hätte, dann müsste sie sich in diese Richtung bewegt haben.« Sie deutete auf die Zoobrücke, die sich in einiger Entfernung vor ihnen erhob. Julia hatte keine Ahnung, wie es vor zehn Jahren hier ausgesehen hatte. Köln war eine dynamische Stadt, sie veränderte sich ständig, und sie konnten von dem, was sie heute sahen, nicht unbedingt auf die Vergangenheit schließen.

»Eine Birke«, stellte Lenja fest. »Da vorne.«

Sie stürmte zu dem Baum und umrundete ihn. Julia ging weiter und überlegte, wo Thea Riethausen damals von einer Spaziergängerin gefunden worden war. Sie öffnete eine Karten-App auf ihrem Handy und deutete in die Richtung, in der die Brücke lag. Sie eilten durch den kleinen Park. Ein schmaler Trampelpfad führte weiter durch ein paar Büsche und Bäume zur Brücke, die sich rechter Hand erhob. Geradeaus ging es zum Worringer Bruch, wo Thea Riethausen einige Kilometer entfernt von einer Spaziergängerin aufgelesen worden war.

»Wir bräuchten Satellitenaufnahmen von vor zehn Jahren«, sagte Julia und blickte zur Diskothek zurück. »Andererseits dürfte dieser Trampelpfad wahrscheinlich schon immer hier gewesen sein.«

Lenja nickte. »Thea Riethausen ist vermutlich hier

entlanggegangen und dann ist sie rauf auf die Brücke. Komm.« Lenja ging voraus. »Selbst wenn sie nicht gesprungen ist, hat sie das Wasser ziemlich gut beschrieben. So als ob sie von oben hinuntergeschaut hätte.«

»Richtig«, stimmte Julia ihr zu und überholte Lenja, weil am Fuße der Brücke mehrere Altglascontainer standen. »Kann das sein?«, fragte sie und begutachtete die Öffnungen, durch die die Flaschen nach Farben sortiert hineingeworfen wurden. »Wir könnten bei dem Entsorger nachfragen, ob sich hier immer schon Container befanden.« Julia suchte den Boden ab, auf dem nur vereinzelt Scherben lagen.

Lenja stürmte die Brücke hinauf, blieb jedoch nach einer Weile stehen und drehte sich zu Julia um, die ihr gefolgt war.

»Bis auf die andere Seite ist es ziemlich weit. Ich denke nicht, dass sie rübergelaufen ist«, rief sie.

»Vermutlich nicht, denn sie wurde auf dieser Rheinseite gefunden. Trotzdem hat sie wahrscheinlich hier gestanden und ins Wasser geschaut.« Julia holte zu Lenja auf und blickte hinunter in den trüben Strom des Rheins. Die Brücke war an dieser Stelle bereits sehr hoch. Ein Aufprall auf der Wasseroberfläche dürfte hart wie Beton sein. Kein Wunder, dass Mia Wildenbrock sich das Genick gebrochen hatte.

»Es erscheint mir jedenfalls so, als wären beide Frauen vor diesen Glascontainern gestürzt. Der Besuch in der Diskothek, die Schnittverletzungen, das alles spricht dafür, dass Thea Riethausen und Mia Wildenbrock hier waren. Und zwar am selben Tag. Die Fälle hängen miteinander zusammen, da bin ich mir ziemlich sicher. Vielleicht hat Thea Riethausen gesehen, wie der Täter Mia Wildenbrock von der Brücke gestoßen hat. Oder es war umgekehrt: Mia Wildenbrock hat beobachtet, wie Thea vergewaltigt wurde, und musste deshalb sterben.«

»Aber warum hat die Polizei das damals nicht erkannt?«, fragte Lenja.

Julia zuckte mit den Achseln. »Thea Riethausen war verwirrt, konnte keine Angaben zur Tat machen, ihren eigenen Namen nicht nennen und Mia Wildenbrock wurde ermordet. Zwei verschiedene Abteilungen waren zuständig, vielleicht noch nicht mal im selben Revier, denn Thea wurde viel weiter nördlich von hier aufgefunden. Ich habe Thea Riethausen vor zehn Jahren untersucht und hätte nicht im Traum daran gedacht, dass sich neben der Vergewaltigung auch noch ein Mord ereignet hat. Der Leichnam von Mia Wildenbrock kam erst drei Wochen später ins Institut. Doktor Abel hat ihn obduziert. Es sind zwei unterschiedliche Gewaltdelikte. Der Zusammenhang ist einfach untergegangen, und Thea hatte damals nicht erzählt, dass sie zuvor in der Disco *Cats* war. Das wissen wir erst jetzt durch die Aufnahmen von Doktor Schönfelder. Und sie hat – egal, ob sie es nun selbst war oder jemand anders – auch nie von einer Frau berichtet, die in einen Fluss gefallen ist.«

Julia blickte zurück zum Anfang der Brücke. Ein Auto rangierte dort und parkte schließlich.

»Vielleicht hat der Täter Thea Riethausen genau an

dieser Stelle da unten in seinen Wagen gezerrt«, mutmaßte Lenja.

In Julia schoss eine Erinnerung hoch. »Hatte nicht eine Zeugin im Mordfall Mia Wildenbrock ein verdächtiges Fahrzeug bemerkt?«

31

»Jetzt hör schon auf zu flennen und schreib endlich!«, schnaubte er wütend und drückte ihr den Stift zum wiederholten Mal in die Hand.

Die Frau brachte eine zittrige Linie zu Papier. Eine Träne tropfte von ihrer Wange und ruinierte den Brief endgültig.

»Verdammt noch mal! Stellst du dich bei deinen Patienten etwa auch so dämlich an?« Er zog das Papier weg und legte ihr ein neues hin. Dann atmete er tief durch und sprach mit ruhiger Stimme: »Schreib!«

Die Krankenschwester begann erneut zu schreiben, Tränen rannen ihr unaufhörlich über die Wangen. Er konnte es wirklich kaum glauben, dass diese Heulsuse die Ausbildung überhaupt geschafft hatte.

»Ich bin schuldig und kann so nicht weiterleben. Es tut mir leid«, diktierte er und tupfte ihr die nächste Träne mit einem Taschentuch ab, bevor sie aufs Papier tropfen konnte.

»Aber ich habe nichts getan«, schluchzte sie und blickte ihn aus verquollenen Augen an. Wieder rührte ihre Stimme ihn, doch er ließ es sich nicht anmerken.

»Das genau ist es ja«, wetterte er. »Du hast nichts getan. Gar nichts. Vielleicht hättest du etwas tun sollen.« Er kroch so dicht an sie heran, dass er sie riechen konnte. Er mochte ihren Duft. Mit seiner behandschuhten Hand strich er ihr eine Strähne aus der Stirn. »Auch wenn jemand nichts tut, spricht ihn das nicht frei von Schuld. Verstanden?«

Sie glotzte ihn aus diesen hübschen blauen Augen an. Zwischen seinen Beinen regte sich etwas. Er hatte sie schon immer attraktiv gefunden. Bereits damals, vor all diesen Jahren.

»Bitte«, flehte sie. »Ich will einfach nur nach Hause.«

»Nach Hause?«, stieß er aus und lachte. Wo sollte das denn sein? Was bedeutete es eigentlich? War das ein Ort? Ein Mensch? Eine Liebe oder alles zusammen?

»Ich habe kein Zuhause mehr und du auch nicht«, zischte er, schnappte sich den Brief und stürmte aus dem Keller. Er schloss die Tür ab und lauschte noch einen Moment ihrem Schluchzen. Bei den anderen hatte er nichts empfunden als Verachtung. Bei ihr meldete sich sein Herz. Trotzdem, sie musste sterben für das, was sie getan hatte. Was sie ihm genommen hatte. Niemand kam im Leben einfach so davon. Er stieg die Treppen hinauf und ging zu dem Regal, wo das Foto stand. Wehmütig betrachtete er eines der Gesichter, die er noch nicht durchgekreuzt hatte. Er schluckte und wandte sich ab. Dann nahm er ein Tuch und wischte sorgfältig über den Brief. Er wollte keine Fingerabdrücke oder sonstige Spuren hinterlassen. Nichts, was ihn überführen könnte. Anschließend legte er eine dünne Folie darum und schweißte ihn ein. Jeder sollte wissen, warum die Frauen sterben mussten. Er tat nichts anderes, als für Gerechtigkeit zu sorgen. Und er würde nicht aufhören, bis die Letzte von ihnen ihr Leben ausgehaucht hatte.

32

Florian tippte unruhig mit den Fingern auf das Lenkrad. Er fröstelte, wagte jedoch nicht, den Motor anzustellen. Ein guter Freund aus dem Drogendezernat hatte am frühen Nachmittag die erste Schicht übernommen. Sie überwachten Luca Schwermer auf eigene Faust. Seit zwei Stunden saß Florian in der Dunkelheit. Er fühlte sich hilflos. Luca Schwermer hatte sich bisher nicht draußen blicken lassen. Der Kerl ging ihnen einfach nicht ins Netz. Dabei war Florian sicher gewesen, dass sie Schwermer auf die Schliche kommen würden. Sein Freund hatte sogar unbemerkt durch die Fenster der im Erdgeschoss liegenden Wohnung gesehen, weil sie anfangs glaubten, Luca Schwermer könnte dort ein weiteres Opfer festhalten. Aber Schwermer hatte nur auf der Couch gehockt, Chips gegessen und dabei Fernsehen geschaut. Er wirkte entspannt, als hätte ihm die Vernehmung nicht das Geringste ausgemacht. Vielleicht ahnte er auch, dass sie ihn beobachteten. Florian wünschte sich, dass endlich etwas passierte. Bald würden ihm die Augen zufallen.

Je länger er über die Mordfälle nachdachte, desto mehr zweifelte er. Mit Martin hatte er den halben Tag damit zugebracht, Schwermers mögliche Verbindung zum dritten Opfer Mareike Hohmann zu ermitteln. Sie hatten die IT eingebunden, die das Internet nach Posts und Kommentaren von ihm durchsucht hatte. Schwermers Freunde und Bekannte waren befragt worden. Doch niemand brachte ihn mit Mareike Hohmann in Zusammenhang. Auch über die anderen beiden Tatverdächtigen hatten sie keine neuen Erkenntnisse gewonnen. Frustriert trommelte Florian aufs Lenkrad und starrte wie paralysiert auf die verdammten Fenster von Schwermers Wohnung.

Jemand klopfte an die Seitenscheibe des Wagens und er zuckte unwillkürlich zusammen.

»He, Partner, jetzt bin ich dran«, sagte Martin und deutete auf seinen Wagen, der hinter ihm parkte.

Florian war so fixiert auf das Haus gewesen, dass er Martin überhaupt nicht bemerkt hatte.

Müde streckte er sich. »Ich fahre noch mal ins Büro und wälze die Akten«, erklärte er und ignorierte Martins Kopfschütteln. »Ich habe einfach kein gutes Gefühl bei der Sache. Wenn der Täter ein anderer ist und weitermacht wie bisher, tötet er bald die nächste Frau. Vielleicht hat er es sogar schon getan und wir hocken hier rum.«

»Wir könnten klingeln und Luca Schwermer fragen,

ob er uns in die Wohnung lässt und mit uns redet«, schlug Martin vor, doch Florian winkte ab.

»Der Kerl sagt ohne seinen Anwalt gar nichts. Wahrscheinlich öffnet er uns nicht mal die Tür oder schlägt sie gleich wieder zu, sobald er uns sieht. Wenn Hermann Meier mitbekommt, dass wir den Mistkerl überwachen, dürfen wir abziehen.«

»Okay. Ich übernehme ab sofort und du solltest nach Hause fahren und eine Runde schlafen. Ich halte hier die Stellung.« Martin setzte sich in seinen Wagen.

Florian startete den Motor und fuhr ohne Licht los. Erst als er ein ganzes Stück vom Haus entfernt war, schaltete er es ein und gab Gas. Gedankenverloren steuerte er durch die Straßen zum Polizeirevier.

Zurück im Büro betrachtete er das Whiteboard und anschließend die Aktenstapel auf seinem Tisch. Er dachte an Julia und sehnte sich plötzlich extrem nach ihrer Nähe. Doch sein Verlangen musste warten. Ihre Worte kreisten durch seinen Kopf. Vielleicht musste er tatsächlich ganz neu ansetzen. Er schlug die Akte von Mia Wildenbrock auf, die vor zehn Jahren ermordet worden war, und ging den Autopsiebericht durch. Florian konnte sich zwar nicht vorstellen, dass dieser uralte Fall wirklich mit den aktuellen Taten zusammenhing, aber Julia besaß ein ausgeprägtes analytisches Talent. Wenn sie einen Zusammenhang sah, dann gab es ihn vermutlich auch. Julia orientierte sich fast ausschließlich an Fakten, was ihr in ihrem Institut den Spitznamen *Eislady* eingebracht hatte. Er lächelte still vor sich hin. Meine Eislady, dachte er liebevoll und griff sich die Akte des Vergewaltigungsfalls. Er vertiefte sich in die Dokumente einschließlich Julias Gutachten. Die Schnittwunden durch die Scherben, die offenbar ebenfalls von Flaschen stammten, stimmten ihn nachdenklich. Florian legte den Autopsiebericht von Mia Wildenbrock daneben. Zeile für Zeile verglich er die aufgeführten Verletzungen. Anschließend nahm er sich die Zeugenberichte vor.

Er schrieb sich die Ziffern des Kennzeichens von einem unbekannten Pkw auf, die damals von einer jungen Frau genannt wurden. Die zuständigen Beamten hatten weder das Auto noch den Fahrer ermitteln können. Er überprüfte parallel die Aussage eines Zeugen, der im Vergewaltigungsfall von Thea Riethausen ebenfalls ein Fahrzeug gesichtet hatte, allerdings fast zehn Kilometer weiter nördlich von der Zoobrücke entfernt im Worringer Bruch. Auch dieser Zeuge hatte nur einen Teil des Kennzeichens nennen können. Beide Zeugen hatten die Farbe des Fahrzeugs erkannt. Es handelte sich um einen silbernen Wagen. Leider konnte sich Thea Riethausen an nichts erinnern, auch nicht daran, wo der Täter sie in sein Auto gezerrt hatte. Florian notierte sich die Angaben zum Kennzeichen, die lediglich Buchstaben enthielten. Er kombinierte die Buchstaben mit den Ziffern aus der anderen Zeugenaussage und begann trotz des unvollständigen Kennzeichens in der Datenbank zu suchen. Eine Menge Fahrzeuge passten auf die möglichen Kombinationen. Er strich alle Wagen, die in den letzten neuneinhalb Jahren zugelassen worden waren. Dann konzentrierte er sich auf die Autos mit silberner Lackierung. Mehr als zwanzig Fahrzeughalter wurden ihm ausgespuckt. Er benötigte über eine Stunde, um sie alle zu überprüfen. Erst ganz am Schluss, als er schon fast aufgeben wollte, fiel ihm jemand mit einer langen Liste von Vorstrafen ins Auge. Sein Herz hämmerte plötzlich schneller und seine Hand griff wie von selbst zum Telefon.

33

»Das gibt es doch nicht.« Julia betrachtete erschüttert den Mann auf dem Foto, den Florian anhand der Angaben zum Kennzeichen ermittelt hatte. Mirco Kühnert blickte sie aus harmlosen blauen Augen an. Um seine Mundwinkel zuckte ein Lächeln, obwohl er nur Stunden vor der Entstehung dieser Aufnahme wegen Vergewaltigung verhaftet worden war. Kühnert hatte die damalige Diskothek gemeinsam mit drei Freunden gehört. Es war ihm also ein Leichtes gewesen, nach jungen Frauen Ausschau zu halten und ihnen mit Drogen präparierte Drinks zu servieren.

»Dem Typen würde ich die Morde zutrauen«, brummte Martin Saathoff. »Der hat ja schon einiges auf dem Kerbholz. Betrug, Vergewaltigung und Körperverletzung. Bis vor einem Jahr saß er fast durchgängig im Knast, was auch erklären könnte, warum derartig viel

Zeit zwischen dem Mord an Mia Wildenbrock und den neuen Fällen vergangen ist.«

»Die Strafakte gibt wirklich jede Menge her«, stimmte Julia ihm zu und blätterte darin.

Florian sah auf die Uhr und seufzte. »Ich habe keine Ahnung, weshalb das so lange dauert.«

Hermann Meier hatte versprochen, einen Durchsuchungsbeschluss zu erwirken. Auch wenn sie momentan nicht beweisen konnten, dass Kühnert hinter den aktuellen Morden steckte, so erschien es mehr als wahrscheinlich, dass er die Taten vor zehn Jahren begangen hatte.

Julia überflog den Polizeibericht. Einer Zeugin war damals ein großer, kräftiger Mann mit kurzen dunklen Haaren aufgefallen. Die Beschreibung passte auf Mirco Kühnert. Der Diskothekenbesitzer hatte vor gut neun Jahren eine Frau in einem Kölner Park missbraucht, die ihn erkannt und angezeigt hatte. Ein paar Jahre nach der dreijährigen Haftstrafe hatte er erneut wegen Körperverletzung eingesessen. Er wohnte in Köln Niehl, also ganz in der Nähe der Stelle, wo sie mit Lenja den Täter am Rheinhafen gesehen hatte.

»Wir brauchen eine Gegenüberstellung«, schlug Martin Saathoff vor. »Vielleicht kann Thea Riethausen den Mann identifizieren. Und wer weiß, möglicherweise hilft das auch ihrem Gedächtnis insgesamt auf die Sprünge.«

»Eventuell gelingt uns durch ihre Aussage eine Verknüpfung mit den aktuellen Fällen«, sagte Julia aufgeregt. »Ich erinnere nur an Rafaela Domberts letzte Worte. Sie sprach von einer Mira oder Mia. Mia Wildenbrock, Jana Albrecht und Rafaela Dombert sind zur selben Schule gegangen. Sie haben am Abend des ersten Mordes im *Cats* gefeiert, gemeinsam mit Mareike Hohmann. Es wäre doch denkbar, dass Thea Riethausen an diesem Abend ebenfalls im *Cats* war und die anderen vier kannte. Wir haben uns ihre Hypnosesitzungen angehört. Sie spricht von diesem Club. Außerdem von einer Schuld, die sie trägt, und in den Abschiedsbriefen steht auch etwas von Schuld. Da muss es einen Zusammenhang geben.«

»Aber Doktor Schönfelder wird uns nicht mit ihr sprechen lassen«, warf Lenja ein. »Er wollte sogar einen richterlichen Beschluss, falls wir die Polizei miteinbeziehen.«

»Richterlicher Beschluss?« Die Stimme kam von der Tür. Hermann Meier blickte kritisch in die Runde und wedelte mit einem Dokument in der Hand. »Ich konnte glücklicherweise den Richter dazu bringen, mir alles zu unterschreiben. Wir haben einen Durchsuchungsbeschluss und die Klinik, in der Thea Riethausen behandelt wird, muss uns die Akten herausgeben. Die Befragung der Patientin – im Beisein eines Arztes – ist natürlich mit eingeschlossen. Übrigens …« Er legte die Beschlüsse auf den Tisch. »Der Richter sieht aufgrund der Beweislage noch keinen Zusammenhang mit den neuen Frauenmorden. Strengen Sie sich also an!«

»Prima!« Florian schnappte sich die Dokumente. »Anna Schubert kann mit ihrem Team sofort loslegen und die Wohnung von Mirco Kühnert durchsuchen.

Wir fahren in die Klinik.« Er sah abermals auf die Uhr. »Um neun sind wir da.«

Sie sprangen auf und drückten sich an Hermann Meier vorbei aus dem Büro.

»Und kommen Sie mir ja nicht ohne handfeste Beweise zurück«, rief er ihnen hinterher, als sie das Treppenhaus zur Tiefgarage betraten.

Während Florian mit überhöhter Geschwindigkeit durch Köln raste, instruierte Martin Saathoff telefonisch die Leiterin der Spurensicherung. Julia saß mit Lenja auf der Rücksitzbank und hatte Schwierigkeiten, ihre Morgenübelkeit unter Kontrolle zu bekommen. Sie spürte Lenjas Blicke auf sich, wandte sich jedoch ab. Bis jetzt hatte sie das Ergebnis des Schwangerschaftstests geheim gehalten und versuchte, es beiseitezuschieben. Doch langsam fiel ihr das immer schwerer. Sie freute sich auf das Baby, aber sie wollte sicherheitshalber noch einen Test beim Gynäkologen machen. Ob ihre Assistentin ahnte, was mit ihr los war? Lenja hielt ihr wortlos einen Butterkeks hin. Julia nahm ihn dankbar an und knabberte darauf herum. Immerhin fühlte sie sich gleich ein wenig besser. Sie beobachtete, wie Florian das Steuer herumriss und in eine Kurve fuhr. Wie er die Neuigkeiten wohl aufnehmen würde?

Lenjas Handtasche schien in Wirklichkeit ein Picknickkoffer zu sein. Sie hatte nicht nur Kekse dabei, sondern auch Wasser.

»Trinken hilft«, bemerkte sie, als sie wieder auf gerader Strecke unterwegs waren.

Julia war froh, als sie endlich an der Klinik ankamen. Der eisige Wind trug ihre Übelkeit fort. Die Klinik wirkte genauso trostlos wie bei ihrem ersten Besuch, nur der Vogel mit den schwarzen Knopfaugen fehlte. Sie gingen wie das letzte Mal auf die Frau hinter dem Tresen zu. Erstaunlicherweise entspannte sich ihr mürrisches Gesicht, als Martin Saathoff sie grüßte.

»Ich rufe Doktor Schönfelder sofort«, versprach sie lächelnd und wählte seine Rufnummer.

»Folgen Sie mir, Herr Saathoff«, sagte sie, nachdem sie aufgelegt hatte, und lief voraus. »Ich wollte schon immer mal einen echten Kriminalkommissar treffen«, gestand sie kichernd, als sie vor Dr. Schönfelders Büro standen. Sie klopfte an und winkte sie durch. Nach wie vor lächelnd begab sie sich zurück zu ihrem Tresen, während Julia ihr staunend hinterhersah.

»Willkommen«, sagte Dr. Schönfelder und reichte ihnen nacheinander die Hand. »Wie kann ich Ihnen heute helfen?«

Florian stellte sich und Saathoff kurz vor und überreichte ihm den richterlichen Beschluss. »Es gibt neue Entwicklungen in dem Fall und wir müssten dringend mit Thea Riethausen sprechen.«

Dr. Schönfelder überflog das Dokument und machte ein unglückliches Gesicht. »Ich weiß nicht, wie gut meine Patientin diesen Stress verkraftet. Ich habe Doktor Schwarz und Ihrer Kollegin ja bereits Kopien sämtlicher Unterlagen ausgehändigt. Aber eine Befragung ...« Er kratzte sich am Hals und dachte nach. »Ich verstehe Ihre Not. Hätten Sie denn etwas dagegen, wenn Doktor

Schwarz und ich mit ihr reden? Wenn zu viele unbekannte Personen um die Patientin herum sind, wird sie garantiert in Panik verfallen und gar nichts mehr sagen.«

»Selbstverständlich«, entgegnete Florian. »Dürften wir in der Zwischenzeit die Patientenakten einsehen? Womöglich entdecken wir noch weitere Zusammenhänge.«

»Zusammenhänge?« Dr. Schönfelder warf Florian einen scharfen Blick zu.

»Wir gehen davon aus, dass Frau Riethausen nicht das einzige Opfer des Täters war.«

»Verstehe.« Dr. Schönfelder öffnete die Tür zum Nebenbüro und wies seine Sekretärin an, sämtliche Unterlagen von Thea Riethausen herüberzubringen. »Machen Sie es sich hier gemütlich. Sie dürfen gerne den CD-Player benutzen, falls Sie die Hypnosesitzungen anhören möchten.«

Florian drückte Julia je ein Foto von Mirco Kühnert, Mia Wildenbrock und den drei neuen Opfern in die Hand. Sie folgte Dr. Schönfelder in den Gebäudetrakt, der für die Behandlung und Unterkunft der Patienten vorgesehen war.

»Wir behandeln Patienten bei uns stationär und ambulant«, erklärte er Julia. »Die Patienten können das komplette Gebäude einschließlich Garten nutzen. Wir haben damit bisher gute Ergebnisse erzielt.«

»Das heißt, die Patienten können sich untereinander austauschen, auch wenn sie nicht dauerhaft hier untergebracht sind?«

Dr. Schönfelder nickte. »Ja, es gilt sozusagen das Motto: Geteiltes Leid ist halbes Leid.«

»Das finde ich gut. Austausch ist immer wichtig«, sagte Julia und folgte Dr. Schönfelder durch eine weitere Tür in eine Halle, die wie ein Wintergarten angelegt war. Obwohl der Himmel draußen keinen Sonnenstrahl durch die dichte Wolkendecke ließ, wirkte sie hell und freundlich. Zudem lud die Einrichtung zum Entspannen ein. Mehrere Loungemöbel reihten sich aneinander. Das Bücherregal an der Wand war vollgestopft mit Literatur. Große Zimmerpflanzen schufen eine beruhigende Atmosphäre.

»Thea Riethausen sitzt häufig hinten am Fenster.« Dr. Schönfelder deutete auf einen Ohrensessel und durchquerte den Raum.

Julia folgte ihm. Die hohe Sessellehne erlaubte ihr keinen Blick auf die Person, die dort sitzen könnte. Erst als sie um den Sessel ging, bemerkte sie die Frau, die zusammengesunken in die grauen Wolken starrte. Es war dieselbe Frau, die sie vor zehn Jahren nach der Vergewaltigung untersucht hatte. Julia erkannte sie wieder, Thea Riethausen hingegen nahm zunächst keine Notiz von ihr.

»Thea, wie geht es Ihnen heute Morgen?«, begrüßte Dr. Schönfelder die Patientin.

Thea Riethausen erwachte aus ihrer Trance, nickte knapp und musterte Julia neugierig.

»Guten Tag, Thea. Mein Name ist Julia Schwarz. Erkennen Sie mich? Ich habe Sie damals untersucht. Nach dem Überfall.«

Auf Theas Stirn bildeten sich tiefe Falten. Offenbar kramte sie in ihrem Gedächtnis.

»Doktor Schönfelder hat mir von Ihnen erzählt«, sagte sie leise, wobei es Julia so vorkam, als würde Thea Riethausen sie trotzdem nicht wiedererkennen.

»Thea, es gibt erfreuliche neue Entwicklungen. Die Polizei hat den Fall wiederaufgenommen und Doktor Schwarz möchte Ihnen deshalb ein paar Fragen stellen.«

»Ich weiß nicht, ob ich darüber reden kann.« Theas Stimme klang hoch, dünn und viel zu aufgeregt. Sie wirkte verstört, fast so, als wäre die Vergewaltigung gerade erst und nicht zehn Jahre zuvor passiert.

»Thea, ich möchte Ihnen helfen«, sagte Julia und suchte ihren Blick, der wie ein verirrter Vogel im Raum kreiste.

»Ich kann mich nicht an den Mann erinnern. Wirklich.«

»Ich weiß. Das müssen Sie auch nicht.«

»Aber Doktor Schönfelder will es und Alex auch. Sie fragen mich ständig nach ihm, und jetzt sind Sie hier und wollen es ebenfalls wissen.« Thea fuchtelte mit den Armen, sodass ihre Ärmel ein Stückchen hinaufrutschten und ein paar frische Schnittwunden preisgaben.

»Entspannen Sie sich, Thea. Wir tun nur das, was Sie zulassen. Einverstanden?«, fuhr Dr. Schönfelder mit ruhiger, sanfter Stimme dazwischen.

Julia beschloss, mit den Fotos der Opfer zu beginnen und sich Mirco Kühnert für den Schluss aufzuheben.

Sie hielt Thea eine Aufnahme von dem letzten Opfer Mareike Hohmann hin.

»Kennen Sie diese Frau?«

Thea schaute einen Augenblick auf das Foto und schüttelte den Kopf. »Kommt mir zwar irgendwie bekannt vor, aber ich denke nicht, dass ich sie wirklich kenne.«

»Und diese beiden?« Julia zeigte ihr die Bilder von Jana Albrecht und Rafaela Dombert.

Thea Riethausen begann unruhig in ihrem Sessel herumzurutschen. Julia war sich sicher, dass sie beide Frauen kannte, doch Thea sprang nervös auf.

»Darf ich auf mein Zimmer? Es ist mir zu anstrengend.«

Julia ahnte, dass sie keine zweite Chance bekam, und zog das Bild von Mirco Kühnert hervor.

»Ist das der Mann, der Ihnen wehgetan hat?«

Thea Riethausen erstarrte. In ihrer Miene spiegelte sich die nackte Angst. Minutenlang rührte sie sich nicht. Dann ließ sie sich zurück in den Sessel plumpsen.

»Er ist es«, flüsterte sie tonlos. Ihre Augen füllten sich mit Tränen. »Er ist es«, wiederholte sie und sah Julia an. »Haben Sie ihn? Sitzt er im Gefängnis?«

»Noch nicht, aber bald. Dank Ihrer Aussage, Thea.« Julia holte das letzte Foto hervor, das Mia Wildenbrock zeigte.

»Haben Sie diese Frau gesehen an jenem Abend, als er Sie vergewaltigt hat?«

»Mia. Sie war meine Freundin«, stieß Thea aus und schlang die Arme um den Oberkörper. »Ich bin schuld.«

Sie wimmerte und wiegte sich vor und zurück. »Ich bin schuld«, flüsterte sie ununterbrochen.

»Sie sind nicht schuld!« Dr. Schönfelder hockte sich zu Thea und umfasste ihre Hände. »Thea, Sie können nichts dafür. Er hat Sie vergewaltigt. Es ist seine Schuld.«

Thea schüttelte heftig den Kopf. »Sie verstehen überhaupt nichts. Ich habe gesehen, wie er Mia von der Brücke stieß, und ich konnte ihr nicht helfen. Es ging alles viel zu schnell.« Theas Augen waren weit aufgerissen. Aber sie wirkten klar, so als ob sie sich plötzlich wieder an jede Einzelheit aus ihrer Vergangenheit erinnerte.

»Er hat Mia in den Rhein gestoßen und dann hat er mich zu seinem Auto gezerrt.« Sie schlug die Hände vors Gesicht und fing an zu weinen. »Wir haben einfach nur getanzt. Ich habe mich in der Musik verloren, und auf einmal bemerkte ich, dass Mia nicht mehr neben mir war. Ich habe sie gesucht. Bin raus aus dem Club und rief nach ihr. Doch sie war verschwunden. Ich bin umhergeirrt und habe sie schließlich oben auf der Brücke mit diesem Mann gesehen. Er hatte sie im Nacken gepackt. Ich wusste sofort, was er vorhatte. Ich rannte hinauf, aber als ich da war, fiel sie bereits. Ich kam zu spät.« Thea Riethausens zierlicher Körper bebte heftig unter den Weinkrämpfen.

»Sie sind nicht für den Tod Ihrer Freundin verantwortlich«, sagte Dr. Schönfelder sanft. »Sie hätten ihn nicht aufhalten können. Sie konnten den Mann doch anschließend auch nicht davon abbringen, dass er Sie in sein Auto zerrte. Sie waren ihm körperlich unterlegen.«

Thea Riethausen hörte Dr. Schönfelder nicht mehr zu. In ihren Augen konnte Julia sehen, dass sie sich ganz weit in sich selbst zurückgezogen hatte.

»Wir müssen Schluss machen.« Dr. Schönfelder legte Thea eine Decke um die Schultern. »Sie braucht jetzt erst einmal Ruhe.«

»Ich danke Ihnen, Thea«, sagte Julia. »Sie haben dafür gesorgt, dass der Täter nicht nur für das Verbrechen gegen Sie, sondern auch für den Mord an Ihrer Freundin zur Verantwortung gezogen werden kann.«

34

Die Dunkelheit hatte sich über Köln und die Kleingartenkolonie gelegt, in der Mirco Kühnert vielleicht achthundert Meter entfernt vom Rhein einen Garten gepachtet hatte.

»Da brennt aber kein Licht«, flüsterte Julia und deutete auf die heruntergekommene Laube, die in völlige Schwärze eingehüllt war.

»Wir müssen da rein, und falls er nicht da ist, können wir zumindest Spuren sichern«, brummte Florian und winkte Martin Saathoff mit sich.

Die Spurensicherung hatte Mirco Kühnerts Wohnung, die gleich um die Ecke lag, bereits auf den Kopf gestellt. Sie hatten einen ganzen Karton voller Fotos gefunden, die allesamt junge Frauen in der ehemaligen Diskothek zeigten. Kühnert hatte seinen Besucherinnen hundertfach nachgestellt. Schnappschüsse von Mareike Hohmann und Jana Albrecht, die mehr als zehn Jahre alt waren, hatten sie inzwischen sichergestellt. Julia war sich sicher, dass Weitere hinzukommen würden, sobald sich die Polizei durch die Beweisstücke gearbeitet hatte. Immerhin hatten sie nach Thea Riethausens Aussage einen Haftbefehl erwirken können. Das Glück schien momentan auf ihrer Seite zu sein, denn Kühnert fuhr noch immer den silbernen Wagen, in dem er Thea Riethausen vergewaltigt hatte. Alles, was fehlte, war der Verdächtige. Die Spurensicherung hatte vor Stunden seine Wohnung durchsucht und das Haus abgesperrt. Womöglich hatte Kühnert die Situation erkannt und war untergetaucht. Er konnte sich vermutlich denken, dass die Polizei früher oder später auch vor seiner Gartenlaube stand. Vielleicht rechnete er nicht mit diesem Tempo, aber der Pachtvertrag lief auf seinen Namen und damit war es nur eine Frage der Zeit gewesen. Julia zweifelte allerdings daran, dass der Mann seelenruhig in seiner Gartenlaube schlief. Sie hatte mit Lenja darum gebeten, die Aktion begleiten zu dürfen, und hielt sich mit ihr im Hintergrund.

Florian gab das Zeichen zum Zugriff. Eine Handvoll schwarz gekleideter Polizisten löste sich aus der Dunkelheit und jagte zu dem zugewucherten Kleingarten. Sie umstellten die Laube und ein Polizist rief laut Mirco Kühnerts Namen. Als sekundenlang nichts geschah, wurde die Tür eingerammt und die Einsatztruppe stürmte hinein.

Noch bevor Julia Luft holen konnte, kamen sie mit einem Mann wieder heraus. Sie zwangen ihn auf die

Knie. Jemand legte ihm Handschellen an. Der Schein einer Taschenlampe leuchtete ihm ins Gesicht.

»Das ist nicht Mirco Kühnert«, erklärte Florian aufgebracht und zerrte den Unbekannten auf die Füße.

»Wo ist Mirco Kühnert?«, fragte er.

»Keine Ahnung«, brummte der bärtige Kerl.

»Wer sind Sie?«

»Frank Peters. Was wollen Sie von mir? Machen Sie mich gefälligst los.«

Florian ging nicht darauf ein. »Wir nehmen Sie vorläufig fest. Zur Feststellung Ihrer Personalien kommen Sie mit aufs Revier. Vielleicht fällt Ihnen dann ein, wo sich Mirco Kühnert aufhält.«

Peters blitzte ihn wütend an und schwieg. Florian winkte die Einsatzkräfte heran und ließ Peters zu einem Einsatzfahrzeug bringen.

»Haben Sie die Laube abgesucht?«, fragte er den Einsatzleiter.

Dieser nickte. »Alles sauber«, meldete er.

»Verdammt«, schimpfte Florian und sah zu Martin Saathoff. »Wir müssen die Fahndung ausweiten. Der Kerl darf uns nicht entkommen.«

»Ich erledige das.« Saathoff entfernte sich, um zu telefonieren.

Julia drängte sich stumm an ein paar Einsatzkräften vorbei in die Hütte. Dicht hinter ihr folgte Lenja. Julia zog sich Gummihandschuhe an und schaltete das Licht ein. Im Inneren der Laube standen ein schäbiges Sofa, ein Couchtisch, der über und über mit Zigarettenstummeln bedeckt war, und ein Fernseher, vor dem zwei

Dutzend Bierflaschen herumlagen. Rechter Hand hing ein fleckiger Vorhang. Julia schob ihn zur Seite und rümpfte die Nase. Der ganze Raum war mit Zigarettengestank erfüllt. Angewidert ließ sie den Vorhang sinken und wandte sich enttäuscht zu Lenja um.

»Ich habe fast befürchtet, dass wir den Mistkerl hier nicht antreffen«, sagte sie und hielt verdutzt inne.

»Hast du dich verletzt?«

Lenja schüttelte irritiert den Kopf. »Nein, wieso?«

Julia deutete auf Lenjas Schulter. Ein dicker dunkelroter Tropfen breitete sich dort aus. Lenja wischte ihn entsetzt weg und im selben Augenblick landete ein weiterer Tropfen auf ihrem Mantel.

Lenja öffnete den Mund, doch Julia bedeutete ihr zu schweigen.

»Hier ist nichts«, sagte sie laut und blickte hoch zur Decke. Am Rand einer Luke, die ihr bis dahin nicht aufgefallen war, sammelte sich rote Flüssigkeit. Da oben war jemand. Sie riss Lenja mit sich nach draußen und stürmte auf Florian zu.

»Irgendwer ist auf den Dachboden geklettert«, flüsterte sie und zeigte auf Lenjas blutbefleckten Mantel. »Jemand, der ziemlich stark blutet.«

»In diesem flachen Dach?« Florian sah sie ungläubig an.

Er winkte den Einsatzleiter herbei. Innerhalb weniger Sekunden bezog das Team erneut Stellung. Fenster und Türen wurden gesichert. Drei Männer schlichen in die Laube. Es polterte gewaltig, als sie die Luke zum Dach aufstießen. Ein dumpfer Schrei drang herüber. Dann krachte es und die Polizisten schleiften einen Mann ins Freie.

Julia atmete auf.

Sie hatten ihn erwischt.

Mirco Kühnert blutete heftig aus einem langen Schnitt am Unterarm, den er sich vermutlich zugezogen hatte, als er sich in dem engen Dach versteckte. Er wehrte sich nicht. Jemand legte ihm einen Druckverband an, um die Blutung zu stoppen. Eine zweite Person die Fußschellen. Florian und Martin Saathoff verhafteten ihn. Julia spürte nichts als Erleichterung. Endlich war dieser Albtraum vorbei.

35

»Sehr gute Arbeit«, lobte Hermann Meier Julia und Lenja leise, während sie vom Nebenraum aus dem Verhör von Mirco Kühnert folgten. Es war kurz nach Mitternacht und niemand hatte bis zum nächsten Morgen mit der Vernehmung warten wollen, selbst der Leiter des Kriminalkommissariats nicht. Florian und Martin Saathoff mussten Kühnert nicht sonderlich in die Enge treiben. Die Beweise gegen ihn waren erdrückend. Anna Schubert hatte tatsächlich ein paar uralte Blutspuren von Thea Riethausen im Kofferraum von Kühnerts Wagen sichergestellt. Zusammen mit ihrer Aussage reichte das für eine Verurteilung völlig aus. Auch den Mord an Mia Wildenbrock hatte Kühnert gerade zugegeben. Er hatte seine Opfer im *Cats* beobachtet, fotografiert und mit Alkohol und Drogen gefügig gemacht.

»Warum haben Sie Mia Wildenbrock von der Brücke in den Rhein gestoßen?«

Mirco Kühnert verzog das Gesicht zu einer hässlichen Fratze. Julia musste genauer hinsehen, bevor sie erkannte, dass er grinste.

»Ich hatte keine Ahnung, dass die Kleine nicht schwimmen kann.«

Florian kroch fast über den Tisch. Julia konnte seine angespannten Rückenmuskeln sehen.

»Mia Wildenbrock hat sich beim Aufprall auf die Wasseroberfläche das Genick gebrochen. Das hätte Ihnen bei der Höhe der Brücke doch klar sein müssen.«

Das Grinsen wollte nicht aus Kühnerts Gesicht verschwinden. Es verbreiterte sich sogar.

»Sie war eine kleine Schlampe. Fast hätte ich es ihr einmal auf der Damentoilette besorgt. Aber sie hat sich angestellt. Später bin ich ihr hinterher, und sie tat so, als wolle ich sie auffressen. Sie ist davongelaufen. Auf der Brücke habe ich sie eingeholt, und dann fing sie doch tatsächlich an, mir zu drohen. Von wegen, sie wäre minderjährig und ich hätte sie auf der Toilette angefasst. Die Schlampe hatte heimlich ein Video aufgenommen und wollte mich anzeigen. Da hat es mir gereicht. Ich habe sie gepackt und mitsamt ihrem Scheiß-Handy in den Fluss geschmissen. Und als ich mit ihr fertig war, stand da diese wunderschöne Kleine. Hat am ganzen Leib gezittert. Da hab ich sie mitgenommen und na ja, den Rest kennen Sie.«

Julia schluckte ob Kühnerts Kaltblütigkeit.

Martin Saathoff fasste die Aussage zusammen: »Sie haben als Mitinhaber der Diskothek permanent Aufnahmen von jungen Besucherinnen gemacht, sie beobachtet, unter Drogen gesetzt und sind dann zudringlich geworden.«

Mirco Kühnert nickte. »Ja, verdammt. Die meisten haben es doch gewollt. Und für die eine Sache hab ich gesessen. Die miese kleine Schlampe hatte es sich mittendrin anders überlegt. Da kann ein Mann irgendwann nicht mehr zurück. Was erwarten die denn? Tragen kaum was am Leib und wollen behandelt werden wie eine prüde Jungfrau.«

»Thea Riethausen hat sicherlich deutlich Nein gesagt«, fuhr Florian dazwischen.

Kühnert zuckte mit der Schulter. »Sie hat sich ein bisschen gewehrt. War wohl noch Jungfrau, da kommt so was schon mal vor. Aber ich hab sie ja schließlich nicht umgebracht.«

Martin Saathoff deutete auf die Fotos der neuen drei Opfer, die sie in Kühnerts Wohnung sichergestellt hatten, und fragte ihn nach seinen Alibis. Er hatte offenbar keine. Der Mann verzog die Lippen abermals zu einem fiesen Grinsen.

»Mein Kumpel Frank war in letzter Zeit meistens bei mir. Sie haben ihn gerade kennengelernt. Ich habe die Mädchen fotografiert. Na und?«

»Sie haben mit ihnen dasselbe gemacht wie mit Mia Wildenbrock und noch ein bisschen mehr.«

»Dürfen Sie mich überhaupt mitten in der Nacht in die Mangel nehmen? Ich brauche doch einen Anwalt, oder nicht?« Er bäumte sich auf und funkelte Florian und Martin Saathoff wütend an. »Soll ich Ihnen mal was sagen? Ich erzähle Ihnen gar nichts mehr. Und wissen Sie auch, warum? Ich gehe nicht zurück in den Knast. Kapiert?« Er verschränkte die Arme vor der Brust und schob trotzig die Unterlippe vor.

»Wir möchten erfahren, was Sie mit diesen drei Frauen angestellt haben. Je eher Sie kooperieren, desto besser wird die ganze Sache für Sie ausgehen.« Florian gab sich alle Mühe, Kühnert wieder zum Reden zu bringen, aber es war zwecklos. Der Mann hatte seine Entscheidung getroffen. Sie würden mindestens bis zum nächsten Tag mit der Fortführung der Vernehmung warten müssen.

36

Thea wälzte sich unruhig in ihrem Bett. Die Bilder der Vergangenheit stürzten unablässig auf sie ein. Es war, als hätte jemand die Büchse der Pandora geöffnet, die sich jetzt nicht mehr schließen ließ. Sie sah Mirco Kühnert über sich. Sie spürte, wie er brutal in sie eindrang und wie etwas in ihr zerriss. Wie der Schmerz in ihr hochschoss und sich in ihrem ganzen Körper ausbreitete.

»Nein!«, schrie sie und fuhr hoch. Sie tastete nach dem Lichtschalter und schloss gleichzeitig die Augen, weil sie von der grellen Helligkeit geblendet wurde.

Als sie die Lider wieder ein wenig öffnete, zuckte sie erschrocken zusammen.

»Du hast geschrien. Was ist denn los?«

Thea atmete auf. Es war nur Alex. Sie schmiegte sich in seine Arme und weinte bitterlich.

»Ich halte das nicht mehr aus«, schluchzte sie. »Ich sehe diesen Mann ständig vor mir.«

»Du kannst dich an ihn erinnern?«

Erst jetzt wurde Thea bewusst, dass Alex von den neuen Entwicklungen noch gar nichts mitbekommen hatte. Sie berichtete ihm von Dr. Schönfelder und der Rechtsmedizinerin, an die sie sich überhaupt nicht richtig entsinnen konnte. Dafür wusste sie, seit sie das Foto von Mirco Kühnert gesehen hatte, haargenau wieder, was ihr geschehen war. So als wäre es gestern gewesen.

»Und wird dieser Kerl nun verhaftet?«, fragte Alex und drückte sie an sich.

»Ich denke schon. Er hat ja auch Mia auf dem Gewissen.«

Sie spürte, wie Alex sich versteifte.

»Wie meinst du das? Wurde noch jemand vergewaltigt?«

Thea schüttelte den Kopf. Die Tränen schossen erneut in ihr hoch. »Ich habe mit angesehen, wie dieser Mann meine Freundin Mia von der Brücke gestoßen hat. Ich wollte ihr helfen, aber ich war zu spät und total geschockt. Ich konnte nicht einmal um Hilfe schreien.«

»Du warst dabei, als deine Freundin von der Brücke fiel?«

»Ja. Es war schrecklich. Ich werde mir das nie verzeihen. All die Jahre dachte ich, ich fühle mich schuldig wegen der Vergewaltigung. Dabei war es nur eine Art Übertragung, wie Doktor Schönfelder mir vorhin erklärt hat. Er glaubte immer, dass ich mich schuldig fühle, weil ich den Vergewaltiger vielleicht angeheizt hätte durch meine Kleidung oder mein Verhalten.

Heute jedoch wurde ihm klar, dass ich den Mord an Mia miterlebt habe. Ich hatte das die ganze Zeit verdrängt, aber unbewusst fühlte ich die Schuld, weil ich nicht geholfen habe. Doktor Schönfelder meint aber, nichts hätte den Täter abhalten können. Ich sei nicht schuld.« Sie blickte zu Alex auf. »Dabei fühle ich mich immer noch schuldig. Genau wie du wegen deiner Schwester.«

Alex' Blick verfinsterte sich, wie jedes Mal, wenn sie sein Schicksal erwähnte. Er sprang auf.

»Bitte. Lauf nicht schon wieder weg«, bat Thea, doch Alex hatte bereits die Tür erreicht und riss sie auf. Er verschwand ohne ein weiteres Wort.

Thea wollte jetzt nicht allein sein. Sie brauchte ihn. Es war so schön, dass er sie besucht hatte. Vielleicht bedeutete sie ihm ja etwas. Immerhin hatte er sich nachts in die Klinik geschlichen, um sie zu sehen. Sonst kam er nur tagsüber zu seinen Therapiesitzungen hierher. Sie huschte aus dem Zimmer und sah gerade noch, wie er am Ende des Flurs um die Ecke bog. Die Tür zum Treppenhaus klapperte. Sie hastete hinterher und nahm mehrere Stufen auf einmal hinunter. Im Keller klapperte erneut die Tür. Thea kannte sich in der Klinik gut aus. Bestimmt war er durch das hintere Fenster eingestiegen. Das Gitter dort war lose und ließ sich mit einem kräftigen Ruck zur Seite schieben. Sie hatte es Alex vor ein paar Wochen verraten. Sonst niemandem, denn sie spielte des Öfteren mit dem Gedanken, einfach zu verschwinden. Bis jetzt hatte Dr. Schönfelder sie allerdings mit seiner verständnisvollen Art immer wieder davon abgehalten.

Als sie den Kellergang erreichte, hörte sie das Gitter leise quietschen. Sie eilte zu dem Fenster und zwängte sich hindurch. Draußen lief Alex auf die Baumgruppe zu, um vermutlich dahinter über die Mauer zu klettern. Sie hatte vergessen, den Mantel überzuziehen. Der eisige Wind fuhr erbarmungslos unter ihr Nachthemd. Sollte sie umkehren? Aber dann würde sie Alex verlieren. Sie wusste nicht einmal, wo er überhaupt wohnte. Auf seinen nächsten Besuch wollte sie nicht warten. Und sie brauchte ihn jetzt.

Sie ignorierte die Kälte und die Äste, die ihr gegen die nackten Beine und Arme peitschten. Dr. Schönfelder würde wieder enttäuscht sein. Sie vernahm bereits seine Stimme in ihrem Kopf. Er würde ihr nicht abkaufen, dass sie sich dieses Mal nicht mit Absicht verletzt hatte. Ob sie nicht doch besser umkehren sollte?

Hinter der Mauer hörte sie es rascheln.

Alex.

Ihr Herz machte einen Sprung. Leise rief sie ihn, während sie sich an den hervorstehenden Steinen der Mauer festkrallte und hinaufkletterte. Niemand antwortete ihr. Sie schwang sich hinüber und landete unsanft auf der anderen Seite. Sie hielt nach Alex Ausschau. Doch in der undurchdringlichen Dunkelheit sah sie nichts. Fieberhaft lauschte sie und folgte dem Knacken von Ästen. Schnell lief sie immer weiter in den angrenzenden Wald hinein.

Abermals rief sie nach Alex. Jetzt lauter.

Er hörte sie nicht. Vielleicht war er längst über alle

Berge. Thea horchte noch eine Weile und gab irgendwann enttäuscht auf. Sie hatte ihn verloren.

Traurig kehrte sie um. Die Stille der Nacht fraß sie beinahe auf. Selbst die Tiere schienen zu schlafen und auch der Wind wehte nicht mehr. Sie war heilfroh, als sie die Mauer wieder erreichte.

Plötzlich löste sich ein Schatten aus der Dunkelheit.

»Alex?«, rief sie zweifelnd und blieb stehen.

Der Schatten sprang auf sie zu. Er packte sie und sein fester Griff hatte nichts mit Alex zu tun. Thea schrie aus Leibeskräften, doch schon wurden ihr die Lippen zusammengepresst. Sie erstarrte und fühlte sich wie damals, als Mirco Kühnert ihr die Unschuld genommen hatte.

37

Julia hatte sich früh auf den Weg gemacht. Der Anwalt von Mirco Kühnert hatte sich erst für die Mittagszeit angekündigt, und deshalb hatten sie beschlossen, dass Julia sich noch einmal mit Thea Riethausen unterhielt. Dr. Schönfelder hatte abermals darauf bestanden, dass nur Julia mit ihr reden durfte, da sie sich in einem labilen Zustand befand. Florian und Martin Saathoff waren sofort einverstanden gewesen. Sie hatten sowieso alle Hände voll mit der Aufbereitung der Beweise zu tun und so konnten sie die Arbeit perfekt verteilen. Lenja war wieder gesund und übernahm mit Dr. Neumann und dem neuen Kollegen Dirk Possnitz einige Obduktionen. Julia sollte möglichst viele Informationen von Thea Riethausen einholen, insbesondere zu den anderen Frauen. Möglicherweise hatte es noch weitere Begegnungen mit Mirco Kühnert gegeben, die ihn belasteten. Florian wollte Zeugen von damals ausfindig machen.

Julia parkte vor der Klinik und eilte zur Anmeldung, wo sie dieses Mal von einer anderen Mitarbeiterin in Empfang genommen wurde. Den Weg in Dr. Schönfelders Büro kannte sie bereits und begab sich schnurstracks dorthin.

»Doktor Schwarz«, begrüßte sie Dr. Schönfelder inzwischen wie eine alte Bekannte. »Ich hoffe, Sie haben gute Nachrichten für meine Patientin?«

Julia nickte erleichtert. »Ja. Mirco Kühnert konnte in der Nacht verhaftet werden. Wenn es möglich ist, bräuchten wir demnächst eine offizielle Aussage von Thea Riethausen. Als ihr behandelnder Arzt dürfen Sie natürlich gerne dabei sein. Die Befragung würde idealerweise im Polizeirevier stattfinden.«

Der Zweifel stand Dr. Schönfelder ins Gesicht geschrieben. »Ich hoffe, dass Thea sich rasch wieder fängt. Ich hatte ursprünglich gedacht, die Erinnerung an den Vorfall würde uns ermöglichen, das Erlebte zu verarbeiten. Aber stattdessen plagen sie nun noch größere Schuldgefühle. Sie hatte den Tod ihrer Freundin völlig verdrängt. Offen gestanden wusste ich bis gestern nicht einmal, dass sie überhaupt existierte. Während der gesamten Behandlung bin ich davon ausgegangen, dass Thea sich selbst sieht, wenn sie von der Frau im Wasser sprach.« Er machte eine betrübte Miene. »So kann man sich täuschen, selbst mit jahrelanger Berufserfahrung.«

»Die Polizei hatte den Zusammenhang damals ebenfalls nicht erkannt. Zwei verschiedene Abteilungen waren zuständig und dadurch, dass Thea erst einen Tag später und etliche Kilometer entfernt gefunden wurde, konnte niemand die Verbindung erahnen. Des Weiteren hat sie ihren Besuch in der Diskothek seinerzeit nicht erwähnt und offenbar hat sie dort keiner der Zeugen bemerkt. Sie konnte sich ja auch an nichts mehr erinnern. Bis gestern, als ich ihr das Foto von Kühnert gezeigt habe.«

»Das hat in der Tat ihre Gedächtnisblockade aufgehoben. Ich denke, alles in allem wird das zum Behandlungserfolg beitragen. Ich werde alles tun, um ihr zu helfen, und ihr einen Weg aufzeigen, mit dem Tod ihrer Freundin zurechtzukommen.« Dr. Schönfelder führte Julia abermals in den Wintergarten. Sie gingen zu dem Ohrensessel, in dem Thea tags zuvor gesessen hatte, doch er war leer.

Dr. Schönfelder sah sich stirnrunzelnd um. »Normalerweise geht sie nach dem Frühstück immer hierher. Sie tickt eigentlich wie ein Uhrwerk.« Er winkte eine Pflegerin herbei und fragte nach Thea.

»Heute habe ich sie hier noch nicht gesehen«, erwiderte die Frau.

»Danke. Wir schauen mal in ihrem Zimmer nach.« Dr. Schönfelder sah auf die Uhr. »In einer halben Stunde beginnt ihre nächste Sitzung bei mir. Vielleicht macht sie sich kurz frisch. Wir gehen einmal nachsehen.«

In dem Trakt mit den Patientenzimmern blieb Dr. Schönfelder vor Zimmer einunddreißig stehen und klopfte an. Nachdem mehr als eine Minute lang nichts geschah, öffnete er vorsichtig die Tür.

»Thea, sind Sie da?«

Niemand antwortete. Der Raum war leer. Das Bett wirkte zerwühlt und über der Lehne eines Stuhls lag Theas Kleidung.

»Sieht aus, als wäre sie heute Nacht hier gewesen«, bemerkte Julia, als sie an Dr. Schönfelder vorbei ins Zimmer spähte.

»Ich verstehe nicht, wo sie ist. Ich frage einmal die diensthabende Schwester. Wir müssen sie suchen. Nicht, dass sie sich noch etwas antut.«

Julia schluckte. Die Vorstellung, dass Thea sich etwas antun könnte, bedrückte sie. Dr. Schönfelders Gesicht sprach Bände. Er machte sich ernsthafte Sorgen.

»Bleiben Sie am besten kurz hier.« Er hetzte den Flur hinunter und ließ Julia allein zurück.

Mit klopfendem Herzen betrat sie das kleine Zimmer und sah sich um. Julia hatte daran mitgewirkt, dass sich Thea seit gestern an ihren Vergewaltiger erinnern konnte. Nicht auszudenken, wenn sie sich etwas angetan hätte. Julia wüsste nicht, wie sie jemals damit umgehen sollte. Reichten die Beweise dann noch aus, um Kühnert zu überführen? Insbesondere für den Mord an Mia Wildenbrock wäre Theas Aussage essenziell. Julias Blick fiel auf ein Paar dicke Winterstiefel, die unter dem Stuhl standen, und einen Mantel neben der Tür. Weit konnte Thea ohne die warme Kleidung nicht sein. Julia drehte sich einmal im Kreis und erstarrte. Ganz langsam ging sie zum Kleiderschrank.

»Thea?«, fragte sie leise und öffnete ihn.

Im Schrank hingen ein Kleid und eine Übergangsjacke. In den Fächern stapelten sich T-Shirts, Pullover und Hosen. Julia entdeckte eine kleine Handtasche. Sie zögerte kurz, weil sie eigentlich nicht in fremden Sachen herumschnüffeln wollte. Doch Thea war verschwunden und sie mussten sie finden. Julia holte die Tasche hervor und nahm eine Geldbörse heraus. Neugierig schaute sie hinein und beförderte aus dem hintersten Fach ein uraltes zerknittertes Foto zutage. Es zeigte eine Gruppe junger Mädchen in schicken Kleidern, vermutlich bei der Konfirmation. Mit Mühe erkannte sie Thea, die damals lange Haare trug. Ihre Gesichtszüge wirkten wesentlich weicher als heute. In ihrer Körperhaltung lag viel mehr Selbstbewusstsein. Die Jugendliche neben Thea erinnerte Julia an Mia. Julia kniff die Augen zusammen und musterte die anderen vier Mädchen auf dem Foto. Sie glaubte, unter ihnen die drei aktuellen Opfer zu erkennen. Sicher war sie sich allerdings nicht. Falls Julia richtiglag, hätten sich alle Frauen untereinander gekannt.

Julia fotografierte die Aufnahme mit ihrem Smartphone, damit die Kripo die sechste Frau darauf identifizieren konnte, und steckte das Bild zurück in die Geldbörse. Sie wollte gerade einen Blick ins Bad werfen, als ihr das Handy auf dem Schreibtisch ins Auge fiel. Noch ein Indiz dafür, dass Thea nicht weit sein konnte. Sie nahm es in die Hand und wurde aufgefordert, einen Code einzugeben. Julia inspizierte den Schreibtisch. Unter der Auflage fand sie einen kleinen gelben Zettel mit vier Ziffern. Sie tippte sie ein und der Bildschirm entsperrte sich. Julia checkte die Nachrichten. Ein gewisser Alex hatte ihr geschrieben und sich mit ihr im Wintergarten verabredet. Das war zwei Tage her. Seitdem hatte Thea keine Nachrichten mehr erhalten. Julia überprüfte die Fotos und stutzte, weil sie den Mann auf einer der letzten Aufnahmen kannte.

»Thea ist verschwunden!« Dr. Schönfelder stand plötzlich hinter ihr. Julia ließ vor Schreck fast das Handy fallen.

»Was machen Sie denn da? Stöbern Sie etwa in Theas persönlichen Dingen herum?«, fragte Dr. Schönfelder. Er nahm ihr das Telefon aus der Hand und räusperte sich erstaunt. »Das ist Alex. Ich befürchte, er und Thea entwickeln eine gewisse Zuneigung zueinander. Er tut ihr allerdings nicht gut.«

»Alex?«, erwiderte Julia verwundert und tippte auf das Foto. »Meines Wissens heißt dieser Mann Carsten. Carsten Schleyer.«

Hinter Dr. Schönfelders Stirn arbeitete es. »Sie haben recht. Sein vollständiger Name ist Carsten Alexander Schleyer. Wir nennen ihn hier nur Alex. Vielleicht ist Thea bei ihm. Er ist bei uns ambulant in Behandlung.«

»Weshalb wird er denn therapiert?« In Julias Kopf überschlugen sich die Gedanken. Schleyer war einer der beiden Zeugen im Mord an Mareike Hohmann. Julia schnappte nach Luft. Er hatte die Frau angeblich zuerst entdeckt. Der zweite Zeuge war dazugekommen und hatte Schleyer an der Hafenmauer geholfen. Die Logik zwang Julia, das mögliche Szenario durchzuspielen.

Dass ausgerechnet der Zeuge in dem Mordfall in dieser Klinik behandelt wurde, sich mit einem der Opfer anfreundete und das ein Zufall sein sollte – daran konnte Julia nicht glauben. War es nicht vielmehr so, dass Carsten Schleyer alias Alex Mareike Hohmann selbst ins Wasser gestoßen hatte und sich als Zeuge ausgab, als überraschend jemand am Tatort erschien? Um nicht entlarvt zu werden, tat er so, als wolle er die Frau aus dem Wasser retten.

Julia wartete Dr. Schönfelders Antwort gar nicht erst ab.

»Wenn Sie ihn behandeln, wissen Sie zufällig, auf welche Schule Schleyer zuletzt ging?«

»Soweit ich weiß aufs Kästner-Gymnasium. Wieso fragen Sie?«

Julia schnappte erneut nach Luft.

»Ich erkläre es Ihnen später. Geben Sie mir bitte seine Adresse«, bat sie und wählte bereits Florians Nummer.

»Florian?«, fragte sie schon nach dem ersten Klingelton. »Ich glaube, wir haben den Falschen oder vielmehr scheint es einen weiteren Täter zu geben. Thea Riethausen ist aus der Klinik verschwunden und einer der Zeugen, Carsten Schleyer, ist hier ebenfalls in Behandlung. Er hat sich mit Thea angefreundet und ist in der Klinik nur mit seinem zweiten Vornamen Alex bekannt. Er ging auf das gleiche Gymnasium. Ich schicke dir ein altes Foto von Thea und ihren Freundinnen. Ich vermute, die Opfer und Schleyer kannten sich alle untereinander. Mit dem Kerl stimmt was nicht.« Im

Augenwinkel bekam sie mit, dass Dr. Schönfelder ihr Schleyers Adresse auf einem Zettel notierte.

»Du fährst nicht alleine zu ihm. Warte auf das Einsatzteam«, sagte Florian, doch Julia hörte gar nicht mehr hin. Sie legte auf, riss dem verdatterten Dr. Schönfelder den Zettel aus der Hand und eilte aus der Klinik.

Thea Riethausen schwebte in Lebensgefahr, wenn es nicht bereits zu spät war. Julia setzte sich ins Auto. Der Motor stotterte bei der Kälte, sprang aber schließlich an. Sie schnallte sich an und legte den Rückwärtsgang ein. Beim Blick in den Rückspiegel schrie sie entsetzt auf.

Sie saß nicht allein in ihrem Wagen. Jemand starrte sie von der Rücksitzbank an.

Carsten Alexander Schleyer hielt eine Pistole auf sie gerichtet und grinste sie an.

»Fahren wir erst einmal weg von hier«, schlug er vor und lehnte sich so weit nach vorn, dass sie seinen warmen Atem im Nacken spürte. »Thea hat mir ausgiebig von Ihnen berichtet.«

38

Theas rechtes Auge war zugeschwollen. Sie stöhnte und tastete vorsichtig die Verletzung ab. Es schien nicht weiter schlimm zu sein. Sie befühlte ihre Lippen und die Zähne. Ein Schneidezahn wackelte und die Oberlippe war auf die doppelte Größe angeschwollen. Außerdem schmerzte ihr linker Knöchel. Ein dumpfes Pochen erinnerte sie an den Sturz vor der Klinikmauer, als der Mann sie zu Boden riss.

Der Mann. Thea schüttelte müde den Kopf. Sie hätte es von Anfang an wissen müssen. Alex war ihr gleich so vertraut vorgekommen. Sie hatte ihm all ihre Geheimnisse preisgeben wollen und nun wusste sie auch, warum. Sie kannte ihn. Nur ihr Gedächtnis hatte ihr einen Streich gespielt, genauso wie seine dunkel gefärbten kurzen Haare. Früher hatte er sie lang und blond getragen. Zudem war er jetzt zehn Jahre älter und trug einen Dreitagebart. Wahrscheinlich hätte selbst

Mia ihn nicht wiedererkannt. Ihren Verlobten, wie sie ihn damals genannt hatten. Die beiden waren schon im Kindergarten ständig zusammen gewesen. Sie waren das unzertrennliche Paar an der Schule gewesen, zumindest bis zu dem Zeitpunkt, als Mia sich von ihm trennte. Da war sie fünfzehn oder sechzehn. Alex hatte es nie wahrhaben wollen. Offenbar bis heute nicht.

Seine Worte schwirrten durch ihren Kopf. Stundenlang hatte er auf sie eingeredet. Sie konnte es immer noch nicht glauben. Er hatte sich in der Klinik bloß an sie herangeworfen, weil er sie von dort weglocken und in seine Gewalt bringen wollte. Nun hatte er sie in einem stinkenden Keller eingesperrt. Die gesamte Geschichte, die er ihr über den Tod seiner Schwester aufgetischt hatte, war erstunken und erlogen. Aber das Schlimmste war, dass er ihr die Schuld an Mias Tod gab.

Thea hätte auf der Party auf sie aufpassen müssen. Das hatte sie doch getan. Sie war Mia gefolgt. Sie wischte sich eine Träne von der Wange. Wäre sie damals bloß zu Hause geblieben und hätte für die Prüfung gelernt. Genau so hatte der Tag vor zehn Jahren nämlich begonnen. Sie saß am Schreibtisch und ihr war viel zu heiß. Sie hatte ein Eis nach dem anderen gegessen und sich durch ein Buch gequält. Thea machte zu dieser Zeit eine Ausbildung zur Bürokauffrau. Deshalb wollte sie an jenem Abend auch überhaupt nicht ins *Cats* gehen. Sie hatte Mia abgesagt. In letzter Zeit hatten sie sich sowieso kaum noch gesehen. Mit den anderen Mädchen aus ihrer Clique hatte sie längst keinen Kontakt mehr. Thea fühlte sich ausgeschlossen, weil sie es nicht aufs

Gymnasium geschafft hatte. Sie und Mareike, der das jedoch nichts auszumachen schien. Während Mareike immer noch ständig mit den anderen Mädchen zusammenhing, führte Thea ihr eigenes Leben.

Natürlich hatte Alex nicht mitbekommen, dass Thea nicht mehr zur Clique gehörte. Er hielt sie nach wie vor für unzertrennlich. Als wären sie noch vierzehn. Sechs Mädels auf der Suche nach Abenteuern und coolen Typen.

Thea schüttelte den Kopf. Es änderte nichts, denn sie war damals trotzdem ins *Cats* gegangen. Irgendwann hatte sie es nicht länger an ihrem Schreibtisch ausgehalten. Als sie im Club ankam, fing sie an, sich zu betrinken. Dann sah sie Mia auf der Tanzfläche und gesellte sich zu ihr. Wo die anderen Mädchen waren, wusste sie nicht. Vermutlich hockten sie eine Etage höher an der Bar. Thea bekam keine von ihnen zu Gesicht. Sie verlor sich völlig in der Musik und plötzlich war Mia verschwunden. Jemand gab ihr den Tipp, dass sie draußen wäre. Thea ging aus dem Club, konnte sie jedoch nicht finden. Sie lief hinüber zum Park und rief nach Mia. Später entdeckte sie ihre Freundin auf der Brücke. Ein Mann war bei ihr, Mirco Kühnert. Noch ehe Thea etwas unternehmen konnte, stieß er sie übers Geländer in die Tiefen des Rheins. Thea war so betrunken, dass sie nicht schnell genug weglaufen konnte. Als Kühnert sie bemerkte, verfolgte er sie. Thea rannte die Brücke hinunter. Sie stürzte vor den Glascontainern und verletzte sich. Kühnert packte sie und zerrte sie in sein Auto. Sie fuhren auf irgendeine Wiese und dann vergewaltigte er sie im Kofferraum seines Kombis. Nachdem er mit ihr fertig war, lachte er nur schäbig und raste davon.

Thea wusste nicht mehr, wie lange sie anschließend durch die Gegend geirrt war. Eine Frau gabelte sie am nächsten Tag auf und brachte sie zur Polizei. Von dort wies man sie in ein Krankenhaus ein. Ihr Leben war mit Mia gestorben und jegliche Erinnerung ausgelöscht.

Und nun tauchte Alex – oder eigentlich Carsten – auf, verschleppte sie und wollte sie bestrafen. Weil sie die Schuld an Mias Tod trug. Hatte sie nicht bereits genug gelitten?

Sie hörte Dr. Schönfelders Stimme in ihrem Kopf: »Sie sind nicht schuld an dem, was geschehen ist. Sie können andere Menschen nicht steuern. Also sehen Sie nach vorne und nehmen Sie Ihr Leben in die eigenen Hände. Sie können weder Ihre Freundin zurückholen noch die Vergewaltigung ungeschehen machen. Stellen Sie sich Ihre Zukunft vor, Thea. Sie haben eine verdient.«

Sie sprang von der fleckigen Matratze auf und lief zur Tür. Sie rüttelte an der Klinke und schrie um Hilfe. Sie gab nicht auf und rief immer wieder, bis sie heiser und erschöpft zusammensank. Keine Menschenseele würde sie hier finden.

Vielleicht hatte Dr. Schönfelder doch nicht recht gehabt.

39

Das Einsatzteam hatte in Carsten Alexander Schleyers Wohnung niemanden angetroffen. Florian konnte es nicht fassen. Zum wiederholten Male drückte er die Kurzwahltaste mit Julias Nummer. Sie ging nicht ran. Ein ungutes Gefühl erfasste ihn. Es war – wie auch immer er es nahm – kein gutes Zeichen, dass Julia nicht antwortete. Entweder wollte sie nicht mit ihm sprechen oder ihr war etwas zugestoßen. Letzteres durfte er sich gar nicht vorstellen. Es überlief ihn heiß und kalt. Er versuchte noch einmal Dr. Schönfelder zu erreichen, doch der schien ebenfalls wie vom Erdboden verschluckt. Alles, was Florian von einer Mitarbeiterin der Klinik in Erfahrung gebracht hatte, war, dass er sich auf der Suche nach Thea Riethausen befand und dass Julia die Klinik verlassen hatte. Ihr Auto stand nicht mehr auf dem Parkplatz.

Drei verschwundene Personen in weniger als vierundzwanzig Stunden. Florian holte tief Luft. Er brauchte jetzt einen klaren Verstand, denn jeder Fehler könnte Menschenleben kosten.

Martin, der gegenüber am Schreibtisch saß, winkte ihn zu sich.

»Hier, Florian. Ich habe etwas gefunden. Kein Wunder, dass sie Schleyer nicht in seiner Wohnung angetroffen haben. Der Kerl hat gerade ein altes Haus von seiner Mutter geerbt, in einer ziemlich abgelegenen Gegend nördlich von Köln. Der nächste Nachbar ist dreihundert Meter entfernt.« Er deutete auf die Landkarte auf seinem Bildschirm und markierte den Punkt, wo sich das Haus befand.

»Wir schicken sofort alle verfügbaren Kräfte dorthin. Der Ort eignet sich perfekt, um jemanden gefangen zu halten.« Florian analysierte die Karte und fragte sich, ob Julia vielleicht davon wissen konnte und womöglich hingefahren war. Allerdings konnte sie so schnell unmöglich an diese Information gelangt sein. Aber wo zum Teufel steckte sie dann? Erneut griff er zum Telefon, doch Martin hielt seinen Arm fest.

»Das bringt nichts, Partner. Sie hätte längst zurückgerufen, wenn sie könnte.«

Florians Herz krampfte sich zusammen. Martin hatte recht. Julia würde ihn nicht so lange im Unklaren lassen. Falls sie nicht mit ihm sprechen wollte, hätte sie irgendein Lebenszeichen von sich gegeben. Bestenfalls hörte sie das Klingeln nicht. Alles andere mochte er sich lieber nicht ausmalen.

Martin zoomte auf seinem Bildschirm einen Kartenausschnitt heran.

»Hier liegt die Klinik. Es führen nur zwei Straßen zu der Siedlung.« Er zeichnete eine rote Linie entlang der Strecke. »Und hier könnte sie theoretisch nach rechts oder links abbiegen. Wenn wir nun einfach mal annehmen, sie wäre wirklich zu diesem Haus unterwegs, dann müsste sie nach links fahren.« Martin zog die rote Linie weiter und zwirbelte mit der freien Hand zugleich seinen Schnauzer. »Jetzt ist deine Intuition gefragt.« Er blickte Florian fragend an.

Florian studierte die Karte. Die kürzere Strecke führte durch ein Wohngebiet mit vielen Ampeln. Er deutete auf die etwas längere Route, die durch ein Gewerbegebiet verlief.

»Wenn, dann dort entlang«, sagte er, und noch bevor er den Satz beendet hatte, war Martin aufgesprungen.

»Okay, dann nichts wie los«, rief er und warf Florian den Schlüssel des Dienstwagens zu.

40

Julia überlegte krampfhaft, was sie tun könnte. Doch egal welche Variante sie wählte, jede brachte das Baby in ihrem Bauch in Gefahr. Sie könnte absichtlich gegen einen Baum fahren oder eine Vollbremsung hinlegen. Die Wahrscheinlichkeit, dass sie überlebte, erschien ihr ziemlich hoch. Schleyer war nicht angeschnallt. Sie hatte es im Rückspiegel gesehen. Aber würde das kleine Wesen in ihr einen solchen Unfall überleben? Sie zögerte. Andererseits, wenn Schleyer sie erst einmal in seine Wohnung oder an einen anderen Ort verschleppte, sanken ihre Chancen erheblich. Dann wäre sie ihm komplett ausgeliefert. Zwar könnte sie versuchen zu entkommen, sobald sie anhielten und ausstiegen. Doch Schleyer war kräftig und er hatte drei Frauen auf dem Gewissen. Vielleicht sogar vier, denn sie wusste nicht, was er mit Thea Riethausen angestellt hatte. Die besten Karten hatte Julia im Auto. Sie war angeschnallt und er nicht. Diesen Vorteil musste sie nutzen.

In ihrem Bauch rumorte es. Sie zögerte und nahm den Fuß vom Gas.

»Fahren Sie schneller. Ich weiß, was Sie vorhaben. Sie wollen Zeit schinden, weil Sie glauben, die Polizei könnte Sie retten. Vergessen Sie es einfach. So läuft es im Leben nicht.« Schleyer funkelte sie wütend im Rückspiegel an.

Julia beschleunigte wieder.

»Wo ist Thea?«, fragte sie und beobachtete seine Miene.

Ein Schatten huschte über sein Gesicht und Julia befürchtete schon das Schlimmste.

»Wir fahren zu ihr. Noch ist sie wohlauf, falls Sie sich Sorgen machen.«

»Was wollen Sie von Thea?«, horchte Julia ihn weiter aus.

»Sie hat meine Verlobte auf dem Gewissen. Mia und ich wollten vor zwei Wochen heiraten. Wussten Sie das?« Er stieß ein frustriertes Lachen aus. »Wir wollten schon im Kindergarten heiraten. Wir waren füreinander bestimmt. Sie war die Liebe meines Lebens, und sie wurde mir genommen, weil ihre netten und feiersüchtigen Freundinnen nicht auf sie aufgepasst haben. Sie haben nicht mitbekommen, wie Mia aus dem Club gelaufen ist. Keine von ihnen hatte es für nötig befunden, ihr zu folgen und zu verhindern, dass dieser verdammte Kerl sie in den Rhein wirft und ihr das Genick bricht.«

»Thea ist ihr gefolgt«, warf Julia vorsichtig ein. »In den letzten zehn Jahren hat sie wieder und wieder den Albtraum durchlebt, danebenzustehen und nichts tun zu können. Sie ist daran zerbrochen. Was bringt es Ihnen, sie zu bestrafen?«

Schleyer schnaubte verächtlich. »Was es bringt? Ich bin es Mia verflucht noch mal schuldig. Jemand muss schließlich für Gerechtigkeit sorgen. Finden Sie nicht?«

»Mirco Kühnert hat Mia auf dem Gewissen, nicht Thea«, stellte Julia leise fest. »Und er hat Thea vergewaltigt.«

»Ein Unrecht kann nicht mit einem anderen aufgewogen werden. Wissen Sie, ich habe all die Jahre versucht zu verzeihen, zu vergessen und irgendwie mit der Sache abzuschließen. Doch als sich das Datum unserer geplanten Hochzeit näherte, da wurde mir klar, dass ich nicht weiter tatenlos dasitzen kann. Es ist nicht gerecht, dass Mia tot unter der Erde liegt und mein Leben komplett zerstört ist, während die Schuldigen völlig unbescholten weitermachen, als wäre nichts geschehen.«

Julia verkniff sich den Widerspruch, der ihr auf den Lippen lag. Thea Riethausen hatte nicht einfach weitergelebt. Sie hatte gelitten, und das nicht zu knapp. Sie warf Schleyer einen kalten Blick zu.

Er saß hinten und lächelte.

»Sie wollen bestimmt auch erfahren, warum ich Sie ebenfalls töten werde.«

Julia erwiderte nichts. Vor dem Tod hatte sie keine Angst. Nur um das ungeborene Leben in ihrem Bauch.

»Ich habe mich zurück in die Klinik geschlichen, um Theas Handy zu holen. Wir haben uns hin und wieder geschrieben und das geht schließlich niemanden etwas an. Aber Sie haben in ihrem Zimmer herumgeschnüffelt. Und was immer Sie auf ihrem Telefon entdeckt haben, es wird nun unser Geheimnis bleiben. Und außerdem haben Sie dafür gesorgt, dass Thea sich erinnert. Früher oder später hätte sie mich erkannt und dann wäre ich geliefert gewesen. Ihretwegen sind meine Pläne durcheinandergekommen. Ich musste Thea jetzt schon ausschalten. Frauen wie Sie, die glauben, alles besser zu wissen, gehören nicht in diese Welt.«

Der Mann war völlig durchgeknallt. Julia musste ihn stoppen, ansonsten würde er sie alle töten. Im Seitenspiegel sah sie einen Wagen aufblitzen. Das war die Gelegenheit, denn der Fahrer könnte Hilfe holen.

Sie holte tief Luft. Jetzt oder nie.

Julia trat kraftvoll auf die Bremse. Sie hielt das Lenkrad fest und ließ es auch nicht los, als der Wagen zu schlingern begann. Schleyer schoss wie eine Rakete nach vorn und prallte mit voller Wucht gegen den Beifahrersitz. Julias Golf drehte sich um die eigene Achse. Sie spürte, wie sich der Sicherheitsgurt in ihren Bauch presste. Dann kam das Auto zum Stehen und für einen Moment rührte sich nichts mehr.

Julia bestand nur noch aus Schmerz. Aus der Ferne nahm sie ein Martinshorn wahr. Ihre Tür wurde aufgerissen. Benommen erkannte sie Dr. Schönfelder, der sie sorgenvoll anschaute.

»Sind Sie unversehrt?«

Julia konnte nicht antworten. Tränen füllten ihre Augen und verschleierten ihr den Blick.

Dr. Schönfelder löste ihren Sicherheitsgurt und holte sie aus dem Wagen. Er trug sie an den Straßenrand, und dann hörte sie Florians Stimme und die Rettungssanitäter, die sich um Schleyer kümmerten.

»Julia!«

Florian stürzte zu ihr. »Bist du verletzt?«

»Ich glaube nicht«, hauchte sie. »Mir geht es gut. Ich hoffe, unserem Baby auch.«

Florians Augen weiteten sich. In seiner Miene stand eine Mischung aus Entsetzen und Überraschung. Er nahm sie hoch und trug sie zum Rettungswagen.

»Alles wird gut«, hörte Julia noch und dann umfing sie dumpfe Schwärze.

41

Thea war vorbereitet. Sie kauerte auf der Matratze, bewaffnet mit einem Stromkabel. Sie hatte es aus der Lampe gezogen, die in der Ecke stand und ihr eigentlich Licht spenden sollte. Doch die Dunkelheit war ihr lieber. Sie gehörte inzwischen zu ihren alten Bekannten und war ihr nur allzu vertraut. Seit zehn Jahren wurde sie unablässig von Finsternis begleitet und immer wieder in schmerzliche Tiefen gerissen. Sie hatte keine Angst mehr vor ihr oder vor dem Tod. Sie war sowieso gestorben in jenem Moment, als Mia von der Brücke gestoßen wurde, und kurz darauf gleich noch einmal, als das Ungeheuer in sie eindrang und ihr alle Sicherheit auf ein unbeschwertes Dasein nahm. Sie wollte leben, jetzt, da sie sich erinnern konnte. Und wenn sie schon sterben musste, dann wenigstens nicht ohne Gegenwehr.

Als Thea die Schritte vernahm, die unaufhaltsam

die Treppe herunterkamen, stellte sie sich hinter die Tür. Alex alias Carsten würde sie nicht wie erwartet weinend auf der modrigen Matratze vorfinden. Sie hatte längst keine Tränen mehr. Und eines wusste sie: Egal wie sehr Mia ihn damals auch geliebt hatte, sie hätte niemals gewollt, dass all ihre Freundinnen starben.

Thea lauschte und wunderte sich, warum es draußen plötzlich so still war. Weshalb blieb er vor der Tür stehen? Wusste er, was sie vorhatte? Sie spannte die Muskeln an und nahm sich vor, das Kabel um seinen Hals zu legen, sobald er hereinkam. Irgendwann musste er kommen.

Angespannt hörte sie, wie er sich an der Tür zu schaffen machte. Hatte er den Schlüssel verlegt?

Und dann ging alles rasend schnell. Die Tür flog auf. Er kam herein. Thea sprang an ihm hoch und versuchte, die Schlinge über seinen Kopf zu ziehen. Es gelang ihr nur zum Teil. Er drehte sich um, riss ihr das Kabel aus der Hand und packte sie an den Schultern. Er schnaufte, sodass sie glaubte, er würde sie gleich umbringen. Doch völlig unerwartet ließ er sie wieder los.

»Ich habe sie«, schrie er und im selben Moment wunderte sie sich über seine Stimme. Sie passte nicht zu ihm.

»Keine Angst, Thea. Sie sind in Sicherheit!«

Sie starrte den Mann an, der gar nicht Alex war. Er hatte sich verwandelt und wollte sie bestimmt abermals in die Irre führen. Sie hob die Hände und presste sie gegen den Schädel. Zu viele Eindrücke stürzten auf sie ein. Doch auf einmal hörte sie eine vertraute Stimme.

»Lassen Sie mich zu ihr durch. Sie kennt mich.«

»Doktor Schönfelder«, stieß Thea erstaunt aus und ließ sich verwirrt in seine Arme fallen.

42

Florian stapfte wie benommen durch Schleyers Haus. Seine Gedanken kreisten ausschließlich um Julia und um das Baby in ihrem Bauch. Ihr gemeinsames Baby. Er stolperte ein paar Stufen in den Keller hinunter und betrat das dunkle Loch, in dem Schleyer seine Opfer festgehalten hatte. Er nahm weder die stinkende Matratze noch das verschimmelte Brot wahr. Er sah nur Julia vor sich, wie sie im Krankenhaus lag. Blass und erschöpft, mit blutverschmierter Stirn. Sie war gegen das Lenkrad geprallt und hatte sich trotz des Airbags verletzt. Glücklicherweise schwebte sie nicht in Lebensgefahr. Trotzdem wagten die Ärzte bisher keine endgültige Prognose zum Baby. Florian wäre am liebsten an Julias Seite geblieben, doch sie hatte ihn weggeschickt. Er sollte die letzte verbliebene Frau retten, die Julia auf dem Foto in Theas Zimmer entdeckt hatte. Wenn er ganz ehrlich zu sich selbst war, fühlte er sich nicht in der Lage dazu. Julias Autounfall hatte alles verändert. Die Sorge um sie und das Kind brachte ihn beinahe um.

»Partner, jetzt mach mal nicht so ein Gesicht«, brummte Martin hinter ihm und klopfte ihm auf die Schulter. »Julia ist in guten Händen. Du kannst im Moment nichts für sie tun.«

»Ich könnte ihr beistehen«, erwiderte Florian.

Martin verdrehte die Augen. »Ihr geht es gut. Lenja sitzt neben ihr am Bett. Bei dem geringsten Problem wird sie uns anrufen. Lass uns nach dieser Frau suchen.«

Florian seufzte. Martin hatte recht. Ihm blieb nichts anderes übrig, außer abzuwarten. Er konnte von Glück sagen, dass alles so glimpflich ausgegangen war. Dr. Schönfelder war Julia aus der Klinik gefolgt und hinterhergefahren. Er hatte Schleyer auf der Rücksitzbank in ihrem Wagen erkannt und Florian über Julias Entführung informiert. Schönfelder folgte ihnen die ganze Zeit und lotste Florian telefonisch zu der Straße, auf der Julia fuhr. Auf diese Weise gelang es ihnen samt Notarzt, sofort vor Ort zu sein und die Rettung einzuleiten.

Schleyer lag jedoch im Koma. Er hatte sich eine lebensgefährliche Schädelverletzung zugezogen. Niemand wusste, ob er jemals wieder aufwachen würde. Florian war unsicher, ob er dem Kerl den Tod oder ein Leben im Gefängnis wünschte. Der Mann hatte so viele Leben ausgelöscht, dass es ihm schwerfiel, auch nur einen Funken Mitleid mit ihm zu empfinden. Der Mord an seiner Ex-Freundin Mia Wildenbrock hatte Schleyer sicherlich aus der Bahn geworfen. Doch das rechtfertigte es nicht, anderen Menschen das Leben zu nehmen.

Er sah sich abermals in dem Kellerraum um und registrierte den Dreck am Boden, die Blutflecken und den Gestank von Fäkalien. Er wandte sich angewidert ab. Die Einsatztruppe hatte das Gebäude bereits nach weiteren Personen durchsucht. Bis auf Thea Riethausen hatte sich niemand im Haus befunden. Ein paar Kollegen arbeiteten fieberhaft daran, den Namen der letzten Frau auf dem Foto zu ermitteln. Thea Riethausen war mit Medikamenten ruhiggestellt worden und befand sich wieder in Dr. Schönfelders Obhut. Zu einer Aussage war sie in den nächsten Stunden nicht fähig.

Florian begab sich ins Erdgeschoss und begutachtete ein Bücherregal im Wohnzimmer, während Martin sich das Schlafzimmer vornahm.

»Kommen Sie bitte mal nach oben«, rief plötzlich Anna Schubert, die mit ihrem Spurensicherungsteam sofort angerückt war.

Florian eilte die Treppe hinauf und warf einen Blick auf das Foto, das Anna Schubert ihm hinhielt. Es war dieselbe Aufnahme, die Julia in Thea Riethausens Geldbörse gefunden hatte. Es zeigte sechs junge Mädchen. Bis auf das Gesicht von Mia Wildenbrock und Thea Riethausen waren alle durchgekreuzt. Auch das der Unbekannten.

»Das ist wohl kein gutes Zeichen«, bemerkte Florian.

»Ich denke nicht«, erklärte Anna Schubert und schlug ein Buch auf.

»Der Mistkerl hat Tagebuch geführt. Sonja Obermeier heißt die sechste Frau auf dem Foto, und so wie es aussieht, sind wir leider zu spät.«

Florian überflog die Zeilen und schüttelte den Kopf.

»Verdammt«, fluchte er. »Dafür wird dieser Mistkerl bezahlen!« Er hielt das Buch so, dass Martin ebenfalls darin lesen konnte.

Sonja Obermeier war gestorben wie die drei Frauen vor ihr. Schleyer hatte sie entführt, mit Drogen und Alkohol abgefüllt und sie anschließend barfuß über Scherben laufen lassen. Danach hatte er sie gezwungen, sich wieder anzuziehen. Er hatte sie zum Rhein gefahren und dann in das kalte Wasser gestoßen. Sie alle sollten genauso sterben wie Mia Wildenbrock zehn Jahre zuvor.

»Die Scherben liegen übrigens draußen im Garten«, merkte Anna Schubert an. »Vielleicht werfen Sie einen Blick darauf, bevor meine Leute sie einsammeln.«

Florian stieg die Treppe ins Erdgeschoss hinab, wobei er mit einem Auge immer noch auf das Tagebuch schielte. Carsten Alexander Schleyer hatte seine Taten akribisch festgehalten. Die Keuschheitsgürtel hatte er den Frauen angelegt, weil er sie allesamt für feiersüchtige Schlampen hielt, die sich jedem Mann an den Hals warfen. Hätten sie sich weniger für Partys interessiert und mehr um Mia gekümmert, wäre aus Schleyers Sicht der Mord an Mia niemals geschehen.

Außerdem gab er den Freundinnen von Mia Wildenbrock die Schuld daran, dass sie sich von ihm getrennt hatte. Zu seinem Erstaunen stellte Florian fest, dass die Trennung zum Zeitpunkt des Mordes bereits zwei Jahre zurücklag. Schleyer hatte immer noch gehofft, dass Mia eines Tages zu ihm zurückkehren und ihn heiraten würde. Sogar ein Datum existierte schon. Schleyer hatte Mia permanent beobachtet und notiert, mit welchen anderen Jungs sie sich getroffen hatte. Auch am Abend des Mordes hatte er gesehen, dass die Freundinnen zur Diskothek fuhren und Thea etwas später hinzukam. Er selbst betrat den Club jedoch nicht. Deshalb wurde er von der Polizei im Nachgang auch nicht als Zeuge befragt, obwohl er ebenfalls Abiturient am Kästner-Gymnasium war. Florian seufzte. Wäre sein Name in der Akte aufgetaucht, hätten sie Sonja Obermeier vielleicht noch retten können. Das Leben erschien ihm ungerecht.

Er schlug das Buch zu und warf einen Blick in den Garten. Das Blut gefror ihm in den Adern. Ein glitzerndes Band aus spitzen Glasscherben erstreckte sich über eine Länge von ungefähr fünf Metern. Florian mochte sich nicht vorstellen, welche Schmerzen die Frauen trotz des Alkohols und der Drogen im Blut erlitten hatten. Welche Angst sie wohl ausgestanden haben mussten.

»Der Kerl ist ein sadistischer Serienkiller«, knurrte Martin neben ihm. »Ich hoffe, er wacht nie wieder aus dem Koma auf.«

EPILOG

Drei Wochen später

»Es tut mir leid, dass wir es nicht rechtzeitig geschafft haben und nicht mehr helfen konnten.« Julia betrachtete den leblosen Körper traurig.

Florian nickte betroffen und Lenja legte ihr den Arm um die Schulter.

»Es ist schrecklich«, flüsterte Lenja. »Was für ein Leid dieser Mistkerl angerichtet hat.«

Julia holte tief Luft und griff zum Skalpell.

»Wir sollten anfangen«, sagte sie und setzte zum Schnitt an. Eine feine rote Linie erschien auf dem nackten Körper, der auf dem Autopsietisch ruhte. Julia wusste jetzt schon, was sie erwarten würde. Keine Überraschungen, denn auch Sonja Obermeier war gestorben wie die anderen drei Frauen vor ihr. Erst in der letzten

Nacht war ihr Leichnam am Rheinufer angeschwemmt und von einem Spaziergänger entdeckt worden.

Während Carsten Alexander Schleyer noch immer im Koma lag, bereitete die Polizei die Anklage für Mirco Kühnert vor, der für den Mord an Mia Wildenbrock und die Vergewaltigung von Thea Riethausen eine lebenslange Haftstrafe absitzen würde.

Völlig in Gedanken verloren begann Julia die Bauchhöhle der Toten zu öffnen und ein Organ nach dem anderen zu entfernen. Wenigstens hatte Thea Riethausen überlebt. Laut Dr. Schönfelder standen die Chancen gut, dass sie ihr Leben nun wieder in den Griff bekommen würde. Julia lächelte unwillkürlich und entnahm den Magen, um ihn in eine Edelstahlschale zu legen. Auch sie hatte Dr. Schönfelder viel zu verdanken. Ohne ihn wäre sie niemals so schnell aus dem Unfallwagen gerettet worden. Bloß gut, dass er Schleyer auf der Rücksitzbank ihres Wagens erkannt hatte. Dr. Schönfelder wusste, dass Schleyer ein gefährliches Individuum war. Geprägt von Selbstmitleid und Narzissmus. Er hatte Schleyer wegen des angeblichen Todes seiner kleinen Schwester behandelt und schon länger große Zweifel an dessen Aufrichtigkeit gehegt. Schleyer drehte sich ausschließlich um sich selbst. Gefühle seiner Mitmenschen nahm er überhaupt nicht wahr.

»Ich mache jetzt allein weiter. Dirk Possnitz ist auf dem Weg und unterstützt mich bei den restlichen Arbeiten«, sagte Lenja plötzlich und riss Julia aus ihren Gedanken.

»Warum sollte ich die Autopsie nicht zu Ende führen?« Julia blickte Lenja überrascht an.

Florian nahm Julia das Skalpell aus der Hand und legte es auf dem Tisch ab.

»Ich weiß, dass du für dieses Institut lebst. Aber wir haben gleich einen wichtigen Termin«, flüsterte er und zog sie einfach mit sich nach draußen.

»Sag jetzt nichts«, bat er, als sie protestieren wollte. Er bugsierte sie aus dem Institut zu seinem Wagen.

»Wohin fahren wir?« Am liebsten wäre Julia umgekehrt, doch etwas in Florians Miene hielt sie davon ab.

»Zu mir nach Hause.«

»Das können wir auch später noch. Ich hätte gern die Arbeit ordentlich zu Ende geführt.« Julia spürte, wie der Ärger in ihr mit jedem Meter größer wurde, den sie sich seiner Wohnung näherten.

»Wenn es dir so wichtig ist, kannst du gleich wieder zurück ins Institut. Eigentlich solltest du dich aber von all dem schlimmen Stress erholen.«

Julia erwiderte nichts. Sie wusste, was die Ärzte ihr geraten hatten. Ganze drei Tage hatte sie nach dem Unfall im Krankenhaus verbracht. Sie erinnerte sich nicht gerne daran. Am liebsten würde sie die bangen Stunden für immer aus ihrem Gedächtnis eliminieren.

Florian parkte den Wagen und schloss Julia die Tür zu seinem Wohnhaus auf. Entgegen ihrer sonstigen Angewohnheit nahm sie den Fahrstuhl zum fünften Stock.

»Jetzt sag schon, was hast du vor? Spann mich nicht länger auf die Folter.«

»Komm einfach rein«, sagte Florian lächelnd. Er ergriff ihre Hand und führte sie zu seinem Arbeitszimmer. »Mach die Tür auf.«

Julia sah ihn zweifelnd an. Sie drückte die Klinke herunter und öffnete die Zimmertür. Der Geruch von frischer Farbe kam ihr entgegen. Sie trat ein, schaute sich um und spürte, wie ihr Freudentränen in die Augen schossen.

»Was hast du gemacht?« Perplex stellte sie fest, dass Florians Bücherregale, der Schreibtisch samt seinem heiß geliebten Computer und sogar der schreckliche graue Teppich verschwunden waren. Die Wände waren frisch in einem sanften Hellgrün gestrichen, und neben dem Fenster stand ein Möbelstück, bei dessen Anblick sich Julia unwillkürlich über den Bauch strich.

»Da fehlt aber der Himmel«, sagte sie gerührt und deutete auf die Wiege.

»Ich weiß ja noch nicht, ob es ein Junge oder ein Mädchen wird«, erwiderte Florian und grinste schelmisch. Er ging hinüber zur Wickelkommode und holte einen blauen und einen rosafarbenen Himmel hervor.

»Ich habe für beide Fälle vorgesorgt.« Er kam auf Julia zu und zog sie in die Arme. »Ich hoffe, du bist damit einverstanden, wenn wir in der ersten Zeit alle drei bei mir wohnen. Ich habe die größere Wohnung.«

Julia wurde vor Glück fast schwindelig. Darüber hatte sie noch gar nicht nachgedacht. Sie war einfach nur froh gewesen, dass es ihrem Baby nach dem Unfall gut ging. Ihr Leben veränderte sich mit einer rasanten

Geschwindigkeit. Sie hatte keine Ahnung, wie es wäre, auf einmal Mutter zu sein. Sie wusste bloß eines: Sie liebte dieses kleine Wesen in ihrem Bauch und den Mann, mit dem sie bald eine Familie gründen würde.

Ende

NACHWORT DER AUTORIN

Liebe Leserin, lieber Leser,

ich möchte mich ganz herzlich dafür bedanken, dass Sie meinen Roman gelesen haben. Ich hoffe, Ihnen hat die Lektüre gefallen und Sie hatten ein spannendes Leseerlebnis.

Die Figuren in meinem Buch sind übrigens frei erfunden. Ich möchte nicht ausschließen, dass der eine oder andere Charakterzug Ähnlichkeiten mit denen heute lebender Personen haben könnte, dies ist jedoch keinesfalls beabsichtigt.

Wenn Sie an Neuigkeiten über anstehende Buchprojekte, Veranstaltungen und Gewinnspielen interessiert sind, dann tragen Sie sich in meinen klassischen E-Mail-Newsletter oder auf meiner WhatsApp-Liste ein:

- **Newsletter: www.catherine-shepherd.com**

- **WhatsApp: 0152 0580 0860** (bitte das Wort *Start* an diese Nummer senden)

Sie können mir auch gerne bei Facebook, Instagram und Twitter folgen:

- **www.facebook.com/Puzzlemoerder**
- **www.twitter.com/shepherd_tweets**
- **Instagram: autorin_catherine_shepherd**

Natürlich freue ich mich ebenso über Ihr Feedback zum Buch an meine E-Mail-Adresse:

kontakt@catherine-shepherd.com

Zum Abschluss habe ich noch eine persönliche Bitte an Sie. Wenn Ihnen dieses Buch gefallen hat, würde ich mich über eine kurze Rezension freuen. Keine Sorge, Sie brauchen hier keine »Romane« zu schreiben. Einige wenige Sätze reichen völlig aus.

Sollten Sie bei *Leserkanone*, *LovelyBooks* oder *Goodreads* aktiv sein, ist natürlich auch dort ein kleines Feedback sehr willkommen. Ich bedanke mich recht herzlich und hoffe, dass Sie auch meine anderen Romane lesen werden.

Ihre Catherine Shepherd

WEITERE TITEL VON CATHERINE SHEPHERD

Zons-Thriller Band 1 bis 4

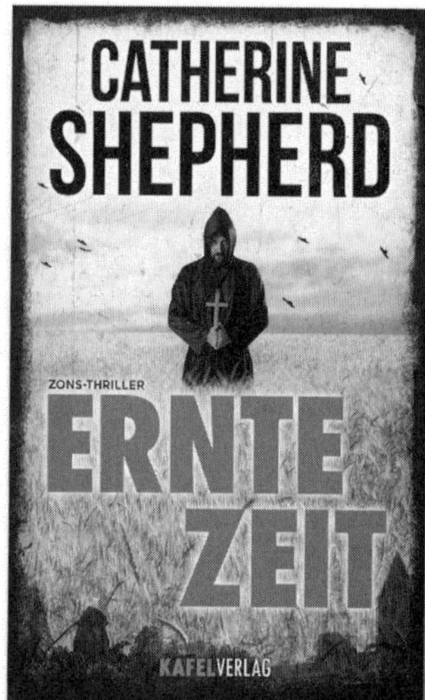

Zons-Thriller Band 5 bis 8

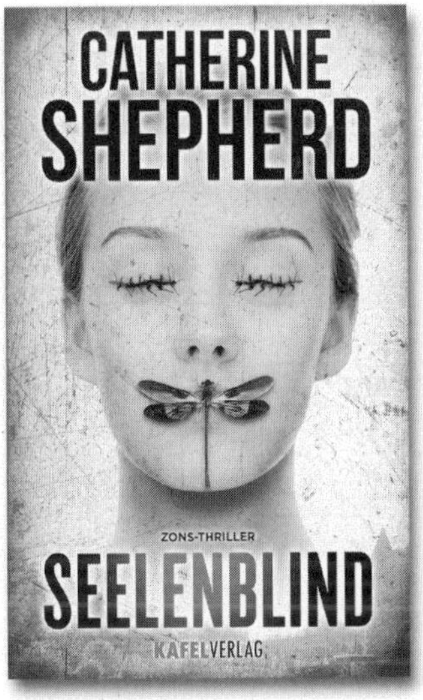

Zons-Thriller Band 9 bis 12

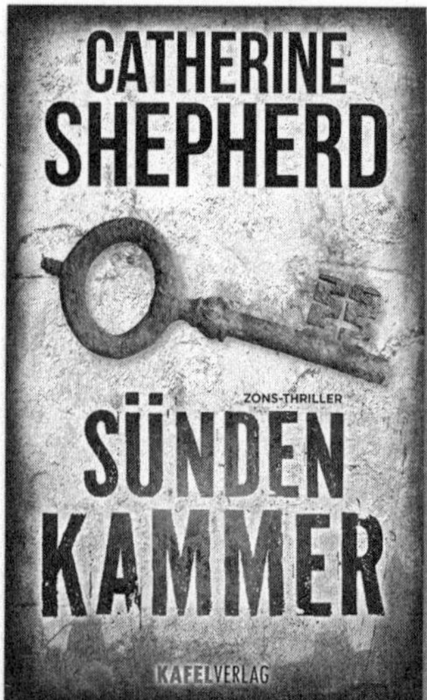

Laura Kern-Thriller Band 1 bis 4

Laura Kern-Thriller Band 5 bis 7

Julia Schwarz-Thriller Band 1 bis 4

Julia Schwarz-Thriller Band 5 und 6

ÜBER DIE AUTORIN

Die Autorin Catherine Shepherd (Künstlername) lebt mit ihrer Familie in Zons und wurde 1972 geboren. Nach Abschluss des Abiturs begann sie ein wirtschaftswissenschaftliches Studium und im Anschluss hieran arbeitete sie jahrelang bei einer großen deutschen Bank. Bereits in der Grundschule fing sie an, eigene Texte zu verfassen, und hat sich nun wieder auf ihre Leidenschaft besonnen.

Ihren ersten Bestseller-Thriller veröffentlichte sie im April 2012. Als E-Book erreichte »Der Puzzlemörder von Zons« schon nach kurzer Zeit die Nr. 1 der deutschen Amazon-Bestsellerliste. Es folgten weitere Kriminalromane, die alle Top-Platzierungen erzielten. Ihr drittes Buch mit dem Titel »Kalter Zwilling« gewann sogar

Platz Nr. 2 des Indie-Autoren-Preises 2014 auf der Leipziger Buchmesse. Seitdem hat Catherine Shepherd die Zons-Thriller-Reihe fortgesetzt und zudem zwei weitere Reihen veröffentlicht.

Im November 2015 begann sie mit dem Titel »Krähenmutter« eine neue Reihe um die Berliner Spezialermittlerin Laura Kern (mittlerweile Piper Verlag) und ein Jahr später veröffentlichte sie »Mooresschwärze«, der Auftakt zur dritten Thriller-Reihe mit der Rechtsmedizinerin Julia Schwarz.

Mehr Informationen über Catherine Shepherd und ihre Romane finden sich auf ihrer Website:

www.catherine-shepherd.com